La última librería de Londres

MADELINE MARTIN

La última librería de Londres

Editado por HarperCollins Ibérica, S. A.
Avenida de Burgos, 8B - Planta 18
28036 Madrid

La última librería de Londres
Título original: The Last Bookshop in London
© 2021 Madeline Martin
© 2023, para esta edición HarperCollins Ibérica, S. A.
Publicado por HarperCollins Publishers Limited, UK
Traductor del inglés: Carlos Ramos

Diseño de cubierta: Studio Jan de Boer
Imágenes de cubierta: © Arcangel Images

ISBN: 978-84-18976-43-8
Depósito legal: M-27686-2022

A los autores de todos los libros que he leído.
Gracias por ofrecerme una forma de evasión,
por todo lo que aprendí
y por convertirme en la persona que soy.

UNO

AGOSTO DE 1939

LONDRES, INGLATERRA

Grace Bennett siempre había soñado con vivir algún día en Londres. Jamás imaginó que aquella se convertiría en su única opción, y menos aún en vísperas de una guerra.

El tren se detuvo al llegar a Farringdon Station, cuyo nombre figuraba con claridad en la pared, escrito dentro de una franja de color azul colocada en el interior de un círculo rojo. La gente se amontonaba en el andén, tan ansiosa por subir al tren como lo estaban los pasajeros por apearse. Vestían ropa de corte elegante muy acorde con el estilo chic de la vida en la ciudad. Algo mucho más sofisticado que en Drayton, Norfolk.

Grace sentía bullir en su interior los nervios y la emoción a partes iguales.

—Hemos llegado —dijo mirando a Viv, que iba sentada a su lado.

Su amiga cerró con un clic la tapa de su lápiz de labios y le dedicó una sonrisa bermellón recién pintada. Viv miró por la ventanilla y se fijó en la profusión de anuncios que decoraban la pared curvada de la estación.

—Tantos años deseando estar en Londres —comentó, y le estrechó la mano a Grace con un gesto rápido—, y aquí estamos por fin.

Cuando no eran más que unas crías, Viv había mencionado por primera vez la idea de abandonar el anodino pueblo de Drayton y cambiarlo por la emocionante vida de la ciudad. Por entonces la idea se les antojaba descabellada: dejar atrás su existencia tranquila y familiar del campo en favor de la vida frenética y ajetreada de Londres. Grace jamás se había planteado que algún día pudiera convertirse en una necesidad.

Sin embargo, en Drayton ya no le quedaba nada. O al menos nada que pudiese echar de menos.

Las damas se levantaron de sus mullidos asientos y cogieron su equipaje. Cada una de ellas llevaba una única maleta consigo. Eran objetos gastados, ajados, más por el tiempo que por el uso. Ambas maletas iban llenas casi hasta el punto de reventar y no solo eran de lo más pesado, sino que resultaban incómodas de manipular al tener que cargar además con las cajas de las máscaras antigás que llevaban colgando al hombro. Debían tener a mano esos trastos espantosos allá donde fueran, por decreto gubernamental, para asegurarse de estar protegidas en caso de ataque con gas.

Por suerte para ellas, Britton Street se hallaba a tan solo dos minutos andando, o eso había dicho la señora Weatherford.

La amiga de la infancia de su madre disponía de una habitación para alquilar, que ya le había ofrecido a Grace un año antes, cuando su madre falleció. Las condiciones que le planteó en aquel momento eran generosas: dos meses de renta gratis mientras Grace buscaba un empleo, e incluso a partir de entonces contaría con un alquiler reducido. Pese a que anhelaba ir a Londres, y a pesar de la insistencia entusiasta de Viv, Grace había permanecido en Drayton durante casi un año, en un intento por recomponer los pedazos de su existencia rota.

Eso fue antes de descubrir que la casa en la que había vivido desde que nació pertenecía en realidad a su tío. Antes de que este se trasladara a vivir allí con su controladora esposa y sus cinco hijos. Antes de que la vida que ella conocía quedase más destrozada aún.

Ya no había sitio para ella en su propio hogar, una cuestión que su tía se había encargado de recordarle con frecuencia. Lo que otrora fuera un lugar acogedor lleno de cariño se convirtió en un sitio donde Grace se sentía despreciada. Cuando su tía por fin tuvo la temeridad de decirle que se marchara, supo que no le quedaban más opciones.

Escribir la carta a la señora Weatherford el mes anterior para ver si la oportunidad que esta le había brindado seguía disponible fue una de las cosas más difíciles que había tenido que hacer jamás. Había sido una manera de rendirse a los desafíos que debía encarar, un fracaso terrible que le partió el alma. Una capitulación que supuso para ella el mayor fracaso de todos.

Nunca había poseído mucho valor. Incluso ahora se preguntaba si habría logrado llegar a Londres si Viv no hubiera insistido en que fueran juntas.

Notaba un nudo en el estómago provocado por el miedo mientras aguardaban a que las relucientes puertas metálicas del tren se abrieran y desplegaran ante ellas un nuevo mundo.

—Todo será maravilloso —le susurró Viv—. Las cosas irán mucho mejor, Grace. Te lo prometo.

Las puertas neumáticas del tren eléctrico se abrieron con un silbido y, al apearse en el andén, ambas se vieron envueltas en el trajín del ir y venir de la gente a su alrededor. Las puertas se cerraron entonces a sus espaldas y la ráfaga del tren al reemprender la marcha les levantó la falda y les revolvió la melena.

En un anuncio de Chesterfield situado en la pared se veía a un guapo socorrista fumando un cigarrillo, mientras que un cartel pegado junto a este hacía un llamamiento a los hombres de Londres para que se alistaran en el Ejército.

Aquello servía para recordarles no solo la guerra a la que su país podría enfrentarse en cuestión de poco tiempo, sino también el hecho de que vivir en la ciudad representaba un elemento de peligro mucho mayor. Si Hitler se proponía ocupar Gran Bretaña, lo más probable sería que pusiera el ojo en Londres.

—¡Ay, Grace, mira! —exclamó Viv.

Grace desvió la atención del cartel y se fijó en las escaleras metálicas, que ascendían sobre una cinta invisible y desaparecían en algún lugar por encima del techo abovedado. Para emerger a la ciudad de sus sueños.

Enseguida se olvidó del anuncio cuando Viv y ella corrieron hacia la escalera mecánica y trataron de contener su entusiasmo al sentir cómo las elevaba sin ningún esfuerzo.

Viv elevaba los hombros sin apenas poder disimular su alegría.

—Ya te dije que sería asombroso.

Grace fue consciente entonces de la enormidad de todo aquello. Después de pasar años soñándolo y planificándolo, por fin estaban en Londres.

Lejos del abusón de su tío, sin estar bajo la estricta supervisión de los padres de Viv.

Pese a todos sus problemas, Viv y ella salieron de la estación como aves cantoras enjauladas dispuestas a desplegar al fin las alas.

A su alrededor se alzaban hacia el cielo enormes edificios, y Grace tuvo que protegerse los ojos del sol con la palma de la mano para alcanzar a ver las azoteas. Se fijaron en varias tiendas cercanas, que las atraían con coloridos letreros que anunciaban bocadillos, peluquerías y una farmacia. En las calles se sucedían los camiones, y un autobús de dos plantas pasó por delante en la otra dirección, con los laterales tan rojos y brillantes como las uñas de Viv.

Grace tuvo que hacer un gran esfuerzo para no agarrar del brazo a su amiga y gritarle para que mirase. Viv también se había fijado y lo contemplaba con los ojos muy abiertos y brillantes. Tenía la misma pinta de chica de pueblo asombrada que la propia Grace, aunque con un vestido a la moda y la melena caoba perfectamente peinada.

Grace no era tan elegante. Si bien se había enfundado su mejor vestido para la ocasión, el dobladillo le llegaba justo por debajo de las rodillas y llevaba la cintura ceñida gracias a un fino cinturón negro a juego con sus zapatos de tacón bajo. Pese a no ser tan estiloso como el vestido blanco y negro de lunares que lucía Viv, la tela azul claro de algodón realzaba los ojos grises de Grace y servía de complemento a su melena rubia.

Se lo había confeccionado Viv, por supuesto. Por supuesto, Viv siempre había tenido en mente grandes aspiraciones para ambas. Desde que se hicieron amigas, se habían pasado horas confeccionando vestidos y rizándose el cabello, años leyendo revistas como *Woman* y *Woman's Life* para aprender sobre moda y protocolo, para después aplicar las correcciones necesarias con el fin de que no se les «notase el acento de Drayton» en la manera de hablar.

Ahora, con sus pómulos marcados y sus ojos marrones de largas pestañas, Viv parecía digna de ocupar las portadas de esas revistas.

Se sumaron al ir y venir de la gente, alternando el peso de sus maletas entre una mano y otra, mientras Grace las guiaba hacia Britton Street. Por suerte, las indicaciones que la señora Weatherford le había enviado en su última misiva eran prolijas y fáciles de seguir.

Lo que faltaba en la descripción, sin embargo, eran todas las señales de guerra.

Más anuncios, en algunos de los cuales se hacía un llamamiento para que los hombres cumplieran con su deber, mientras que otros instaban a la gente a ignorar a Hitler y sus amenazas y, pese a todo, reservar sus vacaciones estivales. Justo al otro lado de la calle, un muro de sacos de arena enmarcaba el umbral de una puerta con un letrero en blanco y negro que decía ser un refugio antiaéreo público.

Siguiendo las indicaciones de la señora Weatherford, llegaron a Britton Street en dos minutos escasos y se hallaron frente a una casa adosada de ladrillo. Tenía una puerta verde con un llamador de latón y un macetero lleno de petunias blancas y moradas en la ventana. Según lo que había escrito la señora Weatherford, aquella sin duda tenía que ser su casa.

Y el nuevo hogar de ambas.

Viv subió corriendo las escaleras, con sus rizos agitándose con cada peldaño, y llamó a la puerta. Detrás de ella llegó Grace, impulsada por la emoción que recorría su cuerpo. Al fin y al cabo, aquella era la mejor amiga de su madre, la que fue a visitarlas a Drayton en varias ocasiones durante su infancia.

La amistad entre la señora Weatherford y la madre de Grace había comenzado cuando la primera vivía en Drayton. Incluso después de mudarse, la relación había continuado durante la Gran Guerra, que les arrebató a sus maridos, y durante la enfermedad que finalmente se cobró la vida de la madre de Grace.

Se abrió la puerta y en el umbral apareció la señora Weatherford, que aparentaba más años de los que Grace recordaba. Siempre había sido una mujer rolliza, con las mejillas sonrosadas como manzanas y unos ojos azules chispeantes. Solo que ahora llevaba unas gafas redondas, y su melena oscura estaba salpicada por mechones canosos. Posó primero la mirada en Grace.

Emitió un leve grito ahogado y se llevó los dedos a la boca.

—Grace, eres la viva imagen de tu madre. Beatrice siempre fue guapísima, con esos ojos grises que tenía. —La mujer abrió más la puerta y dejó ver su vestido blanco de algodón con ramilletes de flores azules y botones a juego. A su espalda, el recibidor era pequeño, mas parecía ordenado, ocupado casi por completo por un tramo de escaleras que conducían a la planta superior—. Pero, por favor, pasad.

Grace murmuró su agradecimiento por el cumplido y minimizó el dolor que le produjo el halago al hacerle recordar a su madre.

Cruzó el umbral cargada con su maleta y entró en la casa, cuya atmósfera acogedora transportaba el sabroso aroma de la carne y las verduras. Se le hizo la boca agua.

No había tomado una comida casera en condiciones desde que murió su madre. Al menos no una que estuviera rica. Su tía no era una gran cocinera, y ella se pasaba demasiadas horas regentando la tienda de su tío como para preparar algo decente.

La alfombra bajo sus pies, de un color crema con flores de color pastel, amortiguó sus pasos. Aunque limpia, parecía algo desgastada en algunas partes.

—Vivienne —dijo la señora Weatherford cuando Viv alcanzó a Grace en el recibidor.

—Todos mis amigos me llaman Viv —respondió con una sonrisa y su característico encanto.

—Os habéis convertido en auténticas bellezas. Seguro que hacéis que mi chico se sonroje. —La señora Weatherford les hizo un gesto para que dejaran sus bártulos en el suelo—. ¡Colin! —gritó en dirección al piso superior al que conducían las escaleras de madera—, encárgate de las pertenencias de las muchachas mientras yo pongo agua a hervir.

—¿Cómo está Colin? —preguntó Grace con educación.

Al igual que ella, era hijo único y se había quedado huérfano de padre tras la Gran Guerra, como le sucediera a ella. Aunque era dos años más joven que Grace, de niños jugaban juntos. Recordaba aquellos momentos con gran cariño. Colin siempre se había mostrado atento, exhibiendo una amabilidad sincera visible más allá de la inteligencia de su mirada.

La señora Weatherford alzó las manos en un gesto exasperado.

—Intenta salvar los animales del mundo uno a uno, y me los trae todos a casa. —La carcajada benévola con la que remató su afirmación indicaba que no le molestaba tanto como pretendía hacer ver.

Grace se tomó unos instantes para admirar el recibidor mientras aguardaban a Colin. Había una mesa junto a las escaleras sobre la que descansaba un brillante teléfono de color negro. El papel pintado de la pared tenía estampado un alegre brocado azul y blanco, algo gastado, y hacía juego con la pintura blanca de las puertas y de sus marcos. Aunque simple en su diseño, todo parecía inmaculado. De hecho, Grace estaba convencida de que las pasaría canutas para encontrar una sola mota de polvo en alguna de las pertenencias de la amiga de su madre.

Se oyó un crujido seguido de pasos que bajaban por las escaleras y entonces apareció un hombre alto y delgado. Llevaba el pelo oscuro bien peinado y vestía una camisa y unos pantalones marrones.

Les dedicó una sonrisa tímida que suavizó sus rasgos y ello le hizo aparentar menos de veintiún años, los que en realidad tenía.

—Hola, Grace.

—¿Colin? —preguntó ella, incrédula.

Le sacaba casi una cabeza, la misma altura que ella le había sacado a él en otra época.

El joven se sonrojó.

Su reacción resultó encantadora y a Grace le alegró comprobar que no había perdido su dulzura en los años transcurridos.

—Desde luego, has crecido desde la última vez que te vi —le dijo.

Él se encogió de hombros, unos hombros huesudos, y pareció avergonzado antes de saludar con un leve gesto de cabeza a Viv, con quien también había jugado de pequeño, dado que ambas siempre habían sido inseparables.

—Viv —dijo—. Bienvenidas a Londres. Mi madre y yo estábamos deseando que llegarais. —Le lanzó una sonrisa a Grace y después se agachó para agarrar las dos maletas que habían dejado en el suelo. Vaciló un segundo—. ¿Os importa que me las lleve?

—Por favor —repuso Viv—. Gracias, Colin.

Él asintió, asió una maleta con cada mano y las subió sin esfuerzo por las escaleras.

—¿Os acordáis de cuando jugabais con Colin? —preguntó la señora Weatherford.

—Desde luego —respondió Grace—. Sigue tan amable como siempre.

—Y mucho más alto —agregó Viv.

La señora Weatherford miró hacia las escaleras con adoración, como si aún pudiera verlo.

—Es un buen chico. Venga, vamos a tomar el té y os enseñaré la casa.

Les hizo un gesto para que la siguieran y abrió la puerta que daba a la cocina. La luz entraba por una ventana situada sobre el fregadero y por otra en la puerta trasera, y se filtraba a través de las cortinas blancas entreabiertas. En su cocina todo estaba tan prístino como en el recibidor. El sol se reflejaba en las impolutas encimeras blancas, y unos pocos platos dispuestos ordenadamente se secaban en un escurridor. Había trapos de color amarillo limón doblados con esmero sobre una repisa, y el aroma de lo que fuera que estuviera cocinando resultaba aún más seductor.

Les señaló a Grace y a Viv la pequeña mesa con cuatro sillas blancas alrededor mientras levantaba el hervidor del fogón.

—Buen momento ha ido a escoger tu tío para reclamarte la casa, ahora que estamos a las puertas de una guerra. —Llevó el hervidor al fregadero y abrió el grifo—. Muy propio de Horace —añadió con evidente desprecio, elevando la voz por encima del ruido del agua—. A Beatrice le preocupaba que pudiera hacer algo así, pero su enfermedad fue tan rápida…

Desvió un instante la atención del hervidor mientras se llenaba de agua y le lanzó una rápida mirada a Grace.

—No debería decir estas cosas —se excusó—, ahora que acabas de llegar de viaje. Me alegra mucho tenerte aquí. Aunque me gustaría que fuera en mejores circunstancias.

Grace se mordió el labio inferior sin saber qué decir.

—Tiene una casa preciosa, señora Weatherford —intervino Viv con rapidez.

Grace le lanzó una mirada de agradecimiento, a la que su amiga respondió con un guiño de camaradería.

—Gracias —dijo la mujer mientras cerraba el grifo y contemplaba su soleada cocina con una sonrisa—. Fue propiedad de la familia de mi Thomas durante varias generaciones. No está tan adecentada como antes, pero una se apaña con lo que tiene.

Grace y Viv ocuparon una silla cada una. El cojín con estampado de limones estaba tan gastado que se notaba el duro asiento de madera.

—Agradecemos que nos permita quedarnos con usted. Es muy generoso por su parte.

—No tiene importancia —repuso la señora Weatherford dejando el hervidor sobre el fogón antes de encender el fuego—. Haría cualquier cosa por la hija de mi queridísima amiga.

—¿Cree que nos resultará difícil encontrar empleo? —preguntó Viv. Aunque habló con un tono despreocupado, Grace sabía lo mucho que su amiga deseaba ser dependienta de una tienda.

A decir verdad, a ella también le atraía la idea. Le parecía glamuroso trabajar en unos grandes almacenes, algo elegante y sofisticado como

Woolworths, con plantas llenas de artículos que ocupaban el largo de una manzana entera.

—Resulta que tengo buena relación con algunos propietarios de comercios de Londres —respondió la señora Weatherford con una sonrisa reservada—. Seguro que puedo ayudaros. Y Colin trabaja en Harrods. Puede recomendaros.

A Viv se le iluminaron los ojos y le susurró a Grace el nombre de los mencionados grandes almacenes sin poder apenas contener la emoción.

La señora Weatherford agarró uno de los trapos amarillos, retiró un plato del escurridor y secó las pocas gotas que quedaban.

—Debo decir que no se os nota en el habla que sois de Drayton.

—Gracias —repuso Viv alzando ligeramente la barbilla—. Nos hemos esforzado mucho. Confiamos en que eso nos ayude con el empleo.

—Estupendo. —La mujer abrió un armario y guardó el plato dentro—. Imagino que ya tendréis cartas de recomendación.

Viv se había pasado el día previo a su viaje a Londres con una máquina de escribir prestada, redactando con esmero una carta de recomendación para sí misma. Se había ofrecido a escribirle una a Grace, pero ella se había negado.

La señora Weatherford se volvió de nuevo hacia los platos del escurridor. Viv miró a Grace arqueando las cejas para indicarle que debería haber accedido.

—Sí que tenemos cartas de recomendación —respondió su amiga con decisión en nombre de las dos, planeando ya sin duda cómo podría hacerse con una segunda carta para ella.

—Es Viv la que tiene una —aclaró Grace—. Por desgracia no es mi caso. Mi tío se negó a escribirme una carta de recomendación por el tiempo que pasé en su tienda.

Aquella había sido la ofensa definitiva, un castigo por «abandonar la tienda» en la que había trabajado casi toda su vida. No pareció importarle que su esposa hubiera insistido en que Grace se buscase otro lugar para vivir, sino solo el hecho de que su sobrina ya no estaría a su entera disposición.

El hervidor emitió un silbido estridente y dejó escapar una nube de vapor por la boquilla. La señora Weatherford lo retiró del fuego, lo que puso fin de inmediato a aquel chillido, y lo dejó en un salvamanteles.

Resopló con desaprobación mientras añadía una cucharada de hojas de té al infusor y después vertía el agua hirviendo en la tetera.

—Es una lástima, una auténtica lástima. —Murmuró entre dientes algo sobre Horace y depositó la tetera en una bandeja de plata con tres tazas, un azucarero y una jarrita para la leche. Miró entonces a Grace con el ceño fruncido en gesto de resignación—. Sin una carta de recomendación, no te van a admitir en unos grandes almacenes.

A Grace se le cayó el alma a los pies. Tal vez debería haberle permitido a Viv falsificarle la carta después de todo.

—No obstante —añadió lentamente la señora Weatherford mientras acercaba la bandeja a la mesa y le servía una taza humeante a cada una—, estoy pensando en un sitio donde podrías trabajar durante seis meses para obtener una carta de recomendación como es debido.

—Grace sería perfecta para lo que sea que tenga en mente —se apresuró a decir Viv mientras sacaba un azucarillo del cuenco y lo hundía en su taza de té—. En el colegio siempre sacaba las mejores notas. Sobre todo, en matemáticas. Prácticamente dirigía ella sola la tienda de su tío y la mejoró de forma considerable.

—Entonces, creo que podría ser una idea fantástica —convino la señora Weatherford antes de dar un sorbo a su té.

Grace notó un roce contra su espinilla. Miró hacia abajo y vio un gatito atigrado mirándola con sus grandes ojos lastimeros de color ámbar.

Le acarició la zona de detrás de las orejas y oyó el ronroneo del animal.

—Veo que tiene un gato.

—Solo durante unos pocos días más; espero que no te importe. —La señora Weatherford agitó la mano para espantar al gato, pero este se obstinó en quedarse junto a Grace—. El muy granuja no se aparta de mi cocina en cuanto huele a comida. —Lanzó una mirada de fastidio al pequeño animal, que la miraba sin culpa ni vergüenza—. Colin es maravilloso con los animales. Si le permitiera quedarse con todas las criaturas lastimadas que me trae a casa, viviríamos en un zoológico. —Su risotada interrumpió el vapor que ascendía desde su taza de té.

El gato se tumbó panza arriba y dejó ver una pequeña estrella blanca en el pecho. Grace le rascó esa parte y notó el ronroneo rítmico bajo las yemas de los dedos.

—¿Cómo se llama?

—Tigre —respondió la señora Weatherford y puso los ojos en blanco—. A mi hijo se le da mucho mejor rescatar animales que ponerles nombre.

Como si lo hubieran convocado, Colin entró en la habitación en ese preciso instante. Tigre se puso en pie y corrió hacia su rescatador. Colin lo cogió con sus enormes manos y lo levantó, mostrando una ternura delicada con aquella pequeña criatura, que se restregaba con cariño contra él.

Esta vez fue a Colin a quien espantó la señora Weatherford.

—Fuera de la cocina con él.

—Lo siento, mamá. —Colin les dedicó una sonrisa rápida a Grace y a Viv a modo de disculpa; después salió de la cocina con el gato acurrucado contra su pecho.

La señora Weatherford negó con la cabeza con un gesto de cariño mientras lo veía salir.

—Iré a ver al señor Evans para ver si puede ofrecerte ese puesto en su tienda. —Volvió a acomodarse en la silla, miró al jardín y suspiró.

Grace miró por la ventana y vio un agujero en la tierra con un triste montón de flores arrancadas y una pila de lo que parecían planchas de aluminio. Probablemente fuese un proyecto de refugio antiaéreo Anderson.

No había visto ninguno en Drayton, donde las probabilidades de un ataque aéreo eran escasas, pero había oído hablar de varias ciudades donde habían distribuido los Andys. Se habían diseñado aquellos pequeños refugios para enterrarse en el jardín a modo de protección en caso de que Hitler atacase Gran Bretaña.

Notó un escalofrío de inquietud que le subía por la espalda. Después de tanto tiempo queriendo visitar Londres, al final acababan yendo al comienzo de una guerra. Ahora se hallaban en el principal objetivo de los bombardeos.

Aunque regresar a Drayton tampoco era posible. Prefería enfrentarse al peligro en un lugar donde era bien recibida que lidiar con la hostilidad de su tío.

Viv miró por la ventana con curiosidad y enseguida apartó la mirada. Tras pasar una vida entera en la granja, estaba, en sus propias palabras, «hasta las narices de tierra».

La señora Weatherford suspiró de nuevo y dio un sorbo al té.

—Antes era un jardín precioso.

—Volverá a serlo —le aseguró Grace con más seguridad de la que en realidad sentía. Pues, si se producían bombardeos, ¿acaso algún jardín volvería a ser el mismo? ¿Volverían a ser las mismas ellas también?

Aquellos pensamientos se le enredaron en la cabeza y le hicieron anticipar un futuro sombrío.

—Señora Weatherford —dijo de pronto, con la esperanza de dejar de pensar en guerras y en bombas—, ¿puedo preguntar qué clase de tienda regenta el señor Evans?

—Por supuesto, querida. —La señora Weatherford dejó su taza de té en el platito con un leve tintineo y se le iluminaron los ojos con entusiasmo—. Es una librería.

Grace hubo de disimular una cierta decepción. Al fin y al cabo, sabía muy poco de libros. Sus intentos por leer se habían visto frustrados siempre por numerosas interrupciones. En la tienda de su tío no había parado de trabajar, ya que trataba de ganar el dinero suficiente para su supervivencia y la de su madre, y no tenía tiempo de ponerse a leer. Y entonces su madre cayó enferma…

La tienda de su tío Horace había resultado fácil de gestionar, sobre todo porque los artículos para el hogar eran objetos que ella misma utilizaba. Le parecía algo natural vender hervidores, toallas, jarrones o cualquier otro objeto con el que estuviera familiarizada. Pero de literatura no sabía nada.

Bueno, eso no era del todo cierto.

Aún recordaba el ejemplar de los *Cuentos de los hermanos Grimm* que tenía su madre, con una elegante princesa pintada en la cubierta. Le encantaba deslizar la mirada por las coloridas ilustraciones mientras la voz de su madre daba vida a aquellas fantásticas historias. Sin embargo, al margen de los *Cuentos de los hermanos Grimm*, nunca había tenido tiempo para leer.

—Magnífico —repuso alegremente para ocultar su temor.

Acabaría por apañarse. Cualquier cosa sería mejor que trabajar en la tienda de su tío.

Pero ¿cómo iba a poder vender algo sobre lo que apenas tenía conocimiento?

DOS

La primera experiencia de Grace en Primrose Hill Books no fue como había planeado.

Tampoco es que hubiese albergado grandes expectativas de éxito, pero sí había dado por hecho que el dueño, por lo menos, estaría preparado para su llegada.

Encontró el establecimiento sin problemas, de nuevo gracias a la excelente capacidad de la señora Weatherford con las indicaciones. El estrecho escaparate de la tienda no estaba ubicado en Primrose Hill, como sugería el nombre, sino que era uno de tantos otros que se extendían a lo largo de Hosier Lane, todos ellos con enormes ventanales que reflejaban la opacidad del sol en aquella tarde nublada. Las dos primeras plantas de la librería estaban pintadas de negro y, justo encima, se alzaba una fachada de estuco de color amarillo, resquebrajada y desgatada por el paso del tiempo. Un letrero blanco anunciaba PRIMROSE HILL BOOKS con una elaborada caligrafía negra y brillante. Sin duda era un efecto que pretendía resultar elegante, aunque a Grace le pareció más bien soso y deprimente.

Aquel sentimiento se reflejaba en los mugrientos escaparates de la tienda, que mostraban diferentes capas torcidas de cinta adhesiva blanca en vez de una cinta bien colocada. La cinta era algo habitual: muchos la habían adherido al cristal de los escaparates de sus tiendas para evitar que se hicieran añicos en caso de bombardeo. Por lo general, no obstante, era algo que se hacía con delicadeza y esmero.

Grace se sintió una vez más invadida por el miedo. ¿Y si el señor Evans le preguntaba por el último libro que había leído? Tomó aliento para recuperar fuerzas y empujó la puerta del establecimiento. Sobre su cabeza sonó una campanita al abrir, un sonido demasiado alegre para un lugar tan sombrío.

En el aire se percibía el olor a cerrado, mezclado con un aroma que recordaba a la lana mojada. La capa de polvo que cubría las estanterías era señal de que la mayoría del inventario no se había tocado desde hacía algún tiempo, y las pilas de libros que salpicaban el suelo de madera arañado conferían al lugar un aspecto desordenado. Este efecto quedaba resaltado por un mostrador situado a la derecha, abarrotado con lo que parecían ser libros de cuentas amontonados de cualquier modo en mitad de un caótico mar de puntas de lapiceros y otros trozos de desperdicios.

No era de extrañar que el señor Evans necesitase ayuda.

—Avíseme si necesita algo. —Aquella voz invisible parecía tan seca y tan poco utilizada como los libros.

—¿Señor Evans? —preguntó Grace adentrándose más aún en el pequeño establecimiento.

Las hileras de estanterías sin clasificar se elevaban hasta muy por encima de su cabeza, tan juntas que se preguntó cómo podría alguien deslizarse entre ellas para examinar su contenido. Una galería situada en la segunda planta rodeaba el perímetro de la librería, visible por encima de las estanterías de abajo e igual de abarrotada y desordenada. Pese al tamaño exterior, el interior de la tienda se había quedado demasiado pequeño y claustrofóbico.

Oyó unos pasos que se arrastraban hacia ella y vio a un hombre corpulento de pelo blanco y cejas pobladas salir por un estrecho pasillo con un libro abierto entre las manos. Levantó la cabeza de las páginas y la contempló durante largo rato sin decir palabra.

—¿Señor Evans? —repitió Grace y bordeó con cuidado una pila de libros que le llegaba hasta la rodilla.

El hombre enarcó las cejas por detrás de sus gafas.

—¿Quién es usted? —preguntó.

Lo único que Grace deseaba era retroceder por entre aquel laberinto de estanterías y salir de la tienda. Pero había ido allí con un objetivo y con la determinación de acero que su madre siempre había alimentado en ella.

—Buenas tardes, señor Evans. Soy Grace Bennett. La señora Weatherford me envía aquí para hablar con usted acerca de un puesto como vendedora.

—Ya le dije a esa entrometida que no necesitaba ayuda —respondió el hombre entornando los ojos azules tras los cristales de sus gafas.

—Perdón, ¿cómo dice? —preguntó Grace, desconcertada.

El hombre volvió a bajar la mirada hacia su libro y se dio la vuelta.

—Aquí no hay nada para usted, señorita Bennett.

—En-entiendo —tartamudeó ella, y dio un paso instintivo hacia la puerta—. Gracias por su tiempo.

El señor Evans ni siquiera la miró mientras volvía a escabullirse entre las estanterías de libros en una señal evidente de desprecio.

Grace se quedó mirándolo sorprendida. Si no la contrataba, ¿tendría alguna opción más sin disponer de una carta de recomendación? No conocía a nadie más aparte de la señora Weatherford, Colin y Viv. Estaba en una ciudad desconocida, lejos de un hogar en el que ya no se sentía bien recibida. ¿Qué más podría hacer?

Un sentimiento de pánico le recorrió las venas y le provocó un cosquilleo en las palmas de las manos, producto del acaloramiento. Debería quedarse y luchar por el trabajo. A fin de cuentas, lo necesitaba.

¿Y si no podía permitirse costear el alquiler reducido de la habitación transcurridos dos meses? Desde luego no tendría el descaro de pedirle más ayuda a la señora Weatherford después de todo lo que había hecho ya por ella. Tampoco podía contar con la ayuda de Viv.

De pronto el aire estancado de la tienda le pareció asfixiante, las altas estanterías le provocaban claustrofobia. Debería quedarse y pelear, pero sus sentimientos eran demasiado tumultuosos. Dios, cómo echaba de menos la fortaleza de su madre, sus consejos y su cariño.

Sin mediar palabra, llegó hasta la puerta principal entre estanterías abarrotadas y pilas de libros y salió de la tienda.

Regresó a Britton Street con paso rápido, pues lo único que deseaba era estar a solas. Sin embargo, comprobó enseguida que no dispondría de esa soledad. Viv estaba en la sala con la señora Weatherford, embobada con Tigre. Colin, que se había pasado la noche trabajando en el Reino de

Mascotas* de Harrods con una nueva cría de elefante, estaba agachado junto al gatito con un trozo de carne en el extremo de una cuchara. Lo que supuso que todas las miradas se volvieran hacia Grace en cuanto cerró la puerta de la entrada.

Aunque sabía que sus amigos tenían buena intención, deseaba esquivar sus miradas en vez de tener que confesarles que había salido corriendo ante el primer contratiempo.

—¿Qué tal te ha ido con el señor Evans? —preguntó la señora Weatherford inclinándose hacia delante sobre el sillón color bermellón.

A Grace se le encendieron las mejillas, pero logró sonreír y actuar con despreocupación.

—Creo que no está buscando contratar a nadie.

—¿Qué te hace suponer tal cosa? —inquirió la señora Weatherford.

Grace cambió el peso de un pie al otro. La caja de la máscara antigás, colgada de un fino cordel, le rebotó contra la cadera.

—Me lo ha dicho él mismo.

La señora Weatherford se levantó de golpe con un «ejem».

—Colin, pon agua a hervir.

El muchacho miró a su madre desde el suelo, donde estaba sentado junto a Tigre con la cuchara sujeta entre sus grandes dedos.

—¿Tomarás el té aquí en la sala? —le preguntó.

—No es para mí —repuso ella mientras corría hacia las escaleras—. Es para Grace, que sin duda necesita una taza de té mientras yo voy a tener unas palabras con el señor Evans.

—Espera —dijo Viv, y le puso una mano a Colin en el hombro antes de que pudiera marcharse.

Rascó a Tigre en la cabeza y se levantó del suelo, donde había estado sentada junto a ellos.

—Mejor que tomar un té, vamos a explorar Londres. —Señaló a Grace con ambas manos—. Tú ya vas bien vestida y yo no tengo mi entrevista hasta mañana por la tarde. Vamos a dar una vuelta por la ciudad.

---

* Pet Kingdom: antigua tienda de mascotas de los almacenes Harrods donde vendían animales exóticos. *(Todas las notas son del traductor)*.

24

La entrevista a la que se refería Viv era en Harrods, gracias, en parte, a la influencia de Colin por llevar varios años trabajando allí y también a su carta de recomendación. Si bien su puesto resultaba envidiable, Grace jamás guardaría rencor a su amiga por ser feliz.

Y, aunque no le apetecía abandonar la calma de la vivienda, Viv la miraba con una sonrisa tan emocionada que Grace supo que no podría negarse.

Viv se preparó a tal velocidad que bajó las escaleras al mismo tiempo que la señora Weatherford, ambas con sus respectivos sombreros en la cabeza y haciendo sonar sus elegantes zapatos de tacón sobre la madera pulida de los peldaños.

—Acuérdate de lo que te digo —dijo la señora Weatherford mientras se miraba en un pequeño espejo que colgaba junto a la puerta de la entrada y se ajustaba el ala del sombrero negro y anguloso—. El señor Evans te contratará si sabe lo que le conviene.

A Grace le gustaría haber podido protestar, negar con vehemencia que necesitara un trabajo o la amable ayuda que le prestaba la señora Weatherford. Pero, por desgracia, no podía rechazar su caridad. El tío Horace se había asegurado de eso al negarse a escribirle una carta de recomendación. Después de tantos años atendiendo su negocio, le parecía tremendamente injusto. Injusto a la par que cruel.

Antes de que pudiera siquiera tratar de detenerla, la señora Weatherford salió por la puerta con un resoplido de determinación.

—Vamos a descubrir esta joya de ciudad que es Londres, cielo —le dijo Viv con su mejor acento de la «alta sociedad», y le estrechó la mano.

Grace no pudo evitar sonreír y permitió que su amiga la arrastrara a la calle para explorar, y dejaron a Colin con Tigre.

Enseguida se vieron envueltas por el ajetreo de la ciudad, entre altos edificios empapelados con anuncios de vistosos colores y el rumor y los cláxones del tráfico. Deambularon por las calles, tratando de seguir el ritmo acelerado de la ciudad con cada paso que daban.

Sin embargo, Londres no era la joya que habían imaginado. Su chispa había quedado sofocada por los efectos de una guerra inminente, forrada de cinta adhesiva e impregnada de miedo. Había perdido el brillo tras los muros de sacos de arena, y el alma de la ciudad fue desenterrada para dejar sitio a los refugios y trincheras.

Tales advertencias eran imposibles de ignorar.

En Drayton, donde la posibilidad de un ataque era menor, habían hecho algunos preparativos. Pero allí la cinta adhesiva que bordeaba las ventanas era más bien un mero entretenimiento, y el mayor miedo no eran los bombardeos, sino el racionamiento. En Londres, por el contrario, tales acciones se llevaban a cabo por una cuestión de necesidad, lo que helaba la sangre.

Por supuesto, lograron dejar a un lado aquellas señales temporalmente. Como cuando entraron en Harrods por primera vez y se encontraron con las elaboradas volutas que decoraban los techos, las columnas pintadas con motivos egipcios y las elegantes luces ambientales. La tienda se extendía tanto como los campos de Drayton, y cada nueva sección era más bonita y elaborada que la anterior. Tenían pañuelos de seda tan delicados que a Grace le pareció como si acariciase el aire, y perfumes expuestos en vitrinas de cristal que impregnaban el aire con un carísimo aroma almizcleño.

La sección más fascinante era, de lejos, el Reino de Mascotas, donde trabajaba Colin. La cría de elefante a la que se había pasado la noche calmando jugueteaba ahora en un montón de heno limpio mientras un cachorro de leopardo se acicalaba el pelaje con su sonrosada lengua y las observaba con unos ojos verdes y curiosos.

—Imagínatelo —dijo Grace con ojos soñadores cuando dejaron atrás a los animales y fueron a ver el resto de las secciones—. Dentro de poco trabajarás aquí como vendedora.

—Y tú estarás conmigo —susurró Viv—. Si me permites escribirte una carta de recomendación también.

Su entusiasmo se vio algo desinflado al recordar dónde acabaría si el señor Evans capitulaba ante la señora Weatherford. Se le antojaba un hombre brusco en un establecimiento lleno de mercancías de las que ella apenas sabía nada.

Y, pese a todo, no se atrevía a presentar una carta de recomendación falsa. Nunca se le había dado bien mentir, se ponía colorada y las palabras se le atropellaban. Sin duda, se mostraría igual de torpe si tuviera que divulgar información falsificada. Aun así, sabía que Viv no lo dejaría correr a no ser que le ofreciera algún tipo de concesión.

—Quizá, si no me surge ninguna otra oportunidad, podría reconsiderarlo —admitió lentamente.

—Considéralo hecho —repuso Viv con el rostro iluminado.

—Pero solo si no me surge ninguna otra oportunidad —repitió Grace, que de pronto deseó que la señora Weatherford lograra convencer al señor Evans.

Sin embargo, Viv se había girado para examinar un par de medias y se limitó a responder a su comentario de advertencia con un leve murmullo. Apartó el artículo y extendió la mano sobre el paquete rosa y crujiente.

—¿Sabes lo que no hemos hecho todavía? —Se dio la vuelta hacia Grace con tanto entusiasmo que el vuelo de su falda verde describió un círculo alrededor de sus rodillas—. No hemos ido a Hyde Park.

Grace sonrió. Cuántos días de verano se habían pasado tendidas en la hierba bajo el sol, respirando su dulce aroma y fingiendo que estaban en Hyde Park.

—Está al final de la calle —dijo arqueando las cejas.

—Si logramos encontrar la salida —respondió Viv, y miró las interminables hileras de vitrinas y expositores iluminados que había a su alrededor.

Grace giró el cuello, buscando sin éxito. Tardaron más de lo que habrían querido admitir y se perdieron entre la sección de ropa de cama y la de los braseros, pero al fin consiguieron localizar la salida y subieron por la calle hasta Hyde Park.

Lo que se esperaban encontrar eran grupitos de tumbonas llenas de personas vestidas de modo extravagante, la luz del sol reflejada en la superficie del estanque Serpentine como si fueran diamantes, y unas praderas interminables con una hierba verde tan suave que les darían ganas de descalzarse. No se imaginaban que se encontrarían trincheras excavadas en la tierra como heridas abiertas, o —peor aún— las enormes ametralladoras.

Aquellos imponentes cuerpos metálicos medían más que un hombre y estaban sostenidos por ruedas tan grandes que a Grace le llegaban por la cintura. De cada una de las bestias sobresalía un largo cañón que apuntaba hacia el cielo, preparado para derribar cualquier amenaza.

Grace levantó la mirada hacia los nubarrones grises, medio esperando ver una flota de aviones entre sus turbias profundidades.

—No se molesten en preocuparse por Alemania, señoritas —les dijo un hombre mayor al detenerse ante ellas—. Esas ametralladoras antiaéreas los derribarán antes de que puedan hacernos nada. —Asintió con un gesto de satisfacción—. Estarán ustedes a salvo.

Grace sintió un nudo en el estómago que le impidió pronunciar palabra alguna. Viv pareció sufrir el mismo efecto y se limitó a ofrecer una sonrisa tenue. El hombre se tocó el ala del sombrero y reanudó su camino por el parque con un periódico bajo el brazo.

—La guerra es una amenaza real, ¿verdad? —comentó Viv con suavidad.

Lo era. Todos lo sabían, aunque no quisieran admitirlo.

Las vacaciones ya se habían visto reducidas cuando a los profesores les pidieron que regresaran antes de tiempo para comenzar los preparativos ante la posibilidad de tener que evacuar a miles de niños de Londres. Si estaban planeando trasladar a los niños al campo, sin duda la guerra llegaría pronto.

Aun así, la afirmación resignada de Viv le provocó a Grace una punzada de culpabilidad en el pecho.

—Tú no tienes por qué estar aquí, Viv. No es seguro. Solo has venido para ayudarme. Porque a mí me daba demasiado miedo venir sola. Podrías…

—¿Volver a Drayton? —Viv le dedicó una sonrisa irónica—. Preferiría morir antes que regresar y verme de nuevo con la tierra hasta la cintura.

«Aquí podríamos acabar igual de todos modos». Grace no dio voz a aquel pensamiento macabro, pero sí que echó una última ojeada a la ametralladora antiaérea, con su presencia oscura y tétrica recortada sobre el cielo vespertino.

—Ni siquiera se ha declarado la guerra aún. —Viv se recolocó sobre el hombro la tira del bolso y el cordel de la máscara antigás—. Venga, volvamos a casa de la señora Weatherford y veamos si ha logrado hacer entrar en razón al señor Evans.

Grace miró a su amiga con gesto de amargura.

—Tiene tan pocas ganas de contratarme como yo de trabajar allí. La tienda es antigua, y está llena de polvo y de libros de cuyos títulos no había oído hablar jamás.

—Por eso es el lugar perfecto para ti, Patito —le dijo Viv con un destello en la mirada.

Grace no pudo evitar sonreír al oír aquel apodo cariñoso. Su madre había empezado a llamárselo cuando era poco más que un bebé y sus rizos rubios le sobresalían por la base del cuello. Como la cola de un patito, decía su madre. El apodo cuajó. Ahora que su madre había muerto, Viv era la única que aún recordaba el mote y lo empleaba.

—La tienda de tu tío no era nada antes de que llegaras tú —le recordó Viv con las manos en las caderas—. Y algo me dice que la señora Weatherford intimidará al señor Evans para que te redacte una carta de recomendación dentro de seis meses si se atreve a decir que no.

A Grace casi le hizo gracia imaginarse cómo la señora Weatherford sometería al señor Evans con sus sermones.

—Esa sí que sería una buena lucha de poder.

—Yo tengo claro por quién apostaría —comentó Viv, y le guiñó un ojo—. Vamos a ver lo que ha conseguido.

Para cuando regresaron a Britton Street, la señora Weatherford ya estaba en la sala con una taza de té mientras el aroma de la carne al horno inundaba la estancia. Otra deliciosa comida, sin duda. La señora Weatherford tenía talento para la cocina, igual que la madre de Grace.

La mujer levantó la mirada de su taza de té y apartó con la mano el vapor que le empañaba las gafas.

—Oh, ya estáis aquí. El señor Evans te pagará un salario digno y querría que empezaras mañana por la mañana, a las ocho en punto.

Grace se quitó los zapatos y, sin molestarse en ponerse las zapatillas, caminó descalza por la gruesa alfombra de la sala.

—¿Quiere decir que…?

—Sí, querida —repuso la señora Weatherford con una mueca victoriosa—. Eres la nueva empleada de Primrose Hill Books.

El alivio y el miedo comenzaron a librar una batalla en su interior. Tenía un trabajo, lo que le permitiría tener un sustento en Londres. Gracias a eso, tal vez lograra por fin dejar atrás de una vez por todas Drayton y a su tío.

—Gracias por hablar con él, señora Weatherford —le dijo, agradecida—. Ha sido muy considerado por su parte.

—Ha sido un placer, querida. —El pecho henchido de la mujer indicaba que, en efecto, había sido para ella un verdadero placer hacerlo.

—¿Puedo preguntar por qué se llama Primrose Hill Books si la librería no está en Primrose Hill? —quiso saber Grace.

La señora Weatherford le dedicó una sonrisa soñadora que le hizo suponer que el motivo era bueno.

—El señor Evans y su esposa, que Dios la tenga en su gloria, se conocieron en Primrose Hill. Apoyaron la espalda contra el mismo árbol y descubrieron que los dos estaban leyendo el mismo libro. ¿Te imaginas? —Cogió un pastelillo de la bandeja y lo sostuvo entre los dedos—. Cuando abrieron la tienda, dijeron que era el nombre perfecto para una librería propiedad de ambos. Muy romántico, ¿verdad?

Resultaba casi imposible imaginarse al huraño propietario de la librería como un joven enamorado, pero el nombre de la tienda sí que era encantador. Igual que la historia. Quizá trabajar allí no fuese tan terrible, al fin y al cabo.

En todo caso, solo serían seis meses.

TRES

El día siguiente Grace llegó a Primrose Hill Books a las ocho menos diez de la mañana, con los rizos peinados a la perfección y los nervios de punta. Viv la había ayudado a rizarse el pelo la noche anterior y se había levantado temprano para desearle buena suerte pese a que su entrevista en Harrods no era hasta esa tarde.

Grace iba a necesitar toda la suerte del mundo.

El señor Evans se encontraba tras el abarrotado mostrador cuando llegó. Vestía una chaqueta de *tweed* sobre una camisa abotonada y no se molestó en levantar la mirada al oír la campana de la puerta.

—Buenos días, señorita Bennett —dijo arrastrando las palabras con hastío.

Grace le dedicó una sonrisa, decidida a empezar de nuevo con buen pie. O a poner la otra mejilla, dependiendo de cómo se mirase.

—Buenos días, señor Evans. Le agradezco enormemente que me haya concedido la oportunidad de trabajar en su tienda.

El hombre levantó la cabeza y la miró a través del grueso cristal de sus gafas. Su pelo ralo de color blanco y sus cejas superpobladas parecían todo lo domesticados que pudieran llegar a estarlo.

—No necesito ayuda, pero esa mujer no quiso dejarme en paz hasta que por fin accedí. —La señaló con un dedo rechoncho—. Y no se encariñe con este trabajo, señorita Bennett. Serán solo seis meses.

El alivió que sintió Grace hizo que se le relajaran un poco los hombros. Al menos el hombre no esperaba que se pasase el resto de su vida en la tienda.

—No me encariñaré —respondió ella con sinceridad.

¿Cómo iba a encariñarse con un lugar tan polvoriento e inhóspito?

Echó un vistazo al establecimiento y volvió a sorprenderle lo abarrotado que parecía todo. Las estanterías estaban pegadas las unas contra las otras como dientes enormes en una boca pequeña, entre pilas sueltas de libros desperdigados. Todo ello sin sentido o lógica algunos.

Cuando había empezado a trabajar en la tienda de su tío, al menos se había encontrado con cierto atisbo de orden. ¿Qué iba a hacer en cambio con aquel caos?

Notó que la invadía la desesperanza. Al fin y al cabo, ¿por dónde podría empezar? ¿Acaso el señor Evans tendría ya alguna expectativa que deseara que cumpliera?

Se quedó plantada con aire de incertidumbre, sin saber qué hacer, con el bolso y la máscara antigás colgados del hombro, aún con el sombrero puesto. El señor Evans no pareció darse cuenta mientras garabateaba una serie de números en un libro de cuentas. Agarraba la punta del lapicero cuidadosamente entre las yemas de los dedos. Si volvía a sacarle punta una vez más, el objeto se volatilizaría.

—¿Dónde puedo dejar mis pertenencias? —preguntó Grace tras aclararse la garganta.

—En la trastienda —murmuró él sin dejar de mover la mano sobre el papel.

Grace miró hacia la parte posterior de la tienda y vio una puerta, que supuso que sería el lugar al que se refería.

—¿Y después qué quiere que haga?

La punta del lápiz se partió y el señor Evans dejó escapar un resoplido de fastidio. Entonces la miró.

—Ya le he dicho que no necesito ayuda —dijo—. Puede sentarse en la trastienda a coser, o plantarse en un rincón a leer un libro o a limarse las uñas. Me da igual.

Grace asintió y se introdujo por el desordenado pasillo de estanterías en dirección a la puerta que le había indicado. Colgado sobre ella había un letrero de latón con las palabras PRIMROSE HILL BOOKS grabadas en lo alto y, en la parte inferior, una frase escrita en letras pequeñas: DONDE LOS LECTORES ENCUENTRAN EL AMOR. Con un poco de suerte, aquello sería un presagio de que sus seis meses allí quizá no fueran tan malos.

Se trataba de una estancia estrecha con la escasa iluminación que proyectaba una bombilla desnuda colgada del techo. Contaba con una mesa endeble y una silla. Había cajas pegadas a las paredes, a veces dos o tres colocadas una detrás de otra, lo que reducía más aún el espacio, de modo que uno apenas podía moverse. Era mucho menos acogedor que la tienda en sí, cosa que Grace no habría creído posible. Localizó varios ganchos en la pared donde colgó sus efectos personales y regresó a la zona principal del comercio.

Nunca le había gustado la costura —esa era la especialidad de Viv— y tampoco sabría por dónde empezar a la hora de escoger un libro para leer, por no hablar de colocarlos en las estanterías. Al mirarse las uñas, no obstante, lamentó haberse olvidado la lima en casa.

No le quedaba otro remedio que buscar algo que hacer. Las gruesas capas de polvo que recubrían las estanterías pedían a gritos un trapo. Si bien limpiar el polvo no figuraba en la lista de tareas que le había recomendado el señor Evans, la tienda necesitaba una buena limpieza.

Tres horas más tarde, medio ahogada por las motas de polvo que saturaban el aire, se arrepintió de su decisión. La camisola blanca con ramilletes de flores rosas estampados que llevaba puesta, una de sus favoritas, estaba cubierta de mugre, y el señor Evans la miraba con rabia cada vez que tosía. Cosa que sucedía bastante a menudo.

A lo largo de ese tiempo, entraron y salieron varios clientes. Grace había tratado de acercarse a ellos mientras trabajaba, cuidándose mucho de no levantar nubes de polvo a su alrededor, pero lo suficientemente cerca para atenderlos en caso de que necesitaran ayuda.

Aunque tampoco sabría lo que hacer si le preguntaran algo. Por suerte nadie lo hizo, al menos no hasta cinco minutos después de que el señor Evans saliera a una cafetería cercana a merendar.

Una mujer mayor vestida con una bata de cuadros se aproximó, con la mirada fija en ella.

—Disculpe, ¿tienen *The Black Spectacles*?

Grace sonrió amablemente, al tratarse de una pregunta que al menos podía responder.

—Aquí no vendemos gafas, lo siento mucho.

La mujer parpadeó atónita y se quedó mirándola con sus grandes ojos azules.

—Es una novela. De John Dickson Carr. Anoche terminé de leer *The Crooked Hinge* y quería hacerme con la siguiente publicación de la serie de Gideon Fell.

Si en aquel momento se hubiera abierto la tierra y se hubiera tragado a Grace, esta no habría puesto ninguna objeción.

Tenía dos títulos de libros y el nombre de una serie y no sabía por dónde empezar a buscar. Mientras limpiaba, había tratado de hallar algún tipo de orden en la disposición de los libros, aunque en vano.

—Ah, claro. —Le hizo un gesto a la mujer para que la siguiera, con la esperanza de toparse con el libro en cuestión por pura chiripa. O de que la alcanzase un rayo por el camino. Llegado ese punto, aceptaría cualquiera de los dos desenlaces.

—¿*The Crooked Hinge* le ha resultado emocionante? —preguntó con cautela, en un intento por deducir qué clase de libro andaba buscando.

—Ay, qué gran libro de misterio —respondió la mujer al tiempo que se llevaba la mano al pecho—. Me encerré en el dormitorio para poder leer el último capítulo sin que me interrumpieran los niños.

Ah, claro, una novela de misterio. Quizá hubiera algunas ubicadas en la parte de atrás, hacia donde dirigía a la clienta.

—Creo que tiene que estar en esta pared —comentó mientras echaba un vistazo a los lomos de los múltiples libros, ninguno de los cuales estaba ordenado en modo alguno, ni por título, ni por autor, ni siquiera por el color de la sobrecubierta.

—Si me permite… —dijo una voz masculina a su espalda.

Dio un respingo, sorprendida, al ver a un hombre alto que vestía una elegante chaqueta gris hecha a medida y llevaba el pelo peinado con la raya a un lado. Ya se había fijado antes en él. ¿Qué mujer no lo haría, siendo tan guapo como era? Pero eso había sido hacía un rato y Grace había dado por hecho que ya se habría marchado.

—… Creo que está en la estantería de la pared del fondo —le indicó el hombre mientras miraba hacia el otro lado de la tienda.

—Sí, gracias —respondió ella con las mejillas encendidas. En realidad, tenía encendido el cuerpo entero, sentía un ardor provocado por la vergüenza e intensificado por la mirada fija del desconocido. Le indicó a la mujer que la siguiera una vez más—: Por aquí, si es tan amable.

—Si no le importa, señorita —dijo la mujer, sonrojada, mirando con descaro al hombre—, prefiero que me lo enseñe él.

Él enarcó las cejas con sorpresa y soltó una sonora carcajada.

—Faltaría más —respondió, y le ofreció el codo a la mujer, que se colgó de él con una sonrisa pletórica.

Grace observó a ambos con asombro mientras el caballero sacaba de la estantería un libro negro con letras rojas estampadas en la cubierta. La mujer le dio las gracias y se reunió con Grace en la caja registradora situada sobre el abarrotado mostrador.

—Menudo caballero. —Se dio una palmadita en las mejillas arreboladas antes de extraer el dinero del bolso—. Si fuera tan joven y guapa como usted, creo que no le dejaría marchar sin averiguar antes su nombre.

Grace le lanzó una mirada nerviosa al hombre para asegurarse de que no hubiera oído el comentario de la clienta. Pero este seguía de cara a la estantería a varios pasos de distancia, aparentemente ajeno a la conversación. Gracias a Dios.

Grace notó que se le relajaba ligeramente la tensión de los hombros. Contó el cambio de la mujer, le dio las gracias y le entregó el libro que había comprado. El ama de casa le guiñó un ojo con rapidez y salió de la tienda, haciendo sonar la campana de encima de la puerta.

Cuando cesó el tintineo, un silencio denso inundó el claustrofóbico local. Si bien Grace había estado ajena a la presencia del hombre en la tienda hasta ese momento, ahora era muy consciente de la misma. De haberse tratado de la tienda de Drayton, podría ofrecerse a ayudarlo, quizá incluso hacerle alguna sugerencia. Pero, así las cosas, él parecía conocer la tienda mejor que ella.

Se sacudió con discreción el polvo que todavía se le había quedado pegado al vestido y se prometió no volver a ponerse nada de ropa blanca hasta que la tienda estuviese bien limpia. Finalmente optó por ordenar los cachivaches desperdigados sobre el mostrador mientras aguardaba a que el desconocido seleccionase lo que fuese que iba a comprar. Descubrió una vieja taza en uno de los armarios de debajo, donde guardó las puntas de los lapiceros, consumidas todas hasta casi el extremo. A continuación, se deshizo de los trozos de papel inservibles, pero solo tras confirmar que no fueran recibos, pues resultaba difícil distinguir la diferencia.

El caballero estaba delante del mostrador a medio limpiar cuando Grace levantó la mirada. Le sonrió y le sostuvo la mirada con unos llamativos ojos verdes. Advirtió un ligero hoyuelo en su barbilla, que complementaba a la perfección lo anguloso de su mandíbula y le confería el aspecto atractivo de uno de los actores de una producción cinematográfica.

Grace se devanó los sesos tratando de hallar algo ingenioso y fascinante que decir, pero no se le ocurrió nada.

—¿Puedo ayudarle en algo?

El hombre empujó hacia ella la pila de libros colocados sobre el mostrador, libros en los que ella no había reparado hasta el momento, perdida como estaba en sus bonitos ojos.

—Me gustaría comprar estos libros, por favor. —Se metió las manos en los bolsillos con gesto desenfadado y adoptó la clásica postura de piernas separadas de un hombre que tiene intención de conversar—. No sabía que el señor Evans tuviera una empleada.

Grace pulsó un botón de la vieja caja registradora National y el golpe consiguiente del aparato resonó en la tienda vacía.

—Es mi primer día —comentó y le lanzó una mirada avergonzada mientras alcanzaba el siguiente libro—. Ha sido muy amable al ayudarme antes. Se lo agradezco.

—Es lo mínimo que podía hacer —respondió él, agrandó su sonrisa y el gesto provocó que la piel tersa que rodeaba sus ojos se poblara de arrugas—. Llevo viniendo con regularidad desde que era pequeño. Me he fijado en que ha limpiado un poco la tienda. Es una tarea ardua.

—Me gustan los retos —repuso Grace, y se dio cuenta de que hablaba en serio.

Por lo menos, organizar la tienda le ayudaría a llenar el tiempo durante los próximos seis meses.

—Será un reto, desde luego. —El hombre miró hacia atrás con una mueca exagerada—. Sobre todo, si es amante de la lectura. Las novelas de misterio bien podrían ser *thrillers*, los clásicos bien podrían ser historias de amor, y así sucesivamente.

—No lo soy —confesó ella—. Amante de la lectura, me refiero. No he tenido mucho tiempo para libros.

El desconocido se irguió un poco, casi como si su confesión le hubiera ofendido, aunque no perdió la sonrisa en ningún momento.

—Bueno, si quisiera empezar con alguno, le sugeriría *El conde de Montecristo*. Es un clásico que siempre me ha gustado. —Ladeó entonces la cabeza—. Aunque también podría ser una historia de amor.

—Lo tendré en cuenta —dijo Grace mientras levantaba el último libro para cobrarlo—. Gracias por la recomendación.

El hombre sacó su billetera y pagó los libros.

—¿Puedo preguntarle su nombre, si no le importa?

—Señorita Grace Bennett —respondió ella.

—Señorita Bennett. —Asintió con educación—. Yo soy George Anderson. Estoy deseando ver qué consigue hacer con la tienda.

Ella le devolvió el gesto de cabeza y el señor Anderson se marchó, caminando hacia atrás para poder dedicarle una última sonrisa devastadora.

¡Madre mía!

Se llevó la mano al pecho como si pudiera calmar los latidos del corazón. Justo entonces volvió a sonar la campana de la puerta y el señor Evans inundó la estancia con su amargura.

Escudriñó el mostrador organizado y frunció las pobladas cejas en un gesto de aparente consternación.

—¿Qué diablos ha ocurrido aquí? ¿Nos han robado?

—He ordenado un poco —respondió Grace.

El señor Evans frunció de nuevo el ceño y miró a su alrededor.

—Por eso hay tanto polvo aquí —comentó, y agitó el aire con un periódico doblado, como si le resultase una gran ofensa.

Ella se puso tensa, a la espera de unas palabras groseras como las que con tanta frecuencia le había dedicado su tío. En todos los años que había trabajado para él, desde el primer día que terminó el último curso de la escuela de Drayton hasta el día en que se marchó a Londres, su tío se dedicó a señalar con todo detalle sus muchos errores. Al parecer, la ética laboral de Grace no iba en consonancia con lo que él esperaba. Malgastaba material que todavía podía utilizarse. Podría haber vendido más artículos con sus sugerencias si hubiera sido más lista, más intuitiva, más decidida. Menos incompetente.

Apretó los puños y se preparó para recibir los golpes contra ella por sus defectos personales.

—Supongo que sí que necesita una buena limpieza —masculló el señor Evans, dándole la razón a regañadientes.

—¿Cómo dice? —preguntó Grace, y relajó los puños.

—La tienda está llena de polvo y no he tenido tiempo de encargarme de ello. —Dejó el periódico sobre el mostrador con un golpetazo y agarró la pila de recibos, sin darse cuenta de que varios salieron volando—. Le agradecería que no se dedicara a cotillear mis cuentas.

—Jamás se me ocurriría. —Grace se agachó a recoger los recibos y se los devolvió al señor Evans, cuidándose de mantener la mirada lejos de las letras impresas en el papel.

El señor Evans los introdujo entre los demás papeles y desapareció por la puerta que daba a la trastienda. Tardó un rato en volver a salir y, cuando lo hizo, se quedó revisando los libros en la parte de atrás, más como un cliente que como el dueño de la tienda.

Grace se pasó el resto de la tarde terminando de limpiar el polvo y de abrillantar el mostrador. En realidad, era bastante bonito una vez que se le quitaban de encima los años de mugre acumulada, lucía unas volutas grabadas en las esquinas y un precioso tono castaño. Por suerte, ningún otro cliente le pidió ayuda para buscar libros y su única tarea consistió en cobrar.

Cuando por fin llegó la hora de marcharse, así se lo comunicó al señor Evans, que se limitó a dar su beneplácito con un gruñido y poco más.

Aunque estaba cansada, sucia y tenía la impresión de no haber hecho lo suficiente, regresó corriendo a casa. Deseaba saber cómo le había ido a Viv su entrevista.

Al llegar, abrió de golpe la puerta principal.

—Viv, ¿cómo te ha ido la…?

La radio estaba encendida a todo volumen y una voz que resonaba por la sala informaba a los oyentes de que habían movilizado una flota.

¿Una flota de qué?

La señora Weatherford y Viv estaban sentadas frente al aparato de radio, escuchando con atención. Viv le lanzó una mirada distraída y le hizo un gesto para que se acercara.

Ella se sentó enseguida en el sofá de angora azul con su amiga.

—¿Qué sucede? —susurró—. ¿Por qué están dando el noticiario? Si no son las seis.

—Han llegado noticias esta tarde —le explicó Viv con una mirada nerviosa—. Han llamado a los reservistas. Nos habían dicho antes que no deberíamos dar por hecho que la guerra es inevitable. Pero ¿cómo no darlo por hecho cuando nos están diciendo que han movilizado flotas y que todos los reservistas navales y el resto del personal de la Real Fuerza Aérea deben presentarse al servicio?

Grace se dejó caer contra el respaldo del sofá, llevada por la sorpresa. ¿Cómo era posible que no se hubiera enterado de nada de eso? Aunque, claro, había estado metida en su propio mundo, limpiando, concentrada en su labor, y habían entrado pocos clientes en la tienda y espaciados.

La expectación que se palpaba en el aire le corría ahora por las venas. Había llegado el momento.

La guerra.

La señora Weatherford no dijo nada, su rostro era una máscara inmutable. Se puso en pie de golpe y apagó la radio.

—Ya es suficiente por hoy. —Tomó aliento y se volvió hacia Grace—. Confío en que tu primer día haya ido bien.

—Sí, gracias —repuso Grace con voz suave.

—Me alegro —dijo la señora Weatherford con un gesto firme de cabeza—. Si me disculpas, tengo que preparar un pastel de riñones, o no tendremos nada para cenar.

Sin esperar otra respuesta, abandonó la estancia con decisión y la espalda excesivamente recta.

—Mañana van a evacuar a los niños —murmuró Viv—. Se los llevan a todos al campo. Al menos a aquellos a los que sus padres los apuntaron.

Grace recibió la noticia con un vuelco en el corazón. Viv tenía razón: ¿cómo no iban a dar por hecha la guerra si estaban implementando unas medidas tan drásticas?

Pensó entonces en el ama de casa que había estado ese día en la librería, seleccionando un libro para leer sin tener ni idea de que sus hijos se marcharían al día siguiente. Todas las madres de Londres perderían a sus retoños a causa de la evacuación. Y muchas de ellas enviarían también a sus maridos a la guerra.

Si no se ofrecían suficientes hombres voluntarios, quizá fueran llamados a filas. Le dio un vuelco el estómago.

Quizá llamaran a Colin.

No era de extrañar que la señora Weatherford se hubiera mostrado reacia a seguir escuchando la radio.

Viv se había quedado con la mirada perdida en la alfombra con gesto solemne. Grace sintió en el pecho un nudo producido por el miedo y trató de parecer despreocupada, a fin de que no acabaran sumiéndose ambas en la desesperanza.

—Los niños estarán bien siempre y cuando no acaben en el campo con mi tío y su familia —dijo a modo de broma.

Viv le dirigió una sonrisa triste y le siguió la broma.

—Tampoco es que él fuera a ofrecerles un lugar donde quedarse.

Fue entonces cuando Grace se dio cuenta de que Viv seguía vestida con su traje azul marino.

—¿Has ido a la entrevista?

Viv dijo que sí con la cabeza.

—Me han ofrecido un puesto como dependienta. Empiezo mañana, aunque ahora no sé lo que durará.

—Durará mucho, estoy segura —dijo Grace, y le estrechó la mano a su amiga—. Todo el mundo necesita siempre un par de medias o una blusa nueva para sentirse bien.

—¿O un elefante? —preguntó Viv ladeando la cabeza.

—A lo mejor un tejón —sugirió Grace encogiéndose de hombros.

—Quizá incluso un guepardo —agregó Viv con la sombra de una sonrisa.

—No te olvides de la correa —le aconsejó Grace.

Viv se puso seria de pronto.

—Saldremos de esta, Grace Bennett. Ya lo verás.

Cubrió la mano de Grace con la suya, un gesto que recordaba la camaradería que compartían desde la infancia. Esa solidaridad las había ayudado a sobrevivir al dolor de la muerte de la madre de Grace, a la monotonía de la vida en Drayton, a los padres autoritarios de Viv e incluso a las incesantes bromas del bobo de Geoffrey Simmons.

Juntas, lograrían hacer frente a cualquier cosa que pudiera ponérseles por delante, ya fuera el dueño cascarrabias de una librería o una guerra inminente.

CUATRO

La fila de niños era interminable, lo cual resultaba trágico.

A decir verdad, Grace no había tenido mucha ocasión de pensar en la evacuación. Habían estado demasiado ajetreadas la tarde anterior preparándose para la primera noche de apagón* decretada por el Gobierno, mientras Colin daba los últimos retoques al refugio Anderson en el jardín excavado de la señora Weatherford.

Esta última había mencionado en varias ocasiones los parterres de flores echados a perder, pese a su insistencia en que no le importaban un comino.

Con todo ese ajetreo, a Grace le avergonzaba reconocer que no se había acordado de los niños. Al menos, no cuando salió aquella mañana de Britton Street para dirigirse a Primrose Hill Books. Menos aún, cuando divisó unos extraños globos plateados en el cielo, tan grandes como casas y suspendidos sobre la ciudad como peces hinchados. Unos trastos peculiares que sin duda cumplirían algún propósito en la guerra.

Cuando dobló la esquina de Albion Place estaba tan absorta contemplando uno de esos globos que a punto estuvo de chocarse contra un hombre vestido con el uniforme azul de la Real Fuerza Aérea, que llevaba su arma colgada del hombro.

---

* *Blackout*: «apagón», medidas impuestas por el Gobierno británico durante la Segunda Guerra Mundial para regular el uso de la iluminación en las ciudades durante los ataques aéreos.

—Discúlpeme —dijo Grace—. No había…

Lo que fuera que pensara decir a continuación se le olvidó de inmediato, pues fue entonces cuando se fijó en los niños. La fila recorría toda la calle de punta a punta, en dirección a Farringdon Station.

El agente de la Real Fuerza Aérea respondió, pero ella no lo oyó, porque él pasó a su lado a gran velocidad. Ya solo podía fijarse en la interminable fila de niños, con sus mascarillas de oxígeno colgando de una cuerda y la información relativa a cada uno prendida a sus chaquetas o a las bolsas que contenían sus pertenencias. Unas bolsas demasiado pequeñas para lo que quizá fuera una ausencia prolongada. Pues quién sabía cuándo regresarían.

Algunos parecían entusiasmados y en sus rostros se advertía la emoción ante una gran aventura. Otros se agarraban a sus madres con el rostro mojado por las lágrimas. En cuanto a las mujeres que los acompañaban, estaban todas pálidas, con gesto impertérrito para soportar la agonía de la tarea que tenían entre manos.

Ninguna madre debería tener que tomar una decisión como esa: enviar a su hijo a vivir con un desconocido en el campo o permitir que se quedara en la ciudad, donde acechaba el peligro.

Pese al dolor de la separación, debía de existir un riesgo considerable si estaban dispuestos a tomarse la molestia de evacuar a tantísimos niños. Sin duda sería mejor que dejarlos en Londres, donde corrían el peligro constante de sufrir un bombardeo.

Aunque Grace no era madre, albergaba la esperanza de serlo algún día. De manera que cada semblante compungido que veía a su paso le transmitía el sacrificio que estaban haciendo esas mujeres para asegurarse de que sus hijos estuvieran a salvo.

Conforme siguió caminando en aquel estado de asombro, se topó con la masa de niños congregados a la entrada de Farringdon Station, desde donde partía otra hilera de menores en la dirección contraria. Cientos, si no miles.

Muchas madres no tendrían a nadie a quien abrazar esa noche.

A Grace se le encogió el corazón al pensar en ellas y en los pequeños a quienes debían dejar al cuidado de otra persona. Aceleró el paso, incapaz de soportar por más tiempo aquella escena.

Prácticamente entró corriendo en la librería, lo que propició una mirada reprobatoria por parte del señor Evans.

—¿Acaso ha empezado ya la guerra? —preguntó este con sequedad y devolvió su atención al libro que tenía delante.

—Bien podría haber empezado —respondió ella. Miró a la calle y vio a una madre que les metía prisa a sus dos hijos en dirección a la estación de metro—. Están llevándose a los niños.

Su jefe murmuró distraídamente para darle la razón.

Grace miró hacia el cielo en busca de los enormes objetos plateados.

—Y esos globos…

—Globos de barrera.

—¿Qué narices es eso? —le preguntó, al tiempo que se volvía hacia él.

El señor Evans suspiró con impaciencia y dejó el libro que estaba leyendo.

—Están sujetos con cables de acero y evitan que los aviones vuelen demasiado bajo. Sirven para protegernos.

—¿Así que no pueden bombardearnos? —preguntó Grace, esperanzada.

—Ay, claro que pueden bombardearnos —respondió Evans con un resoplido—. Los globos fueron eficaces en la Gran Guerra, cuando los aviones no podían volar tan alto; ahora al menos los obliga a elevarse lo suficiente para ponerse a tiro de las ametralladoras antiaéreas.

Grace notó un escalofrío por todo el cuerpo. Quiso hacerle más preguntas, pero el señor Evans había recuperado su libro y retomado su lectura. Aquel día entraron pocos clientes en la tienda. No era de extrañar, habida cuenta de que estaban evacuando a los niños, los hombres se marchaban a la guerra y todas las madres se quedaban solas con su dolor.

Grace había pensado dedicarse a organizar los libros, pero no podía quitarse de la cabeza la imagen de esos pobres niños. Sobre todo, al tratarse de semejante cantidad de ellos. Menos aún, cuando sus madres habían mostrado tanta entereza a la hora de afrontar lo que se veían obligadas a hacer para proteger a sus retoños.

Se acordó de la vez que su madre fue a visitar a la señora Weatherford cuando ella era pequeña. Aunque, durante aquella semana, Grace se había quedado a vivir con la familia de Viv, aún recordaba lo mucho que extrañó a su madre aquellos días, como si la hubiera abandonado. Y solo había sido una semana.

En cambio, esos pobres niños…

Al final se entretuvo con la cinta mal colocada del escaparate. Primero arrancó el adhesivo y después estuvo despegando las partes que se habían quedado adheridas al cristal. Era una tarea mecánica, lo cual le venía bien, pues tenía la cabeza saturada.

Cuando ya solo le quedaban dos tiras por retirar y estaba planteándose si le daría tiempo a colocar más cinta con el debido cuidado, el señor Evans se le acercó.

—Váyase a casa, señorita Bennett. No hay suficiente trabajo como para molestarnos en seguir abiertos. Hoy no. Además, no tengo nada para tapar los escaparates cuando oscurezca. —Se cruzó de brazos y dejó escapar el aire con un silbido a través de la nariz mientras contemplaba su tienda—. La guerra ya está aquí y no serán libros precisamente lo que la gente querrá comprar.

Grace recogió la cinta adhesiva desechada y se incorporó.

—Pero necesitarán algo con lo que entretenerse.

—Mañana traeré papel de periódico —comentó su jefe al tiempo que señalaba los escaparates con la cabeza.

Grace disimuló su repulsa ante la idea de forrar los ventanales del escaparate con hojas de periódico.

—Puedo confeccionar cortinas. La señora Weatherford ya tiene a mano bastante tela. Nos sobra un poco.

De hecho, su arrendadora había alardeado de la victoria que había supuesto para ella conseguir tantos metros de satén negro por solo dos chelines el metro.

Grace no sabía por qué se ofrecía a ayudar al señor Evans. Sobre todo, cuando este acababa de insinuar que quizá en un futuro próximo no tuviese negocio suficiente para permitirse contratar a una ayudante. Pero sí que les sobraba la tela, y el hecho de resultar de utilidad jugaría en su favor a la hora de lograr la tan ansiada carta de recomendación.

Se apresuró a coger el bolso, el sombrero y la máscara antigás, ansiosa por disfrutar de aquellas horas libres.

Cuando ella estaba en la puerta, el señor Evans se acercó y cambió el cartel de ABIERTO a CERRADO.

—Que pase buena tarde, señorita Bennett.

Él cerró la puerta tras ella y echó el pestillo. Para entonces, los niños ya habían desaparecido de la calle, casi como si su partida nunca hubiese tenido lugar. De camino a casa, Grace trató de evitar ese recuerdo tan doloroso y, en su lugar, se afanó en buscar maneras de atraer más clientes a Primrose Hill Books.

Ya lo había hecho antes con la tienda de su tío. Varios carteles en el escaparate y algunos artículos rebajados colocados de forma estratégica habían supuesto una gran diferencia. Los clientes no tardaron en empezar a acudir con regularidad.

Aunque, claro, en Primrose Hill Books había menos clientes, y los que quedaban tenían los nervios a flor de piel. Pero los libros tenían un propósito. Siempre era necesario tener distracciones. Más aún en épocas de penurias.

Justo delante de la vivienda, se encontró con la señora Weatherford, que llevaba los brazos cargados de bolsas.

Con un dedo de la mano, único apéndice que parecía quedarle libre, le hizo un gesto a Grace para que se acercara.

—Llegas en el mejor momento, Grace. Ven aquí, pequeña.

Grace se acercó corriendo y le quitó varias bolsas del brazo. Notó entonces un peso tan inesperado en la mano que a punto estuvo de dejar caer el paquete.

—¿Qué lleva aquí? ¿Sacos de arena?

La señora Weatherford miró a su alrededor con semblante conspirativo antes de inclinarse hacia ella.

—Es té —susurró mientras levantaba un hombro para colgarse otra bolsa—. Y azúcar. Venga, entremos rápido en casa.

No volvió a hablar hasta que hubo metido los paquetes en la casa y los tuvo a salvo en la cocina. En las ventanas de la alegre estancia colgaban los pesados cortinajes oscuros, recordatorio del apagón que comenzaba esa noche. Ya habían hecho algunos simulacros el mes anterior, pero esta vez iba en serio.

La señora Weatherford dejó caer sus bártulos con sumo cuidado y emitió un suspiro de alivio.

—Santo cielo, qué cargada iba.

—¿Todo esto es té y azúcar? —preguntó Grace examinando las bolsas, que estaban llenas hasta reventar.

—También hay harina —confesó la mujer y la señaló con un dedo—. No me mires con esa cara, Grace Bennett. La guerra se acerca y, acuérdate de lo que te voy a decir: habrá racionamiento. Tenía que hacerme con estos artículos antes que los acaparadores.

—¿Los acaparadores? —inquirió Grace contemplando el botín de alimentos secos.

—La señora Nesbitt compró por lo menos el doble —comentó la señora Weatherford mientras empezaba a desempaquetar su mercancía—, y esa mujer vive sola. —Se inclinó sobre la encimera para recolocar los objetos del armario y hacer sitio para los nuevos productos—. Ya sabes quién te digo, la propietaria de Nesbitt's Fine Reads, una de las muchas librerías ilustres de Paternoster Row. —Miró a Grace en busca de un gesto de confirmación.

Pero esta última dijo que no con la cabeza.

—Seguro que el señor Evans te ha hablado de Paternoster Row —conjeturó con el ceño fruncido.

—La verdad es que no —respondió Grace mientras colocaba varios paquetes de azúcar en una zona despejada del armario abierto.

La señora Weatherford cambió de sitio unas cajas y las reemplazó por latas de té.

—A esa calle van todos los amantes de los libros que tienen dinero. Le he dicho al señor Evans cientos de veces que debería trasladarse allí. —Dio un paso atrás e inspeccionó el armario recién surtido con un gesto de aprobación—. Deberías ir alguna vez. Para ver cómo es una librería en condiciones. Puedo indicarte el camino.

«Una librería en condiciones». Era justo lo que a Grace le hacía falta estudiar para saber cómo mejorar Primrose Hill Books.

—Sería fantástico —respondió—. Y, ya que hablamos del tema, ¿le importaría que utilizara parte del satén negro para confeccionar unas cortinas para la tienda?

La señora Weatherford le dirigió una sonrisa de orgullo, igual que antes lo hacía su madre. Aquel gesto conectó con una herida abierta en su interior, muy profunda, y ayudó a calmar el dolor que le provocaba.

—Por supuesto, querida —dijo la mujer—. Asegúrate de poner al menos tres capas; de lo contrario, no tapará la luz. Estoy segura de que el señor Evans agradece tus esfuerzos —comentó mientras llenaba el hervidor con agua del grifo—, aunque no lo exprese con palabras.

Colin entró en la cocina seguido de Tigre, que maullaba con insistencia.

—Hola, Grace. —Se le sonrojaron ligeramente las mejillas, como le sucedía siempre que entraba en una estancia donde estuvieran Viv o ella—. Esta mañana hemos recibido un cachorro de guepardo. Es muy poquita cosa, una bola de pelo con una personalidad feroz. —Describió con los dedos la forma de una pelota para indicar el tamaño del animal.

—Me imagino que será una monada.

—La próxima vez que vayas a Harrods, tienes que pasar a verlo. —Miró entonces a su madre—. ¿Me das una lata de atún, mamá?

Aunque la señora Weatherford frunció los labios, le entregó la lata de igual modo.

—Creo que Tigre ya es lo suficientemente grande para buscarse una casa. Dentro de poco nos costará trabajo encontrar comida para alimentarnos nosotros, conque no digamos para alimentar al gato.

Colin aceptó la lata con una sonrisa amarga.

—Los dos pensáis que estoy loca, pero os aseguro que lo racionarán todo. —La señora Weatherford dobló las bolsas, ya vacías, y colocó el hervidor con agua en el fuego mientras Colin abría la lata con un abrelatas.

Un fuerte olor a pescado inundó la pequeña estancia e hizo que Tigre empezara a maullar como loco. La señora Weatherford agitó la mano para disipar la peste.

—Ahórratelo, Grace. Ve a encender la radio mientras yo preparo el té.

Grace no se lo pensó dos veces y huyó enseguida de la pestilente cocina. Sin embargo, cuando encendió la radio, las noticias que oyó fueron mucho peores que el olor a pescado.

Por los altavoces sonaba la voz profunda de Lionel Marson.

—Alemania ha invadido Polonia y ha bombardeado varias ciudades…

Grace se quedó de piedra, con la mano suspendida sobre el botón metálico. El locutor siguió con su discurso, en el que explicaba que Polonia había sido atacada esa mañana, que las principales ciudades polacas habían sido bombardeadas y que Francia estaba movilizándose. Al haber firmado el Acuerdo de Ayuda Mutua con Polonia escasos días antes, no les quedaría otro remedio: Gran Bretaña y Francia tendrían que intervenir.

El resto de la tarde y de la noche lo pasaron en la sala, escuchando los diferentes boletines conforme se emitían, atentos todos a cualquier nuevo retazo de información. Casi todo lo que decían ya lo sabían, pero de igual manera lo escuchaban con atención.

Grace se pasó ese tiempo confeccionando cortinas para la tienda con ayuda de Viv, una vez que su amiga regresó de su primer y exitoso día de trabajo en Harrods. Con los nervios a flor de piel, comieron un poco del pastel de cerdo de la señora Weatherford y se prepararon para el apagón antes de que el sol terminara de ponerse.

Hitler bien podría hacerle a Inglaterra lo que le había hecho a Polonia. Cualquier destello de luz procedente de una ventana podría indicarles a sus aviones dónde dejar caer las bombas.

Grace notó por la espalda el escalofrío provocado por el miedo. Antes había temido el apagón y sus estrictas normas. Ahora, sin embargo, agradecía que el Gobierno hubiera tenido la previsión de ocultarlos para no convertir la ciudad en un blanco perfecto en la oscuridad de la noche.

Del mismo modo, daba las gracias por contar con el refugio Anderson del jardín de atrás. Saber que tenían protección en las inmediaciones le daba cierta sensación de seguridad.

En la oscuridad absoluta de su primer apagón, a Grace le costó trabajo conciliar el sueño. Sobre todo, porque tenía la cabeza llena de ideas sobre la guerra y no paraba de pensar en esos pobres niños que había visto aquella mañana.

Al parecer, las cortinas opacas cumplieron su cometido a la perfección. Finalmente, Grace se quedó dormida, pero a la mañana siguiente se despertó casi media hora más tarde de lo planeado. Pese a la prisa que se dio en arreglarse, llegó a la librería varios minutos tarde.

Al oírla llegar, el señor Evans levantó la mirada con gesto taciturno. Sin duda iba a soltarle una reprimenda.

Grace se aferró al bolso, en cuyo interior llevaba las cortinas negras de capa triple.

—Y yo que pensaba que había dado la tienda por perdida —comentó con una leve sonrisa de suficiencia antes de regresar a la parte de atrás de la librería—. No me habría extrañado.

—Siento llegar tarde —respondió ella mientras el hombre se alejaba—. He traído las cortinas.

El librero miró por encima del hombro hacia su bolso e hizo un gesto afirmativo con la cabeza.

Era lo más parecido al «gracias» que ella habría esperado. Primero ordenó la tienda y limpió los montones de recibos y restos de basura que el señor Evans había dejado sobre el mostrador. Aunque sabía poco sobre los libros que vendían, escogió cubiertas con imágenes atractivas y las colocó formando un semicírculo en el escaparate.

Al menos era un comienzo.

Acababa de localizar una pequeña escalera y se disponía a colgar las cortinas cuando el tintineo de la campana de la puerta anunció la llegada de un visitante. Entró un anciano y le lanzó una mirada de desconfianza.

—¿Quién es usted?

—La señorita Bennett —respondió ella mientras se bajaba de la escalera—. La nueva dependienta.

Mirándolo cara a cara, resultaba imposible ignorar lo mucho que aquel hombre se parecía a un pájaro colocado de cara al viento en un día frío. Su canosa cabeza se hundía entre los encogidos hombros, y sus piernecillas larguiruchas sobresalían por debajo de una enorme chaqueta oscura. Observó las cortinas que a Grace no le había dado tiempo a colgar y chasqueó la lengua.

—No hacen falta cortinas cuando el betún serviría igual.

A Grace casi le da un síncope ante la idea de embadurnar los cristales con betún.

—¿Puedo ayudarle?

—¿Dónde está Evans?

—Pritchard, ¿es usted? —El señor Evans emergió entre el bosque de estanterías, con su sempiterno libro en las manos, colocado justo por encima de la barriga. Lo cerró de golpe y se ajustó las gafas al puente de la nariz.

—¿Ha contratado a una ayudante? —El hombre echó un vistazo a la tienda, y su nariz aguileña intensificó su apariencia de ave—. ¿Tan bien le va?

—Nunca sabes lo que vas a necesitar cuando llega una guerra —respondió el señor Evans con amargura—. ¿Otra vez comparando nuestras librerías, Pritchard?

—¡Bah! —exclamó el recién llegado chasqueando la lengua de nuevo—. Ni siquiera han declarado aún la guerra. Y, si este embrollo con

Polonia nos obliga a intervenir, les enseñaremos a Hitler y a sus «Nastys»*
nuestros puños de acero y se volverán a Alemania con el rabo entre las
piernas. Acuérdate de lo que te digo: todo esto habrá acabado antes de
Navidad.

—Aun así, voy a poner las cortinas —insistió el señor Evans, y le
hizo a Grace un gesto con la cabeza, liberándola de la necesidad de formar parte de la conversación—. Por lo menos, servirá para que los inspectores del Servicio de Precauciones Antiaéreas no vengan a llamar a mi
puerta.

Grace agarró la resbaladiza tela, se subió a la escalera y procedió a
colgar las cortinas mientras los hombres discutían de política y venta de
libros.

—¿Cómo demonios consigue que no se le metan ratones en la tienda?
—preguntó de pronto el señor Pritchard mientras Grace terminaba su tarea—. A mí esos bichejos me vienen dando problemas desde el principio.

—Aquí eso nunca ha supuesto un problema. —El tono distraído del
señor Evans indicaba con claridad que ya se había cansado de la conversación. Una indirecta que el señor Pritchard no parecía captar.

El hombre hundió la cabeza más aún entre los hombros y frunció el
ceño.

—Probablemente se deba a que, estando aquí, tan aislado, el Támesis
le pilla lejos. No como a mí, que estoy en Paternoster Row.

—Necesita un gato —intervino Grace mientras se bajaba de la escalera y examinaba el resultado de su tarea—. El hijo de la señora Weatherford
tiene un gato atigrado que necesita un hogar.

—¿Esa mujer metomentodo? —dijo el señor Pritchard con un resoplido.

Grace se entretuvo plegando la escalera para disimular el fastidio que
le produjo aquel comentario despectivo respecto a la mujer que tanto había
hecho por ella.

—Un gato sería de gran ayuda. Sé de buena tinta que la señora
Weatherford no tiene planes esta mañana y seguro que agradece la visita.

Al menos si eso suponía encontrarle un nuevo hogar a Tigre.

---

* *Nasty*: «despreciable» en inglés. Juego de palabras para referirse a los nazis.

—Entiendo —repuso el señor Pritchard mientras asentía para sus adentros—. En fin, parece que debería hacerme con un gato. Que pase un buen día, Evans.

El señor Evans murmuró algo a modo de despedida y el señor Pritchard abandonó la tienda. Con las cortinas debidamente colgadas y una exposición decente en el escaparate, Grace se preparó para su siguiente proyecto: encontrarles sitio a las montañas de libros desperdigadas por el suelo.

La tarea fue mucho más complicada de lo que había anticipado. Cualquiera que hubiera sido el sistema de orden que estableció el señor Evans en su día era ya casi inexistente, lo que suponía que Grace tendría que crear el suyo propio. Con el tiempo. Por el momento, se limitó a buscar un sitio para colocar los volúmenes sueltos.

Estaba tan absorta en la tarea que el señor Evans hubo de recordarle en varias ocasiones que había llegado su hora de salida. Y, cada vez que él se lo recordaba, ella le restaba importancia, diciendo que ya casi había terminado. Y siempre que lo decía creía que era cierto, pero entonces descubría más pilas de libros.

El rumor grave de un trueno llamó su atención, y el señor Evans apareció junto a ella con un paraguas en la mano.

—Señorita Bennett, váyase a casa. Vamos a cerrar ya y además ha empezado a llover.

Grace desvió la atención de una hilera de lomos de libros tan apretados que sería imposible encajar uno más entre ellos, pese a que aún le quedaban alrededor de veinte por ubicar. No guardaban ningún orden. Todavía. Pero al menos ya no andaban tirados por el suelo.

Miró al escaparate y vio que las cortinas estaban echadas. El apagón estaba en curso.

¿De verdad se le había hecho tan tarde?

—Mañana quédese en casa —le pidió el señor Evans—. Ya ha trabajado demasiado en un solo día.

—Pero ayer…

—Se suponía que debía marcharse por la tarde, y ya es de noche —insistió el señor Evans, y le ofreció el paraguas una vez más—. Si la señora Weatherford vuelve a llamar preguntando por usted, me cortará la cabeza.

De modo que era eso. La señora Weatherford. No era de extrañar que su tardanza hubiese despertado la preocupación de la mujer.

Grace aceptó el paraguas y se apresuró a recoger sus cosas. El señor Evans la siguió hasta la entrada y le abrió la puerta.

Al salir se encontró con la oscuridad, tan abrupta como profunda; un mar eterno de la nada más absoluta.

Parpadeó como para intentar aclararse la vista, pero de nada sirvió ante aquella oscuridad total. No había imaginado que el apagón fuese tan absorbente.

—Debería acompañarla a casa —dijo el señor Evans, más para sus adentros que para ella.

—No se preocupe —respondió Grace alzando un poco la barbilla, como hacía Viv cuando demostraba toda su seguridad en sí misma. Aunque, en el caso de Grace, no era más que apariencia—. Tardaré menos de diez minutos. No hay necesidad de que los dos acabemos empapados.

El hombre frunció el ceño y abrió la boca para decir algo cuando un potente silbido perforó el aire.

—Apaguen esa luz —gritó alguien a lo lejos.

El aire de autoridad de la voz sugería que se trataba de un inspector de Precauciones Antiaéreas, el servicio voluntario compuesto por vecinos que aseguraban el cumplimiento de las normas del apagón.

—Buenas noches, señor Evans. —Grace salió de la tienda y abrió el paraguas.

Aun así, el señor Evans aguardó con la puerta abierta.

—¡Apague la luz, señor Evans! —gritó de nuevo el inspector, cuya voz esta vez sonaba más cerca.

Por fin el librero dejó que la puerta se cerrara y Grace se vio envuelta por un manto de densa oscuridad. Era casi como si le costara abrir los ojos, pues se esforzaba en ver algo, lo que fuera, sin conseguirlo.

Normalmente había gente por la calle, coches que atravesaban la oscuridad con sus faros, farolas que proyectaban un halo luminoso y dorado en un radio sobre la acera. Pero ahora no. Durante el apagón, no había nada.

Vaciló unos instantes, detenida en plena calle, en un intento por orientarse, cosa que le resultaba harto complicada. Allí parada, la lluvia golpeaba con insistencia su paraguas.

En ausencia de luz, tendría que avanzar guiándose por la memoria. Le parecía fascinante que, pese a llevar solo una semana en Londres, ya fuera capaz de visualizar con tanta facilidad el camino hasta Britton Street. Aunque, claro, eso era cuando podía ver con claridad los alrededores.

Dio un paso cauteloso hacia delante y el golpe del zapato sobre la acera resonó con fuerza en la calle vacía. Temía tropezar con algún obstáculo. Sin embargo, no fue así. Tampoco se topó con nada al siguiente paso, ni al que siguió a continuación. Prosiguió su camino vacilante, arrastrando los pies sobre la acera, que producía un roce áspero al contacto con la suela de sus zapatos.

¿Cuántos pasos le quedarían hasta la calzada? Vaciló y estiró delante de ella la mano que tenía libre, palpando el aire.

Quizá debería volver sobre sus pasos y aceptar el ofrecimiento del señor Evans de acompañarla a casa. Pero ahora ¿cómo iba a regresar a la tienda?

Con cada paso a ciegas se le crispaban más los nervios, tenía los sentidos alerta. Un rugido rompió el silencio de la noche. Se produjo a tal velocidad que Grace retrocedió apresurada y tropezó al hacerlo. Notó el zumbido de un coche que pasó a gran velocidad con los faros apagados, y que le levantó la falda con una ráfaga de aire al tiempo que le salpicaba el equivalente a lo que le pareció un cubo de agua.

El vestido se le quedó pegado a la piel, helado y empapado de agua de lluvia mugrienta. Se rodeó con los brazos sin soltar el mango del paraguas, aunque ya le daba igual que le lloviera encima.

Un relámpago iluminó el cielo, envolviendo al mundo en un fogonazo brillante y efímero. Bastó para permitirle distinguir la dirección en la que debía avanzar, además de para confirmarle que no había más coches en las inmediaciones.

Empapada, a ciegas y muerta de frío, logró llegar a tientas hasta Britton Street, un paso detrás de otro, con sumo cuidado, ayudada por relámpagos puntuales. Lo que en circunstancias normales habría sido un trayecto de diez minutos se le antojó una eternidad. A saber cuánto tiempo había perdido pasando una y otra vez delante de la casa de la señora Weatherford en un intento infructuoso por identificar la puerta correcta.

Por fin logró constatar que se hallaba ante la casa correcta y subió con cuidado las escaleras de la entrada. Tenía los zapatos tan empapados que parecían pesar varios kilos cada uno y chorreaban con cada pisada, lo que hizo que los dedos de los pies se le encharcaran de agua. Palpó la puerta con la mano libre en busca del picaporte. Percibió el metal frío contra la palma de la mano y lo agarró. La puerta emitió un clic, no estaba cerrada por dentro, y la hoja se abrió hacia dentro con suavidad.

La luz del interior fue como una explosión ante sus ojos, casi tan cegadora como la propia oscuridad. Entró dando tumbos y estuvo a punto de caer al suelo.

—¡Grace! —exclamó la señora Weatherford desde la sala—. Dios bendito, muchacha, ¿qué te ha ocurrido? Estábamos muy preocupados.

En momentos extremos como aquel, la naturaleza mandona de la señora Weatherford resultaba de mucha utilidad. En poco menos de una hora, Grace ya estaba seca, vestida con ropa limpia y con una taza de té caliente en la mano antes de meterse en la cama.

Abrigada y a salvo bajo la colcha, se acurrucó en la cama y volvió a congraciarse con la oscuridad mientras esta la arrastraba hacia los confines del sueño. No obstante, antes de quedarse dormida, decidió que a la mañana siguiente emplearía su día libre en ir a visitar Paternoster Row. Si pudiera ver cómo organizaban los expositores y ordenaban los libros en esas tiendas, quizá lograra hacerse una idea de hacia dónde dirigir sus esfuerzos.

Por desgracia, la noticia con la que se despertó al día siguiente dio al traste con aquellos planes tan bien trazados.

CINCO

Gran Bretaña había declarado la guerra de manera oficial.

El primer ministro emitió un boletín especial a las once y cuarto de la mañana, antes de que Grace pudiera salir de casa.

Se sentó en el sofá de angora junto a Viv mientras la voz de Chamberlain inundaba la sala. Colin ya no estaba sentado en el suelo, pues a Tigre lo habían llevado ya con el señor Pritchard. En su lugar, el joven estaba sentado al borde del asiento del sillón Morris, junto a su madre.

En la pequeña mesa de centro, junto a un jarrón lleno de dalias, descansaba una bandeja de té sin tocar.

El primer ministro informó de que Alemania había ignorado la petición de retirarse de Polonia. Grace contuvo la respiración y rezó en silencio para que Chamberlain no anunciase aquello que todos temían.

Pero, aunque todos los radioyentes de Londres hubieran aguantado la respiración, sus próximas palabras resultarían inevitables: «… como consecuencia, este país está en guerra con Alemania».

Aunque ya se esperaban la declaración de guerra, para Grace la noticia fue un duro golpe. ¿Cómo era posible que algo que ya se esperaba provocase un impacto tan visceral?

No era la única a la que le pasó.

Viv se enjugó las lágrimas con un bonito pañuelo decorado con encaje que había confeccionado antes de abandonar Drayton, y la señora Weatherford dejó escapar un grito ahogado. Colin se apresuró a estrecharle la mano a su madre.

Estaban en guerra.

Pero ¿qué significaba eso? ¿Los iban a bombardear? ¿Llamarían a filas a los hombres? ¿Racionarían la comida?

Recordó las historias que contaba su madre sobre la Gran Guerra y lo duro que había sido. Pero para ella no eran más que cuentos, historias sin contexto sobre una vida que apenas podía imaginar. Y ahora ese mundo insondable estaba a punto de convertirse en su nueva realidad.

Un lamento agudo taladró el silencio, el estruendo de una sirena antiaérea que no parecía tener fin. A Grace se le heló la sangre en las venas. No podía respirar. No podía moverse.

Los bombardearían. Igual que a Polonia. Serían invadidos por los alemanes.

—Grace. —La señora Weatherford dijo su nombre con tal insistencia que logró traspasar la parálisis del miedo—. Ve a llenar de agua la bañera y los lavabos. Viv, abre todas las ventanas. Yo iré a por las máscaras y suministros mientras Colin apaga la llave principal del gas.

—Pe-pero las bombas —tartamudeó Viv, más aterrorizada de lo que Grace la había visto jamás.

—Acaban de avistar el avión —dijo la señora Weatherford poniéndose en pie para apagar la radio—. Tenemos al menos cinco minutos para llegar al Andy, si no más.

Su voz transmitía un tono de autoridad serena que logró que cada uno de ellos se dispusiera a llevar a cabo la labor asignada. Aunque Grace no sabía por qué le había pedido que llenase la bañera y los lavabos, obedeció sin rechistar y dejó que el sonido del agua acompañara al llanto de la sirena.

Le pareció que el agua de los grifos nunca había salido tan despacio.

Para cuando terminó de llenar el último lavabo, corrió al Andy con piernas temblorosas. El refugio era poco más que un trozo de metal curvo enterrado debajo de un poco de tierra para formar una estructura de U invertida. No entendía cómo un artilugio semejante podría protegerlos de las bombas, y esta reflexión no se le había pasado por la cabeza hasta ese preciso instante.

Atravesó la pequeña entrada y accedió al refugio. Olía a tierra y a metal húmedo, y tapaba la luz del sol, dejando el interior en penumbra. Viv ya estaba allí, sentada en la semioscuridad, en uno de los pequeños bancos que Colin había instalado a tal efecto a cada lado del angosto espacio. Tenía los brazos alrededor de la cintura, y, cuando levantó la cabeza y miró a Grace, esta advirtió la preocupación en sus grandes ojos marrones de largas pestañas.

La sirena interrumpió su lamento, que fue sustituido por un silencio de mal agüero.

Grace se sentó junto a Viv y le estrechó la mano. Pero se sentía incapaz de ofrecerle palabras de consuelo, debido a que tenía los músculos agarrotados, anticipándose a una explosión.

Había llegado el momento. Igual que en Polonia. Los bombardearían como, sin duda, habrían bombardeado Varsovia.

No sabía cómo sonaría una bomba, ni siquiera lo que cabía esperar. Mucho menos qué hacer si una de ellas caía en su birrioso refugio.

Colin se reunió con ellas en el refugio y su amplia figura ocupó el banco situado enfrente. Inclinó la cabeza hacia delante para no golpearse con el bajo techo abovedado. La señora Weatherford fue la última en entrar, con cuatro máscaras antigás colgando de un hombro y una enorme caja entre las manos. El estrépito de sus movimientos resonó contra la estructura de acero y reverberó en sus oídos.

Colin se acercó de inmediato para aliviar a su madre del peso de la caja. Ella sonrió agradecida y le entregó a cada uno su máscara correspondiente.

Cuando Grace agarró la suya, vio que no paraban de temblarle las manos.

—¿Nos la ponemos?

—Solo si oís la carraca de la madera en el exterior —respondió la señora Weatherford sentándose en el banco junto a Colin—. Todos los inspectores de Precauciones Antiaéreas llevan una para tal efecto. Y he comprado en la farmacia un poco de loción antigás. Tenemos aproximadamente un minuto para embadurnarnos con ella la piel que llevemos al descubierto, lo cual es bastante tiempo. Así que no hay por qué preocuparse.

Levantó la tapa de la caja, en cuyo interior había un sinfín de suministros. Una lata con el tapón amarillo de loción antigás número 2, un envase de patatas fritas, unas botellas de lo que parecía limonada y un poco de lana y agujas de tejer.

—¿Has apagado el gas, Colin? —Su voz sonaba tranquila y suave, como si no estuvieran allí sentados esperando la muerte.

Su hijo asintió.

—¿Y los lavabos y la bañera? —preguntó mirando a Grace.

Ella asintió también. Viv la imitó antes de que la señora Weatherford pudiera preguntarle si había llevado a cabo su misión.

—Estupendo —declaró la señora Weatherford y les acercó la caja—. ¿Queréis patatas?

Grace tenía la boca tan seca que no podía tragar ni su propia saliva, mucho menos algo de comida. El nudo que tenía en el estómago le impediría tolerar alimento alguno. Se quedó mirando la lata verde azulada de patatas fritas y negó con la cabeza.

—¿Cerramos la puerta? —preguntó Viv a la vez que señalaba la puerta metálica colocada a un lado de la entrada.

La señora Weatherford ni siquiera se molestó en mirar hacia allá.

—Lo haremos si oímos aviones. Si la cerráramos, nos quedaríamos tan a oscuras como en los apagones.

—¿Cómo puede estar tan tranquila? —le preguntó Grace.

—No es la primera vez que bombardean Londres, querida. —La mujer le ofreció la lata a Viv y recibió otra negativa silenciosa—. Tener conocimientos es la mejor forma de combatir el miedo. Me he pasado mucho tiempo dándole la tabarra al señor Stokes para que me explicara cómo protegernos.

—El señor Stokes es nuestro inspector de Precauciones Antiaéreas —explicó Colin, abrió una botella de limonada y se la pasó a Grace, quien la aceptó con un gesto automático.

Colin hizo lo mismo con Viv y con su madre y, por último, sacó una para él.

La señora Weatherford volvió a tapar la caja y dio un trago a su botella.

—Llenamos las bañeras y los lavabos para tener medios para apagar un fuego si las tuberías del agua se ven perjudicadas. Las ventanas se quedan abiertas para asegurar que los fuegos del interior de las casas puedan verse desde fuera y, con suerte, las autoridades los apaguen. Lo de la llave del gas, en fin, creo que eso resulta más que evidente.

Grace se relajó un poco al ver la actitud despreocupada de su casera. No sabía si ella podría mostrarse alguna vez tan tranquila ante las bombas como la amiga de su madre, pero al menos la disposición decidida de la mujer sirvió para aplacar su miedo.

Notó el frío de la limonada en la mano. Se llevó el vidrio a los labios y echó la cabeza hacia atrás. El refresco dulce y ácido le inundó la boca y le provocó un cosquilleo en la parte posterior de la mandíbula. No se había dado cuenta de lo seca que estaba hasta que no sintió cómo le bajaba el agradable líquido por la garganta.

—¿Cómo fue la Gran Guerra? —preguntó Viv.

Todos miraron a la señora Weatherford, incluido Colin. Grace conocía las experiencias de su madre, por supuesto, pero sin duda la vida debió de ser muy distinta en Londres.

—Bueno —dijo la mujer mirándolos a todos—, no fue agradable, desde luego. ¿Seguro que queréis saberlo cuando es probable que pronto nos enfrentemos a lo mismo?

—Tener conocimientos es la mejor manera de combatir el miedo —le recordó Viv con una sonrisa—. Usted lo ha dicho.

—¿Cómo voy a decir que no a una respuesta tan descarada? —repuso la señora Weatherford alisándose la falda.

Después tomó aliento y les contó cómo había sido la situación años atrás. Les dijo que controlaban el racionamiento de comida hasta tal extremo que a la gente podían multarla por dar de comer a las palomas en el parque. Habló de zepelines y de cómo las avionetas sobrevolaban la ciudad como si fueran globos antes de dejar caer las bombas, desde una altura demasiado elevada como para que la Real Fuerza Aérea pudiera alcanzarlas.

Pero también habló de la victoria, contó que los zepelines fueron derribados por los nuevos aviones, que podían alcanzar la altura necesaria, dijo que a las mujeres se les permitió votar y ocupar puestos de trabajo y que el pueblo británico superó las adversidades con una camaradería mutua.

—¿Qué fue lo peor? —preguntó Viv y le lanzó a Grace una mirada nerviosa—. Para estar preparadas.

La señora Weatherford miró a Colin con un aire de solemnidad antes de girar la cabeza y quedarse mirando al infinito.

—Los hombres que no regresaron —respondió en voz baja.

El quejido ensordecedor de la alarma antiaérea taladró el aire una vez más y los sobresaltó a todos por lo inesperado que fue.

Pese a lo alterado de su estado de nervios, Grace percibió que el lamento de la sirena difería del anterior, emitía una nota larga sostenida en lugar de un sonido oscilante que subía y bajaba.

—Esa es la señal de que está todo despejado —les informó la señora Weatherford, se apuró lo que le quedaba de limonada y dejó la botella vacía en la caja—. Habéis sobrevivido a vuestra primera alarma de ataque aéreo. Ojalá no haya más después de esta. —Recopiló las máscaras antigás mientras Colin levantaba la caja y salieron juntos del estrecho y claustrofóbico refugio.

Esa misma noche anunciaron por radio que el aviso de ataque aéreo había sido una falsa alarma.

Pero ¿y si el próximo no lo era?

Grace no paraba de darle vueltas a esa clase de ideas mientras intentaba quedarse dormida, presa del miedo que le provocaba aquel silencio siniestro.

La interminable ristra de noticias que emitieron por radio al día siguiente no aportó ninguna información nueva antes de que Grace tuviera que salir para la librería.

El señor Evans no levantó la cabeza cuando entró. Sabía que, llegado ese punto, era absurdo esperar tal cosa. El mostrador estaba cubierto de desperdicios, las cortinas seguían echadas, tapando la luz del sol, y sobre los mugrientos listones del suelo habían crecido nuevas pilas de libros, como si de malas hierbas se tratase.

—Parece que estamos en guerra —comentó Grace con suavidad.

El señor Evans levantó la mirada y enarcó las cejas.

—Según el señor Pritchard, habrá terminado antes de Navidad.

—¿Y usted qué opina? —le preguntó Grace.

—La guerra es impredecible, señorita Bennett. —Colocó una tira de papel entre las páginas de su libro de cuentas y lo cerró, dejando atrás otro pedazo de papel.

Ella recogió ese trozo para devolvérselo, pero el señor Evans levantó una mano para impedírselo.

—Esos son algunos de los libros que vendemos aquí y cómo podrían ordenarse según la temática.

Grace dejó escapar un pequeño resoplido de sorpresa y se concentró en la lista. Era una serie de títulos escritos a mano con categorías al lado.

—¿Dónde puedo encontrar estos libros? —preguntó, ante lo que su jefe se encogió de hombros.

—Pero, cuando los localice —le dijo en su lugar—, será tan buen lugar como cualquier otro para empezar a ordenar este desastre, ¿no le parece? —Sin más, se volvió hacia la parte posterior de la tienda—. Asegúrese de marcharse a las dos —agregó, hablando por encima del hombro mientras se alejaba—. No pienso permitir que se quede otra vez hasta el anochecer y tenga que volver a casa a oscuras. Y desde luego no tengo intención de soportar otra llamada de la señora Weatherford en relación con eso.

Grace se sintió avergonzada. Ya se imaginaba cómo había ido esa conversación. En vez de empezar a darle vueltas y permitirse sentirse mal por el señor Evans, centró su atención en la lista.

Había veinticinco títulos etiquetados como ficción clásica en lo alto de la lista, seguidos de grupos de historia, filosofía y misterio. A mediodía, había logrado localizar solo cuatro de los de ficción clásica cuando el tintineo de la campana interrumpió su labor. Se apartó de la estantería que estaba examinando y llevó su búsqueda a la parte delantera de la tienda para estar cerca del cliente.

Sin embargo, no se trataba de un cliente cualquiera. El señor George Anderson la saludó con esa sonrisa tan atractiva.

—Buenas tardes, señorita Bennett.

—Hola, señor Anderson —respondió ella con el pulso acelerado—. ¿Puedo ayudarle? —Estuvo a punto de burlarse de su propio ofrecimiento, en vista de cómo habían ido las cosas la última vez—. O al menos quizá hacerle compañía mientras busco unos títulos.

—¿Busca algo? —le preguntó él mirando la lista que tenía en las manos.

Grace escondió el papel a su espalda al darse cuenta de que pretendía ayudarla y dijo que no con la cabeza.

—No es nada.

Entornó aquellos ojos verdes en un gesto de desconfianza y la sonrisa asomó de nuevo a sus labios.

—¿Nada? Yo no estaría tan seguro.

Grace abrió la boca para protestar, pero ¿de qué serviría, si conocía la tienda mejor que ella? De modo que le mostró lentamente el papel que tenía escondido.

—Estoy tratando de organizar la tienda y me han dado estos títulos con los que empezar.

El señor Anderson tomó la lista y la estudió. Con aquel traje gris de tres piezas hecho a medida y el pelo oscuro peinado a la perfección, parecía un abogado que estuviera leyendo un caso importante, y no un cliente que ayudaba a la dependienta de una librería con un listado de libros perdidos.

¿A qué se dedicaría?

Grace apretó los labios para evitar preguntárselo.

—He encontrado *Cumbres borrascosas*, *Sentido y sensibilidad*, *Historia de dos ciudades* y *Frankenstein* —dijo en su lugar y se colocó junto a él para señalarle los títulos.

Olía a limpio, como a jabón de afeitar y algo aromático que no lograba identificar. Era una fragancia agradable.

—Es un buen comienzo. —Le guiñó un ojo—. Vamos a ver qué más encontramos.

Examinaron juntos las estanterías. Mientras lo hacían, Grace confesó su intención de acudir a Paternoster Row para ver la mejor manera de publicitar Primrose Hill Books.

—Paternoster Row es una ubicación prestigiosa para el negocio editorial. —Bajó ligeramente las pestañas mientras examinaba la hilera de libros que tenían delante—. Hay imprentas, encuadernadores y diversas editoriales. Algunas de ellas tienen una inclinación religiosa debido a su historia.

—¿Y qué historia es esa? —le preguntó ella.

—Allí se encuentra la Catedral de St. Paul —contestó mientras pasaba el dedo índice por una serie de lomos multicolores—. Se dice que hace mucho tiempo el clero salía en procesión por la calle mientras rezaba el padrenuestro; de ahí el nombre. —Se detuvo ante un libro encuadernado en color granate con letras doradas en la parte superior—. *Sentido y sensibilidad*. Si me permite decirlo, una historia excelente. Un clásico.

—Pero ¿también una historia de amor? —Grace agarró el libro y lo añadió a la ridícula pila que había logrado formar.

El señor Anderson dejó escapar esa carcajada sonora y cálida que tanto le gustaba a Grace.

—Espero que no vaya a convertir esta tienda en un establecimiento tan pretencioso como los demás —le dijo haciendo una mueca.

—No he visto las demás librerías aún —admitió Grace—. Pero, de todos modos, no creo que eso sea posible. Al menos me gustaría conseguir que este sitio resulte más acogedor.

—Este lugar tiene un regusto a viejo mundo que siempre me ha agradado —dijo él y levantó un hombro—. Sería una pena convertirlo en otro Nesbitt's Fine Reads, con todo nuevo, sin ninguna personalidad.

—Me fiaré de su palabra hasta que lo vea con mis propios ojos. Me gustaría hacer lo posible por aumentar el atractivo de Primrose Hill Books. Para atraer más clientes.

—Es muy amable por su parte tomarse tantas molestias.

—Mis intenciones no son del todo altruistas —admitió Grace.

Le explicó que no tenía carta de recomendación y que se había pasado años mejorando la tienda de su tío, para luego acabar en Londres sin ninguna opción. No estaba acostumbrada a compartir su historia con otras personas, pero el señor Anderson transmitía una simpatía que le resultaba atrayente y le hacía merecedor de su confianza.

La escuchó con el ceño fruncido, asintiendo de manera puntual para expresar su aquiescencia.

—Siento que las cosas hayan salido así. Me gustaría serle de ayuda en su empresa de mejorar la tienda para obtener la mejor carta de recomendación que haya existido jamás.

Grace notó calor en las mejillas y de pronto descubrió que el aprieto en el que se hallaba ya no le importaba tanto como antes.

—La verdad es que sí que puede serme de ayuda.

—¿Localizando estos títulos? —preguntó él a la vez que levantaba la lista en la que habían estado concentrados, y enarcó una ceja en un gesto increíblemente caballeroso.

—Ni siquiera sé si eso es posible. —Miró hacia la parte delantera de la tienda para asegurarse de que no hubiese entrado nadie. La conversación le había parecido tan absorbente que quizá no hubiese oído el tintineo de la campana—. Me pregunto si podría hacerle algunas preguntas sobre lectura, para decidir la mejor manera de publicitarnos.

—Ah, quiere meterse en la mente de un lector —le dijo él, señalándola con un dedo—. Es una idea brillante.

Grace sintió de nuevo rubor en la cara.

—¿Qué es lo que más le gusta de la lectura?

El señor Anderson juntó los dedos de ambas manos en forma de pirámide y los golpeó unos con otros mientras reflexionaba.

—Qué pregunta tan complicada; como si me pide que describa todos los colores de un caleidoscopio en movimiento.

—¿De verdad es tan difícil? —dijo ella entre risas.

—Lo intentaré. —Ladeó la cabeza y se quedó mirando al infinito mientras reflexionaba su respuesta con aparente cuidado—. Leer es como… —Frunció las cejas y después relajó el gesto al encontrar las palabras adecuadas—. Es como viajar a algún lugar sin necesidad de tomar un tren o un barco, es como descubrir mundos nuevos e increíbles. Es vivir una vida que no es la tuya y tener la oportunidad de verlo todo desde la perspectiva de otra persona. Es aprender sin tener que enfrentarse a las consecuencias de los fracasos, y descubrir la mejor manera de triunfar. —Vaciló un instante—. Creo que dentro de todos nosotros hay un vacío, un hueco a la espera de llenarse con algo. En mi caso, ese algo son los libros y todas las experiencias que representan.

A Grace se le ablandó el corazón al escuchar el cariño tan poético con el que hablaba, y descubrió que no solo envidiaba los libros, sino también la plenitud que el señor Anderson encontraba en ellos. En todos sus años de vida no había encontrado nada que le provocase una pasión como esa.

—Entiendo a lo que se refiere con eso de intentar describir todos los colores de un caleidoscopio en movimiento —convino—. Ha sido algo precioso.

La miró a los ojos una vez más y le dedicó una sonrisa avergonzada.

—Bueno, no sé si eso le ayudará a publicitar la tienda. —Se aclaró la garganta.

—Desde luego que sí —le aseguró ella, y se detuvo para ordenar los pensamientos acelerados de su cabeza—. Quizá podría ser algo así como iluminar un apagón con el placer de la lectura, o utilizar esta como una manera de evadirse de la guerra con una nueva aventura.

Él extendió las manos como si estuviera mostrándole una obra maestra.

—Eso es perfecto. Creo que va a hacer un trabajo magnífico.

—Gracias —respondió ella y, de nuevo, el calor le invadió el pecho y las mejillas.

—Discúlpeme —dijo entonces el señor Anderson tras consultar su reloj—, pero tengo una cita y debo marcharme. Me gustaría continuar nuestra conversación sobre cómo podría ayudarla en la tienda. ¿Le gustaría tomar el té conmigo algún día?

Grace notaba las mejillas tan calientes que estuvo tentada de llevarse las manos frías a la cara para aliviarse un poco. Sin embargo, se limitó a asentir.

—Me encantaría.

—¿Qué le parece el próximo miércoles a las doce? —le sugirió.

Ese día tenía que trabajar, pero el señor Evans le daría alguna hora libre para tomar el té si se lo pedía. O al menos eso esperaba.

—Sería fantástico.

—¿Le viene bien la cafetería que hay a la vuelta de la esquina, el P&V's?

—Claro. Hace tiempo que quiero ir.

—Lo estoy deseando —respondió él con una sonrisa y le hizo una reverencia—. Que pase un buen día, señorita Bennett.

La emoción desmedida le provocó un cosquilleo por todo el cuerpo; no obstante, logró dominarlo el tiempo suficiente para acompañarlo hasta la salida guardando el decoro. Solo cuando se quedó a solas se permitió llevarse las manos primero al pecho para tratar de calmar los latidos del corazón, después a las mejillas para aliviar el ardor.

—El miércoles puede irse —gritó el señor Evans desde algún punto de la librería.

Grace se quedó helada, con las manos extendidas sobre las mejillas y los ojos muy abiertos.

—¿Có-cómo dice? —tartamudeó.

—No era mi intención cotillear, pero es que hablaban bastante alto. —El librero emergió del otro extremo de la tienda con los brazos cruzados sobre la pechera de su jersey parduzco.

Grace se irguió de inmediato y dejó caer las manos.

El señor Evans contempló la pila de libros que habían logrado reunir.

—Podría acabar con alguien peor que George Anderson. Es ingeniero y es probable que no lo llamen a filas. Pero, claro, también es la clase de hombre que se ofrecería voluntario.

El recordatorio de la guerra fue como un jarro de agua fría. Durante un breve instante, se había olvidado de ello. Como si, en ese breve rato, el mundo hubiese vuelto a la normalidad.

Salvo que no era así. En el cielo había globos de barrera que los protegían de los bombarderos, y los niños habían tenido que marcharse al campo a vivir con desconocidos. Los hombres se iban al frente y quizá no regresaran jamás, además Hitler podía dejar caer sus bombas en cualquier momento.

Fue como despertarse de un sueño y darse cuenta de que estaba en el escenario de una pesadilla.

En la calle, una nube pasó por delante del sol y proyectó una sombra gris sobre la tienda.

—Solo espero que no haga ninguna tontería con el señor Anderson —agregó el señor Evans con una mirada severa, como lo haría un padre—. Todas las muchachas se apresuran a casarse antes de que los hombres se vayan al frente —comentó con una mueca de censura—. Mantenga la cabeza fría.

Grace tuvo que hacer un esfuerzo por no morirse de vergüenza. ¿De verdad estaba dándole consejos amorosos?

—No tengo pensado casarme en un futuro próximo —respondió despacio.

Él refunfuñó, aunque Grace no habría sabido decir si la creía o no, y después desapareció por el pasillo. Conforme fue pasando la tarde, encontró solo dos libros más de la lista que él le había proporcionado, una tarea que sin duda resultaba mucho menos divertida sin la compañía del señor Anderson.

Cuando por fin llegó la hora de marcharse aquel día, su destino no fue Britton Street. No, esta vez estaba decidida a llegar hasta Paternoster Row para ver cómo promocionaban las librerías en el resto de Londres.

SEIS

Toda Paternoster Row estaba salpicada de amplios escaparates pertenecientes a las múltiples tiendas, que exhibían los libros que se vendían en su interior. Los cristales estaban decorados con letras doradas que anunciaban los nombres de las tiendas, mientras que los letreros pintados a mano exponían los precios de venta para atraer a los clientes con alguna rebaja. Las exposiciones frontales variaban desde aquellas dispuestas de manera artística hasta otras compuestas por pilas de libros sin ningún orden aparente que tapaban casi por completo la imagen del interior. En todo caso, quizá esas últimas no tuvieran que recurrir a usar cortinas para el apagón. Al fin y al cabo, ¿quién necesitaba tres capas de tela si tenía pilas de libros con una profundidad de cinco filas?

Grace caminaba por la acera de la angosta calle, manteniéndose bien cerca de los edificios para evitar los bolardos pintados de negro que tenían por objeto evitar que los vehículos se subieran a la acera.

Entre las tiendas había varios vendedores ambulantes con sus carros, ofreciendo mercancías tales como limonada o bocadillos, y el aire estaba impregnado del olor grasiento a *fish and chips*.

Llevaba un rato admirando la bonita muestra de libros dispuesta en el enorme escaparate cuadrado de F. G. Longman's cuando un rostro familiar llamó su atención. De pie en el umbral de la puerta de una tienda situada al otro lado de la calle había un hombre de anchos hombros y nariz aguileña, con piernas esqueléticas y un gato atigrado pegado a sus pies.

El señor Pritchard.

Antes de que Grace pudiera preocuparse ante la posibilidad de que la viera, el hombre se volvió de forma abrupta y desapareció en el interior de la tienda, Pritchard & Potts, deteniéndose solo para sujetarle la puerta a Tigre hasta que entró detrás de él. El nombre del establecimiento había sido pintado a mano sobre el escaparate, a través del cual no se veía más que negrura.

Betún.

De pronto agradeció el excedente de tela negra de la señora Weatherford y las bonitas cortinas que había logrado confeccionar para Primrose Hill Books.

Delante de la fachada de Pritchard & Potts había grandes cestas llenas de libros, tan revueltos que ni siquiera formaban pilas propiamente dichas. Se imaginó que el interior de la librería sería igual de caótico.

Quizá peor aún que la tienda del señor Evans.

Trató de no estremecerse y continuó recorriendo Paternoster Row. Una fachada en particular estaba pintada de un bonito y llamativo color rojo. Sus grandes escaparates de cristal exhibían una cuidada muestra de tan solo unos pocos libros escogidos. El nombre de «Nesbitt's Fine Reads» se anunciaba con orgullo escrito en elaboradas letras brillantes de color dorado y negro.

Si bien Primrose Hill Books tal vez nunca llegase a alcanzar la cúspide del esplendor, Grace estaba decidida a sacarle el máximo potencial. Teniendo en cuenta, por supuesto, lo que le había dicho el señor Anderson al respecto.

Entró en la tienda y percibió de inmediato lo bien engrasadas que estaban las bisagras. La recibió un delicado tintineo sobre su cabeza.

Aunque Nesbitt's Fine Reads tenía bastantes hileras de estanterías, disponía de mucho más espacio, además de contar con una clasificación distintiva y debidamente etiquetada. Las estanterías más altas se hallaban en el perímetro exterior, con mesas situadas en el centro de la estancia que atraían a los lectores hacia los coloridos libros colocados en pequeños expositores. Una segunda planta más arriba ofrecía paredes enteras forradas de estanterías blancas empotradas, todas ellas llenas de libros.

Allí donde mirase, la tienda parecía limpia y nueva. La madera tenía esquinas afiladas y la habían pulido hasta sacarle brillo, el cristal resplandecía con el reflejo de la buena iluminación y no era posible encontrar una sola mota de polvo. Incluso las sobrecubiertas de los libros parecían tan nuevas y relucientes que bien podrían estar recién salidas de las cajas donde habían llegado.

Nesbitt's Fine Reads era un lugar exquisito.

—¿Puedo ayudarle a encontrar algo?

Grace se dio la vuelta y se encontró con una mujer de nariz aguileña y el pelo, de un gris acero, recogido en un apretado moño.

—Solo estaba mirando —respondió—. Gracias.

La mujer no se movió. El elegante traje color carbón que vestía le confería una apariencia en extremo esbelta, y tenía sus oscuros ojos clavados en ella con determinación.

—Usted es una de las nuevas inquilinas de la ruinosa casita de la señora Weatherford, ¿no es así? —Pronunció las consonantes con dureza al hablar, como si quisiera escupirlas junto con su insulto.

Grace estuvo a punto de defender a la mujer que tan generosamente la había acogido cuando no tenía adónde ir. Pero, aunque acababa de conocer a la señora Nesbitt, conocía bien a las de su calaña. Pertenecía a un tipo universal, ya fuera en un pequeño pueblo agrícola o en una gran ciudad. Lo único que haría sería reírse de ella después si mostraba su defensa incondicional.

De tal forma que, en lugar de ceder a la tentación de proteger a la señora Weatherford, Grace levantó la barbilla un poco más y estiró más aún la espalda.

—Sí, lo soy —respondió—. ¿Qué sucede?

Su insolencia se vio reflejada en los ojos entornados de la señora Nesbitt.

—¿Ha venido a espiarme? —exigió saber la mujer—. Sé que trabaja en esa tienducha de tres al cuarto propiedad de Percival Evans.

—Si le parece una tienducha de tres al cuarto, ¿por qué considera una amenaza el hecho de que yo esté aquí? —Notó en las venas la emoción que le producía su propia osadía. Aunque nunca había sido propensa a defender a los demás, había algo en el desdén de la señora Nesbitt que la envalentonaba.

La señora Nesbitt resopló por la nariz y negó con la cabeza con dramatismo.

—Ni se le ocurra venir aquí con intención de copiar mi tienda.

—No tengo intención de copiarla —repuso Grace, indignada—. Tengo intención de mejorarla. —Sin más, se dio la vuelta y abandonó el establecimiento.

Envuelta en una nube a causa de su victoria, y ansiosa por plasmar sus ideas sobre el papel, regresó corriendo a casa. Entre lo que había visto en los escaparates de Paternoster Row, la organización de Nesbitt's Fine Reads y los elaborados detalles sobre la mente de los lectores aportados por el señor Anderson, sabía exactamente lo que quería hacer.

Pensar en George Anderson le provocó un cosquilleo de emoción. Viv se moriría cuando le contara que iba a tener una cita con él.

Esa misma tarde, se encontraba redactando una lista meticulosa de lo que deseaba implementar en Primrose Hill Books cuando se abrió la puerta de la habitación que compartía con Viv y entró su amiga, que se había puesto una nueva fragancia floral.

Viv siempre había sido elegante, pero su sentido de la moda había alcanzado cotas elevadas en el breve periodo que llevaban en Londres. El jersey azul de Harrods le casaba a la perfección con la falda de tubo de *tweed* que había confeccionado el día antes, y llevaba su rizada melena peinada con tanto estilo que parecía una chica de portada de revista.

—Grace, cielo, esperaba encontrarte aquí. —Del codo le colgaba una bolsita.

—Y yo esperaba que regresaras pronto —respondió Grace poniéndose en pie de un brinco—. Tengo noticias —agregó con una sonrisa.

—Ay, pues tú primero —dijo Viv frotándose las manos con expectación.

Grace encogió los hombros en un gesto de falsa modestia.

—Me han pedido una cita.

Viv soltó un grito de alegría y preguntó:

—¿El caballero de la librería?

Grace le había mencionado a George Anderson de pasada en una de las conversaciones que mantenían por las noches antes de quedarse dormidas cada una en su cama. Era propio de Viv quedarse con ese retazo de información.

Grace asintió con emoción y pasó a relatarle que se había ofrecido a pensar en más ideas con ella en la cafetería.

—¿Y le has dicho que sí? —preguntó Viv, se cruzó de brazos e hizo girar la bolsa que llevaba.

—Por supuesto.

Viv aplaudió, su rostro iluminado de alegría. Si Grace ya estaba antes emocionada por su cita, ahora se sentía el doble de feliz tras la exultante reacción de su amiga.

—Y yo tengo algo para ti —dijo Viv, se sacó la bolsa del brazo y extrajo una cajita.

Grace aceptó el paquete, le quitó la tapa y en su interior encontró una pulsera. Era un objeto sencillo de eslabones metálicos, con un óvalo blanco en el centro por uno de los lados y un pequeño medallón por el otro. La tarjeta que llevaba prendida explicaba que se trataba de un brazalete de identificación del Servicio de Precauciones Antiaéreas.

—Yo también tengo uno —le dijo Viv mostrándole con orgullo la muñeca, donde lucía la misma joya. Había escrito su nombre y dirección, igual que en el que le acababa de entregar a Grace—. Los he encontrado en Woolworths.

Grace se quedó mirando su pulsera una vez más y notó que la envolvía un manto de pánico.

—¿Un brazalete de identificación?

—En caso de que nos bombardeen. —Viv torció la boca hacia un lado y Grace supo que estaba mordiéndose el interior del labio, costumbre que había adquirido cuando era niña—. Son mucho más resistentes que nuestras tarjetas de identidad. Para que puedan saber quiénes somos.

En el último año, el Registro Nacional había enviado a cada persona de Gran Bretaña una tarjeta de identidad para que la llevara encima a todas horas. Pero Viv tenía razón; ese trozo de papel, por muy grueso que fuera, era frágil.

—Viv… —dijo Grace, y tragó saliva, sin saber cómo continuar.

—Si ocurre algo, ¿no será mejor que lo sepamos? —Viv dejó la bolsa sobre la mesa, junto a un montón de raso amarillo pálido que había adquirido el día anterior—. No soporto la idea de no saber nunca qué te ha ocurrido si algún día no vuelves a casa. La otra noche, cuando te perdiste en la oscuridad… —frunció el ceño con preocupación—, me preocupé mucho por ti.

Grace se acercó más a su amiga para abrazarla, pero Viv levantó una mano.

—No, me pondré a llorar si haces eso y se me correrá todo el maquillaje. —Se llevó el dedo índice a la parte inferior de los ojos para enjugar con delicadeza cualquier atisbo de lágrima—. Seguro que todo esto te parece macabro.

Grace apretó los labios para evitar protestar. Tras tantos años de amistad, se conocían la una a la otra demasiado bien.

—El que aparece en la pulsera es san Cristóbal, el santo patrón de los viajeros —explicó Viv golpeando el medallón con el dedo—. No tienes por qué llevarlo, pero yo sí lo llevaré. Estoy muerta de miedo por la idea de que nos bombardeen. Esta tarde un autobús ha dado un petardazo y la mitad de la gente que había por la calle ha dado un respingo pensando que se trataba de una bomba. —Soltó una carcajada irónica—. Incluida yo.

—Te agradezco mucho que me hayas comprado uno. —El brazalete le pesaba en la muñeca, más aún a causa del impacto de su propósito: identificar a alguien que había quedado irreconocible a causa de una bomba.

Notó un escalofrío que, como un dedo de hielo, le trepaba por la espalda.

—Quizá me lo ponga más adelante —prometió.

—Más adelante —repitió Viv, asintiendo con un gesto comprensivo.

Grace guardó el brazalete en el cajón de la mesita que había junto a su cama.

Viv olfateó el sabroso aroma que inundaba el aire y se acercó a la puerta del dormitorio.

—He oído que esta noche la señora Weatherford iba a hacer pastel de salchichas. Con la receta de tu madre. ¿Crees que ya lo habrá terminado?

Cuando Grace era pequeña, su madre preparaba ese plato con tanta regularidad que llegó a cansarse de comerlo. Era curioso que ahora se le antojase tanto, después de pasar años sin probarlo y sabiendo que su madre jamás volvería a hacerlo.

—Podemos bajar a ver —le dijo a Viv, tan entusiasmada como ella—. Gracias por la pulsera. Y por pensar en mí.

—Siempre, cielo —respondió Viv estrechándola entre sus brazos. Le sonó el estómago y se llevó la mano al vientre con una risita.

Juntas salieron de la habitación y bajaron las escaleras disfrutando del delicioso aroma a pudin de Yorkshire y salchichas al horno. Cuando bajaban los escalones, oyeron la voz susurrante de la señora Weatherford.

—Buenas tardes, señor Simons, soy la señora Weatherford.

Viv se detuvo frente a Grace y dijo en voz baja:

—Es el jefe de Colin.

—Quiero asegurarme de que ha conseguido situar a Colin en un empleo esencial —dijo la señora Weatherford en un tono de voz bajo impropio de ella. Era evidente que no quería que Colin la oyese.

No deberían estar escuchando esa conversación.

Grace le hizo un gesto negativo a Viv para darle a entender que deberían marcharse. Pero su amiga se limitó a despachar sus preocupaciones con un gesto de la mano y se quedó donde estaba.

—¿Cuánto tiempo cree que tardará en recibir una respuesta? —quiso saber la señora Weatherford, y a su pregunta siguió una pausa prolongada—. Entiendo —dijo al cabo—. Volveré a llamar mañana para ver si ha sabido algo. —Otra pausa, esta más breve—. Sí, mañana —repitió con firmeza—. Buenas tardes.

El clic del auricular al posarse sobre la horquilla del teléfono indicó que la llamada había terminado. Viv bajó corriendo las escaleras como si no hubieran estado escuchando una conversación clandestina que no deberían haber oído.

—El pastel de salchichas huele de maravilla —exclamó—. ¿Ya casi es hora de cenar?

—¿Son ya las siete de la tarde? —preguntó la señora Weatherford alisándose el delantal sobre su bata color lavanda de andar por casa.

Parecía tan serena y compuesta como Viv. Aquella respuesta mordaz fue acompañada de un gesto ceñudo de preocupación. Era evidente que tenía demasiadas cosas en la cabeza.

—La verdad es que sí —replicó Viv contenta.

—Entonces sí, la cena está lista. —Las hizo pasar al comedor con ella.

Grace no dijo nada, no se atrevía a hablar debido al sentimiento de culpa que tenía.

—¿Con quién estabas hablando por teléfono, mamá? —preguntó Colin cuando terminó de poner el último plato sobre la mesa.

Fue una pregunta tan inocente que Grace estuvo segura de que no sospecharía de la naturaleza de la llamada.

Las miró alternativamente a Viv y a ella, y Grace se ruborizó cuando él les sonrió con timidez. Era un joven tranquilo, tan propenso a la introspección que uno se preguntaba qué se le pasaría por la cabeza detrás de esos ojos azules.

Conociéndolo, probablemente estuviese ideando una nueva manera de alimentar a un león o de curarle el ala rota a un pájaro.

—Pues era la señorita Gibbons, que llamaba para quejarse del tendero. —La señora Weatherford agarró un cuchillo largo y lo deslizó a través de las salchichas dispuestas sobre el jugoso pudin—. Según parece, casi no queda azúcar. Ya os digo que la gente está comprando la tienda entera… —Chasqueó la lengua en señal de desaprobación—. Debería darles vergüenza.

Dejó a un lado el cuchillo y les dedicó a los tres una alegre sonrisa.

—¿Alguien quiere salsa de cebolla?

Mientras cenaban, Grace volvió a pensar en Colin. Era un buen hombre, educado y amable.

Llevaba a cabo todas las tareas de la casa, desde cambiar las bombillas fundidas hasta reparaciones menores. Además de cuidar de los animales de Harrods, su principal preocupación era asegurar que estuviesen todas cómodas y a salvo.

Pero, si se le presentara la oportunidad, ¿querría ir a la guerra?

Parecía que casi todos los hombres querían.

No entendía por qué alguien estaría dispuesto a meterse en una zona de guerra, donde podría recibir un disparo. Aunque, por otra parte, ella nunca había sido una persona valiente. No como los hombres que estaban dispuestos a sacrificar su vida por la seguridad de sus compatriotas británicos.

Aquella noche, al meterse en la cama de latón y taparse con la colcha hasta los hombros, en medio de la oscuridad del cuarto, se puso a pensar en esa clase de valentía. Comparada con esos hombres tan heroicos, ella no era más que una cobarde.

Era un defecto que debería abordar de plano, como su madre siempre la había animado a hacer, alzando la voz y no permitiendo que otros la mangonearan. Y eso pensaba hacer. Algún día.

En cuanto enderezase Primrose Hill Books.

A la mañana siguiente, llegó a la librería casi diez minutos antes de su hora con la lista de sus ideas en la mano. Entró apresuradamente por la puerta, y la campana anunció su llegada con su estridente tintineo.

El señor Evans levantó la cabeza y la miró con el ceño fruncido.

—Lo siento —se excusó ella con un gesto de arrepentimiento—. No pretendía abrir la puerta con tanta vehemencia.

Su jefe mantuvo el ceño fruncido.

—De verdad —insistió ella—. Es que estoy muy emocionada por las ideas que… tengo…

Él colocó la mano sobre un paquete envuelto en papel marrón con una nota encima y lo deslizó hacia ella.

—Esto es para usted —declaró con solemnidad.

Grace contempló el sobre en el que habían escrito SEÑORITA BENNETT con una caligrafía florida sobre la superficie color crema.

—Lo siento. —El señor Evans se alejó del mostrador arrastrando los pies y dejó tras él varios trozos de papel desperdigados y la punta de un lápiz abandonado.

¿Qué sería lo que sentía?

Grace abrió el sobre y sacó la nota que había dentro. Al hacerlo, el papel emitió un suave susurro en medio del silencio opresivo de la tienda. Deslizó la mirada hasta el final y vio que la carta estaba firmada por George. No por el señor Anderson, sino George.

Se le aceleró el pulso ante aquella falta de protocolo. Al menos hasta que leyó la carta en la que le confesaba que se había ofrecido voluntario para la Real Fuerza Aérea. Le sorprendió descubrir que no solo era ingeniero, sino que además tenía una experiencia de vuelo considerable. No había imaginado que lo llamarían a filas tan rápido, pero recibió el aviso tan solo dos días después de inscribirse.

No solo lamentaba tener que cancelar su cita, sino que además se disculpaba por no poder ayudarla a mejorar la tienda, aunque a continuación le sugería varios eslóganes. Además de eso, le dejó algo de lo que esperaba poder hablar con ella la próxima vez que la viera, algo que en su momento había tenido gran impacto en su propio amor por la lectura.

A Grace se le encogió el corazón con una mezcla de decepción y miedo. Con frecuencia en la guerra disparaban a los aviones. Si participaba como piloto, su vida estaría en peligro constante.

Cerró los ojos. No, se negaba a pensar en eso. Claro que volvería a verlo.

Pero ¿cuándo?

Con cuidado, dejó a un lado la nota y acercó el regalo más hacia sí. El paquete estaba envuelto con un sencillo papel marrón y resultaba evidente que se trataba de un libro, dados la forma y el peso que tenía. La pulcra caligrafía de George figuraba en el centro del papel.

Un clásico, pero también una historia de amor.

Sonrió para sus adentros mientras arrancaba el envoltorio y extraía un libro encuadernado en cuero. Estaba muy usado, a juzgar por la superficie gastada y las dobleces de las esquinas de las páginas. Lo puso de costado para ver el lomo.

Aunque el título casi se había borrado, aún se distinguía la huella de las letras doradas. *El conde de Montecristo*, de Alejandro Dumas.

No solo le regalaba un libro que pensaba que podría gustarle, sino que al parecer le daba el mismo ejemplar que había leído él en su juventud. Una y otra vez, a juzgar por el estado del libro.

Deslizó los dedos sobre la desgastada cubierta y se imaginó a George de niño dejando que su mente le llevase a un lugar nuevo. Ahora ella experimentaría la aventura que a él le había abierto las puertas de una vida llena de lectura. Solo esperaba que esas páginas despertaran en ella una pasión similar a la de él. Y esperaba aún con más fervor la posibilidad de volver a verlo para devolverle el libro y hablar de su contenido.

Aun así, la tienda no sería la misma sin la posibilidad de disfrutar de su atractiva sonrisa.

—¡Ya le dije que se ofrecería voluntario! —gritó el señor Evans desde detrás de las estanterías.

Grace cerró los ojos para tratar de luchar contra su preocupación. Mantenerse ocupada le resultaría de ayuda. Al fin y al cabo, ya había utilizado antes el trabajo para superar el dolor y la preocupación, cuando su madre estaba enferma. Incluso después de que muriese. Sus tareas mantendrían su mente ocupada. Abrió los ojos y sonrió alegremente para nadie en particular.

—Sabía que debería haberme casado con él primero —anunció en voz alta y con un elevado nivel de dramatismo. Entonces aguardó.

El señor Evans asomó la cabeza por entre las estanterías y la contempló con las cejas enarcadas.

—Espero que sea una broma.

—Tenía que hacer algo para atraer la atención de usted y sacarle de su trabajo —respondió Grace y levantó la lista que había elaborado—. Tengo algunos cambios para la tienda que me gustaría comentar con usted.

—No —respondió el librero antes de volver a esconder la cabeza, como una tortuga que no quiere enfrentarse al mundo.

Grace dobló con cuidado la nota de George y la metió de nuevo en el sobre, que se guardó en el bolso, y dejó el libro sobre el mostrador.

—Empezaremos por cosas sencillas —insistió.

—Ya ha limpiado la tienda y ha desordenado mis montones.

—Por lo menos échele un vistazo. —Se asomó por el lateral de una estantería y lo encontró allí, mirándola con el ceño fruncido como lo haría un niño malhumorado.

Aun así, le dio la lista y, mientras él la leía, fue a la trastienda a dejar sus cosas. Cuando regresó, el señor Evans la miró con desconfianza.

—Puede mover algunas cosas para ayudar con la organización —le dijo dejando la lista sobre una hilera de libros—. Pero no se pase con los anuncios. Y no pienso recomprar libros ni vender mercancías usadas como en Foyles.

—Claro que no —le prometió Grace.

El señor Evans emitió un gruñido gutural que podría haber sido un «sí».

—¿Cómo dice? —preguntó ella con aire inocente—. ¿Me está dando permiso para realizar cambios en Primrose Hill Books?

—Sí —capituló él con un suspiro.

Grace recuperó su lista. Ya sabía por dónde empezar.

—No se arrepentirá.

—Espero que tenga razón —murmuró el hombre y sacó un libro de la estantería para disponerse a leerlo.

Pese a su reticencia, Grace estaba convencida de que quedaría satisfecho con el resultado. Con el tiempo. Pues haría falta invertir gran cantidad de trabajo en los meses venideros. Solo esperaba que no se prolongara más allá de sus meses estipulados en la librería, porque no tenía ninguna intención de quedarse allí.

SIETE

A lo largo de los dos meses siguientes, en Londres, la previsión de la guerra no terminó de cumplirse. Todos los preparativos, la expectación y los nervios a flor de piel no habían servido para nada. No hubo más alarmas antiaéreas, no se racionó la comida, no hubo ataques con gas y las noticias de la radio parecían repetir los mismos boletines una y otra vez.

Grace no había tenido noticias de George. Aunque no tenía una dirección en la que poder localizarlo, había albergado la esperanza de que le enviara una carta a la tienda.

Pese a todo, para ella aquellos meses habían pasado en un frenesí de organización de libros, cambiando las estanterías de sitio y limpiando más de lo que habría creído posible. El trabajo la había tenido tan ocupada durante tanto tiempo que, un día, se dio cuenta de que, sin saber cómo, ya estaban en noviembre.

Primrose Hill Books distaba de ser perfecta, pero aun así ella se sentía orgullosa cada vez que entraba en la tienda. Sus logros se apreciaban en aquel espacio abierto y acogedor que había creado. Había colocado mesas nuevas en la parte central de la librería, con los libros de cara a la entrada para que los clientes los vieran al entrar, y los géneros especificados con claridad en letra de imprenta negra sobre cartón blanco.

A decir verdad, en exposición solo estaba alrededor de la cuarta parte de los libros de Primrose Hill Books, que era lo que había conseguido ordenar. Esa cantidad, no obstante, aun así, era considerable, habida cuenta del inmenso inventario del señor Evans. El resto de los libros estaba apilado en la trastienda, lo que hacía que resultara casi imposible moverse en aquella estancia, ya de por sí abarrotada, y también a lo largo de la segunda planta, que había quedado cerrada al público mientras ella ordenaba aquel desastre.

Una gélida mañana, estaba bajando una caja por la pequeña escalera de caracol cuando el tintineo de la campana anunció la llegada de un nuevo cliente. Se apresuró a depositar la caja en un hueco situado al pie de la escalera, volvió a colocar el cartel de No PASAR en la barandilla y se dirigió a la parte delantera.

El señor Pritchard estaba merodeando por la entrada con la cabeza hundida en su enorme chaqueta. Tras él, como ya era habitual, iba Tigre, que caminaba pegado a sus talones.

—Buenos días, señor Pritchard —lo saludó Grace con una sonrisa—. Si busca al señor Evans, está en la parte de atrás, junto a la sección de Historia.

El anciano arrugó el gesto al leer los letreros.

—Estos son nuevos.

—Los puse hace unas semanas.

—Espero que funcionen mejor que este gato mío —contestó él con el ceño fruncido y miró a Tigre, que se afanaba en limpiarse las patas—. Este animal prefiere dormir la siesta a cazar ratones.

En respuesta a ese comentario, Tigre se frotó la oreja y la cara con su pata peluda.

—Siento oírle decir eso —se lamentó Grace—. Pese a ello, parece que le tiene mucho cariño.

—Pero no me ayuda con el asunto de los ratones —se quejó el señor Pritchard con fastidio—. Parece que ha estado usted bastante ocupada, señorita Basset.

No se molestó en corregirlo en su equivocación con el apellido, pues miraba atentamente un cartel situado sobre el mostrador. Era una de las sugerencias que había hecho cuando estuvo hablando con George: ILUMINA TU APAGÓN CON UN BUEN LIBRO.

Se acordaba de él a menudo, por lo general con cierto sentimiento de culpa por no haber seguido leyendo *El conde de Montecristo*. Cada vez que lo intentaba, estaba demasiado distraída para concentrarse, demasiado cansada para mantenerse despierta o incluso un poco de las dos cosas.

Y ahí se había quedado, en su mesilla de noche, tras haber leído solo varias páginas del primer capítulo.

Porque además se hallaba junto a una lista de tareas por hacer que parecía no tener fin. O estaba en la tienda trabajando o en casa anotando ideas para publicitar u organizar la tienda. Y, cuando por fin tenía un momento para respirar, se quedaba dormida y empezaba de nuevo al día siguiente.

—He oído que el negocio está remontando —comentó el señor Pritchard, y se apartó del cartel para mirarla con esa nariz aguileña suya levantada—. ¿Cree que es por estos anuncios?

Ella levantó un hombro en un gesto evasivo, sin saber si al señor Evans le haría gracia que divulgara información.

El señor Pritchard se acercó más a ella, y a Grace le llegó el olor a caramelos de menta y bolas de naftalina.

—Le pagaré un chelín más la hora de lo que gana aquí si se viene a Pritchard & Potts.

—Señor Pritchard —anunció el señor Evans al aparecer tras ellos.

Antes de que Grace pudiera abrir la boca para asegurar que no trabajaría para el señor Pritchard ni aunque le pagase una libra más la hora, el señor Evans prosiguió con un tono aséptico.

—Si quiere venir a echar un vistazo a mi tienda, es usted bienvenido. Incluso siéntase libre de pregonar su insatisfacción con el mundo y de expresar sus ideas radicales sobre la guerra. —Entornó sus ojos azules detrás de las gafas de gruesos cristales—. Pero, si pretende venir aquí para llevarse a la señorita Bennett, le tendré que pedir que se marche.

Grace sintió un cosquilleo de satisfacción por la piel. Su tío jamás la hubiera defendido de esa manera.

El señor Pritchard se irguió y chasqueó la lengua en señal de fastidio, lo que hizo que le temblaran los mechones blancos de la coronilla.

—Sería de más utilidad en una librería de Paternoster Row, un lugar mucho más prestigioso que Hosier Lane. —Curvó los labios al decir esa última palabra.

Sin más, se dio la vuelta y salió de la tienda con esas piernas espigadas, seguido, como era habitual, por Tigre.

—No iba a aceptar —dijo Grace.

—Ya imagino que no. —El señor Evans bajó la cabeza para mirarla por encima de la montura de sus gafas—. Lleva aquí ya más de dos meses del tiempo asignado.

Su mordacidad era una de las cosas que había llegado a apreciar de él a lo largo de los últimos meses. Sonrió en respuesta.

—¿Está seguro de que no querrá que me quede más tiempo?

Él agitó una mano para restarle importancia y, arrastrando los pies, fue al mostrador, donde procedió a revisar el libro de contabilidad que ella había organizado varias semanas antes. Se trataba de otra novedad más que Grace había incorporado para ordenar las ventas y los títulos populares y hacer un seguimiento de todo ello. Su jefe solía echarle un vistazo con frecuencia y comentar la comparación entre las ventas de un día y las de otro.

Cuando le pagó aquella semana, Grace advirtió que había añadido un chelín más a la hora. Un detalle por el que se negó a aceptar su agradecimiento; simplemente se limitó a recordarle que tenía un compromiso de seis meses con él. Del que a ella no le cabía duda de que saldría con una brillante carta de recomendación.

A Viv le iba igualmente bien en Harrods, donde su jefe había elogiado su capacidad para ayudar a las mujeres a encontrar la ropa que mejor les iba. Grace y Viv habían adoptado una costumbre al regresar a casa del trabajo, ambas alrededor de las cuatro de la tarde: se reunían en la cocina a tomar el té y contarse cómo había ido el día, a veces en compañía de la señora Weatherford, cuando no estaba fuera haciendo recados.

Estaban sentadas una tarde mientras fuera arreciaba la lluvia contra las ventanas, las dos en un agradable silencio, cuando Viv soltó un suspiro largo e inesperado.

—¿A ti no te distrae un poco? —preguntó.

Grace, que estaba absorta contemplando las gotas de lluvia que se fusionaban unas con otras antes de deslizarse por el cristal formando un hilillo de agua, apartó la mirada y se fijó en su amiga.

—¿Que si me distrae el qué?

—El aburrimiento —repuso Viv mirando hacia el exterior con rostro anhelante.

A Grace le entraron ganas de reír. Había estado de todo menos aburrida, con lo ocupada que seguía en la tienda.

—Tú no te aburres, ya lo sé —agregó Viv, y puso los ojos en blanco—, pero esta guerra está siendo interminable.

—Pero si no está pasando nada —se quejó Grace.

Al fin y al cabo, no se habían producido más alarmas de ataques aéreos. Tampoco habían racionado la comida. Había rumores, por supuesto. Pero siempre los habría y, hasta el momento, habían sido infundados.

—Eso es —confirmó Viv abriendo mucho los ojos en gesto de frustración—. Pensaba que en Londres sería todo brillo y glamur, con entradas para el teatro y noches de baile.

—Podríamos probar a volver a ir al cine —le sugirió Grace, vacilante.

Su amiga le lanzó una mirada de amargura, acordándose sin duda del fracaso de su último intento. El edificio estaba negro como boca de lobo, y estuvieron a punto de caerse varias veces cuando recorrían a tientas el tabique de separación que formaba una especie de pasillo hasta la taquilla. Dentro estaba todo tan oscuro que apenas distinguían las monedas al contarlas. Luego, en el camino de vuelta a casa, casi las atropella un coche que iba muy por encima del nuevo límite de velocidad impuesto por las autoridades.

El intento de ir al teatro había sido un fracaso similar. Se les habían olvidado las máscaras antigás, algo que sucedía a menudo últimamente, y no les permitieron entrar. Si bien no les sucedió nada relevante de camino a casa, la señora Weatherford les echó un sermón sobre la importancia de las máscaras y por qué no deberían olvidárseles nunca.

Además, Grace ya se había aventurado lo suficiente a salir a la calle durante el apagón. Entre su terrible experiencia la primera semana, la vez que estuvieron a punto de ser atropelladas al volver del cine y todas las denuncias por atracos y robos en la ciudad oscura al anochecer, habían decidido no arriesgarse a salir a esas horas.

Aun así, le daba pena que Viv se aburriese de tal forma.

—Han pintado de blanco los bordillos —comentó su amiga alisándose la solapa del traje, otro nuevo atuendo que se había confeccionado. Cosía uno nuevo cada dos semanas más o menos, y no solo para ella, sino también para Grace y para la señora Weatherford—. Y, según he oído, los inspectores de Precauciones Antiaéreas ahora llevan capas luminiscentes.

Grace revolvió el té con la cucharilla, y los posos del fondo se elevaron a la superficie, formando un remolino.

—Sí, y aun así se han denunciado más de mil atropellos. Por la noche está tan oscuro que los hombres del puerto se caen al agua y se ahogan.

Un relámpago iluminó el exterior a través de las ventanas. Dos meses atrás, aquello habría bastado para provocarles un respingo, temiendo que fuera una bomba. Ahora, en cambio, siguieron sentadas sin que les temblara el pulso lo más mínimo.

Viv tenía razón: no pasaba nada con la guerra; o, mejor dicho, como la llamaban ahora, la guerra del tedio.

—Creo que… —dijo Viv mientras golpeaba el borde de su taza de té con una uña roja y brillante— estoy pensando en apuntarme al STA.

Grace dejó caer su cucharilla, que golpeó el lateral de la taza. El Servicio Territorial Auxiliar era la rama femenina del Ejército británico. Si Viv se alistaba, tendría que acudir a sesiones de formación y, probablemente, acabasen destinándola fuera de Londres.

—¿Por qué ibas a hacer eso?

—¿Y por qué no? —repuso su amiga levantando un hombro—. Por lo que sé, están utilizando a las mujeres como dependientas y oficinistas. Tampoco haría algo muy distinto de lo que hago ahora, pero al menos ayudaría a poner fin a todo esto. —Abarcó la estancia con un gesto de las manos, como para referirse a la totalidad de su situación actual—. Estoy deseando que acabe la guerra para que podamos ir al cine y a bailar sin miedo a que nos atropellen de vuelta a casa. Y quizá conocer a algún apuesto desconocido cuando todos los hombres regresen de la guerra, quizá incluso tener una cita. Quiero dejar de preocuparme por el hecho de que puedan bombardearnos o de que nos sometan al racionamiento. Quiero que la vida vuelva a la normalidad.

—Pero si a ti te encanta Harrods —se quejó Grace.

—Es emocionante —convino Viv, y dejó caer las manos sobre el regazo—. O al menos lo era al principio. Ahora ya a muy pocas mujeres les importa la moda. Las que aún se dejan caer por allí me cuentan lo mal que lo están pasando. Todas andan preocupadas por sus hombres, que se han ido a la guerra, y por sus hijos, que están en el campo, en manos de desconocidos. Algunas de las cartas que reciben esas mujeres son de lo más triste. Los pequeños quieren volver a casa, juran que se portarán bien para que no vuelvan a echarlos de casa. —Se quedó mirándose las manos—. Quiero que todo esto acabe de una vez.

El silencio de la vivienda en un día de lluvia se vio interrumpido de pronto por un grito ahogado.

Viv y Grace se sobresaltaron, se miraron preocupadas y después se levantaron de un brinco para ir a investigar la causa de semejante sonido. La señora Weatherford se hallaba junto a la puerta principal con un montón de sobres desperdigados a sus pies y tapándose la boca con los dedos. Colin estaba delante de ella con la camisa remangada y una carta abierta entre las manos.

—¿Qué sucede? —preguntó Viv.

—¿Se encuentra bien? —quiso saber Grace mientras corría hacia la señora Weatherford.

Esta ni siquiera se fijó en ella; seguía con la mirada clavada en Colin a través de sus gafas.

Grace miró al muchacho, quien por primera vez no se sonrojó al verlas entrar y mantenía una expresión feroz mientras contemplaba la carta. Tragó saliva, lo que hizo que su nuez subiera y bajara en el cuello.

—Por fin ha ocurrido.

Les mostró la correspondencia, donde en letras impresas en negrita se leía LEY DEL SERVICIO NACIONAL (FUERZAS ARMADAS), 1939, remitido por el Ministerio de Trabajo y Servicio Nacional. La fecha del sábado 11 de noviembre figuraba estampada en tinta azul para que se presentara en el Centro de la Comisión Médica para el reconocimiento médico.

—Pensaba que el tuyo se consideraba un puesto esencial —murmuró la señora Weatherford diciendo que no con la cabeza mientras contemplaba la carta con aparente incredulidad.

—Solo dijeron que lo intentarían, mamá —respondió Colin con paciencia—. Nunca fue una garantía. No puedo quedarme aquí mientras los demás hombres están luchando.

—¿Te has ofrecido voluntario? —le preguntó su madre con desconfianza.

—No. —Colin volvió de nuevo la carta hacia sí mismo y apretó la mandíbula—. Sé que no quieres que vaya, mamá. Y sé que estabas intentando mantenerme aquí. Pero no puedo ignorarlo y no lo haré.

Grace se quedó mirando cómo, mientras hablaba con su madre, a Colin le temblaba el papel que sujetaba entre sus manos grandes y delicadas, pese a haberse propuesto con determinación hacer lo correcto. A ella se le rompió el corazón.

Los hombres como Colin no estaban hechos para la guerra.

—Te convocan a filas el Día del Armisticio —declaró la señora Weatherford mientras se alisaba el vestido azul con estampado de flores que Viv le había confeccionado.

Era un gesto que ya le había visto hacer antes, cuando trataba de controlar sus emociones.

—Tu padre murió para que ese día fuera posible —continuó—. ¿Cómo pueden convocarte ese día precisamente? —Se le había agudizado la voz a causa del miedo y del dolor.

Grace trató una vez más de abrazar a la señora Weatherford, mas esta la apartó de sí.

—Tengo que llamar al señor Simons. Me dijo que presentó la solicitud para que fueras empleado esencial. Seguro que él puede…

Colin dio un paso hacia su madre para detenerla y esta por fin se quedó quieta y lo miró con los ojos húmedos y muy abiertos.

—Haré lo que me corresponde, mamá —le aseguró con el pecho henchido—. Nuestro país me necesita.

Grace sentía un nudo de emoción en la garganta. Aquel joven tan tierno y amable, que en cierto modo aún recordaba a un adolescente, con aquella ingenuidad tan dulce, mostraba una gran valentía.

Era incapaz de imaginarse la casa sin él, igual que no podía imaginarse a la señora Weatherford sin su hijo, habida cuenta de lo mucho que lo adoraba y del orgullo y amor que brillaba en sus ojos cada vez que lo miraba.

A la señora Weatherford le temblaba la barbilla. Apretó los labios, y, aun así, el temblor no cesó, como no lo hizo el rápido parpadeo de sus ojos.

—Disculpadme —dijo con la voz temblorosa—. Tengo que… —Sin terminar de hablar, se volvió y subió corriendo las escaleras.

Segundos después se cerró la puerta de su dormitorio, situado en la segunda planta, y un llanto de dolor desgarrado rompió el silencio.

Colin agachó la cabeza para ocultar su expresión.

Grace le acarició con suavidad la manga de la camisa.

—Sube a verla. Yo pondré agua a hervir.

El muchacho asintió sin mirarla y subió las escaleras con pasos lentos y pesados mientras Viv y ella regresaban a la cocina. Nada más quedarse solas, Grace se llevó las manos al pecho, donde había empezado a sentir un dolor sordo.

Colin. En la guerra.

Primero George. Ahora Colin.

¿Acaso todos los hombres de Londres acabarían por marcharse?

Miró a Viv y el peso de la tristeza cayó sobre ella con fuerza. Su amiga también se marcharía pronto.

Como si le hubiera leído el pensamiento, Viv negó con la cabeza, haciendo que sus rizos rojos se agitaran en torno a su rostro.

—No debería haber dicho lo que he dicho, Grace. —Cogió aire—. No me alistaré en el STA. No si Colin se marcha.

La estrechó entre sus brazos y el dulce perfume floral de su última fragancia, It's You, las envolvió a ambas.

—No me marcharé —le prometió—. La señora Weatherford nos va a necesitar a las dos.

Grace asintió contra el hombro de su amiga, agradecida de no perder a Viv además de a George y a Colin. Habría sido insoportable.

En los días posteriores, Colin se mantuvo ocupado en sus esfuerzos por asegurar que la casa estuviese en perfecto orden antes de su partida. Comunicó de inmediato su dimisión en el Reino de Mascotas y se pasaba las horas arreglando cualquier peldaño suelto o bisagra desengrasada. Había llegado incluso al extremo de mostrarles a Grace y a Viv cómo llevar a cabo reparaciones menores en su ausencia, por si acaso goteaba un grifo o se soltaba un picaporte.

Grace regresó un día a casa y lo encontró agachado junto a una ventana de la sala, aplicando cinta adhesiva con gran esmero y maña para asegurarse así de que los cristales no reventaran por la onda expansiva de alguna posible bomba, aunque ya no parecía muy alta la probabilidad de que se produjesen bombardeos.

Viv había advertido a Grace de que aquel día llegaría tarde porque tenía que hacer un recado, de modo que dejó a un lado la lista de posibles eslóganes publicitarios a los que había estado dando vueltas y se arrodilló al lado de Colin. No se molestó en preguntarle si podía ayudarle, pues sabía que rechazaría el ofrecimiento. En lugar de ello, cortó un pedazo de cinta adhesiva, humedeció la parte de atrás y la pegó al cristal, y al hacerlo respetó el mismo patrón que estaba empleando él.

Colin levantó la cabeza y se quedó mirándola durante unos segundos con esos ojos azules tan tiernos antes de dedicarle una sonrisa de agradecimiento.

—Creí que tu madre no toleraba tener las ventanas con cinta —comentó ella mientras cortaba otro pedazo.

—Esto asegurará que estéis a salvo —respondió él, alisando con la mano el trozo que Grace acababa de colocar para sacarle las burbujas de aire—. Ya verás lo que les he hecho a las pocas flores que quedaban.

Grace se quedó con la boca abierta.

—¿Quieres decir que… has cavado por la victoria?

Desde el mes de octubre, el Gobierno había anunciado que era necesario retirar los parterres de flores y sustituirlos por huertos de verduras, en un intento por «cavar por la victoria». Aunque el racionamiento que había vaticinado la señora Weatherford todavía no se había producido, el llamamiento a cultivar verduras en casa indicaba que su anuncio llegaría pronto.

Eso no significaba que la señora Weatherford estuviese dispuesta a arrancar las pocas rosas y jacintos que quedaban en su adorado jardín.

Colin asintió lentamente mientras evaluaba con la mirada el resultado de su labor.

—No estoy familiarizado con las verduras, pero he leído el manual y he hecho todo lo que he podido. —Se encogió de hombros con gesto de impotencia.

—Podrías haberle pedido ayuda a Viv —comentó ella—. Antes de venir a Londres vivía en una granja.

—Justo por eso lo he hecho cuando ella no estaba. —Se puso en pie y comenzó con la parte superior de la ventana—. Siempre va tan elegante que no quería que tuviera que salir al jardín y ensuciarse de tierra y estropearse las uñas.

Grace se levantó también cuando él se puso de pie. La cabeza le llegaba a la altura de su pecho, lo que le imposibilitaba alcanzar la parte más elevada de las ventanas.

—Y ya sabes que es demasiado cabezona para aceptar un no por respuesta. —En vez de intentar pegar un pedazo, Grace se limitó a cortar y humedecer la cinta antes de pasársela.

—Lo has dicho tú, no yo —respondió Colin con una sonrisa mientras aceptaba el pedazo de cinta.

—¿Tu madre ha visto ya el jardín? —le preguntó mientras desenrollaba otro pedazo de cinta adhesiva.

Colin dijo que no con la cabeza.

—Se ha apuntado al Servicio de Mujeres Voluntarias y ha acudido a su primera reunión. No te quepa duda de que, cuando lo vea, nos enteraremos.

Miró por la ventana y se quedó contemplando la calle. De su rostro se esfumó la alegría.

—Va a necesitar ayuda cuando yo no esté, Grace.

—Estaré a su lado —le prometió.

—No soporto tener que dejarla —murmuró Colin agachando la cabeza—. ¿Y si Alemania acaba por bombardear Londres? No estaréis a salvo aquí.

Él no podía evitar que cayeran bombas del cielo, pero Grace se abstuvo de recordárselo.

—Tenemos el refugio Andy que enterraste en el jardín, además de las ventanas forradas con cinta. Incluso nos has proporcionado un huerto. Y sabes de sobra que tu madre está bien surtida de provisiones.

—Ay, sí —respondió él con una suave carcajada, y levantó la cabeza—. Para evitar que los acaparadores se le adelanten y lo compren todo —agregó guiñándole un ojo.

—Eso es —le dijo ella mirándolo a los ojos—. Estaremos bien aquí, Colin. Tú cuídate y, cuando regreses, celebraremos una gran fiesta de bienvenida.

La sonrisa que le dedicó en respuesta fue tan cálida que a Grace se le encogió el corazón.

—Me encantaría —le aseguró.

La puerta de la entrada se abrió y se cerró, seguida de los golpes ligeros que emitieron los zapatos al pisar y del sonido de un bolso y de una máscara antigás al colgarse en el perchero.

Colin hizo una mueca y contempló la pared.

—¿Es tu madre? —susurró Grace.

El muchacho asintió con cara de miedo.

—¿Se lo decimos?

Él negó con tanta vehemencia que Grace tuvo que taparse la boca con las manos para no soltar una carcajada.

Se abrió otra puerta en la parte posterior de la casa y después se oyó el clic que hizo al cerrarse. Fue entonces cuando ambos se dieron cuenta de que no sería necesario decirle a la señora Weatherford que habían sacrificado sus parterres de flores. El descubrimiento quedó patente en forma de alarido.

El destrozo de las flores de la señora Weatherford y la imagen de las ventanas forradas con cinta, a las que esta denominó «antiestéticas», no fueron ni de lejos la pérdida más importante a la que se enfrentaron. Esta, en cambio, quedó representada por la partida de Colin.

La mañana del Día del Armisticio, se marchó a realizar el reconocimiento médico. Dos días más tarde, recibió órdenes de presentarse al servicio.

Pasó todo demasiado rápido y, casi sin darse cuenta, se despertaron un día y, para su sorpresa, se encontraron con que había llegado el momento de la partida.

Colin aceptó primero un abrazo de Viv, quien apenas pudo dibujar una sonrisa para despedirlo.

Después abrazó a Grace.

—Por favor, cuida de mi madre —le susurró.

—Te lo prometo —le respondió ella, asintiendo contra su pecho.

Cuando al fin se despidió de la señora Weatherford, los ojos se le llenaron de lágrimas. Parpadeó mientras se sorbía la nariz y abandonó la vivienda a toda prisa y con la espalda excesivamente erguida. Su madre quiso acompañarlo, por supuesto, pero al final Colin le dijo que tenía que hacerlo solo.

La puerta se cerró a su espalda y la casa quedó sumida en un silencio antinatural, como si ella también acusara de inmediato su ausencia. La señora Weatherford se acercó a la ventana delantera de la sala y lo observó mientras se alejaba por la calle.

No abandonó aquel puesto durante el resto del día, como si aún pudiera verlo alejarse y siguiera despidiéndose de él.

Tan solo unos días antes, la guerra les parecía un auténtico aburrimiento; siempre anticipando algo que luego no pasaba. Ahora, no obstante, la realidad les había alcanzado donde más dolía.

El sacrificio ya había sido enorme. Sin embargo, no era más que el principio de todo lo que estaba por llegar.

OCHO

Pese a que cada vez desaparecían más hombres jóvenes de las calles de Londres, a Primrose Hill Books seguían acudiendo clientes. Las amas de casa que buscaban una nueva novela, los ancianos que contemplaban con expresión inteligente las hileras de libros sobre política, los hombres y mujeres demasiado jóvenes para la guerra y demasiado mayores para que los enviaran al campo a un lugar seguro; todos ellos poblaban la tienda, y Grace estaba encantada de ayudarlos a encontrar los libros que buscaban. Es más, descubrió que los clientes que acudían a la librería, con la nueva organización, se quedaban el doble de tiempo y compraban el triple de libros que antes.

Para todos marcó un antes y un después el hecho de poder encontrar lo que buscaban. Para todos salvo para un profesor jubilado que se quejaba de las estanterías excesivamente limpias, asegurando que a la tienda le faltaba la autenticidad del caos del anterior sistema de clasificación. La evidente estima que le profesaba al estado previo de la tienda hacía sonreír a Grace al recordar el cariño que sentía George por la antigua y polvorienta librería.

Había logrado incluso convencer al señor Evans para participar en el programa de cupones de National Book. Suponía una estupenda oportunidad de publicitarse que consistía en que uno podía comprar una tarjeta regalo y el destinatario la canjeaba por cualquier libro de su elección. Grace había descubierto aquel ingenioso sistema gracias a una visita a Foyles, la librería de seis plantas que vendía libros de segunda mano y celebraba meriendas con invitados famosos. En cuanto vio allí los cupones, se dio cuenta de que estaban por todas partes, lo que dejaba a la tienda del señor Evans en una situación de gran desventaja.

Hasta entonces.

Con la Navidad a la vuelta de la esquina, Primrose Hill Books vendió varias docenas el primer día que Grace colocó el letrero que anunciaba que tenían cupones de libros.

—Se lo reconozco, señorita Bennett —admitió el señor Evans a regañadientes cuando se marchó el cliente al que acababa de cobrar—. Tuvo usted una gran idea con esto de los billetes para comprar libros.

Grace intentó contener la sonrisa al oírle referirse a ellos como billetes, en vez de cupones, como tenía por costumbre.

—Me alegra que la iniciativa haya salido tan bien. —Ató un pedazo de cordel alrededor de un trozo de papel de plata doblado y lo separó para formar una bola de adorno.

Quedaría perfecto en el nuevo escaparate invernal que había montado.

—Ya casi se ha terminado diciembre —comentó el señor Evans.

A continuación, hizo una anotación en el pequeño libro de contabilidad que Grace guardaba junto a la caja registradora. Detallaba las ventas con la misma eficacia con que había comenzado haciéndolo ella. Cuando hubo terminado, dejó a un lado el lapicero —uno largo que no le hacía falta pellizcar con la punta de los dedos— y tiró a la papelera situada junto al mostrador un trozo de papel.

—Confío en que 1940 traiga consigo el fin de la guerra —respondió ella mientras elaboraba otra pelotita de papel de plata. Una más y ya tendría todas las que necesitaba.

—Ya ha superado dos tercios de sus seis meses en la tienda. —Contempló el libro de cuentas antes de cerrar la tapa.

—Así es —confirmó Grace. Se quedó observándolo y se fijó en su rostro impávido.

El señor Evans abrió la boca como si tuviera intención de decir algo más cuando un hombre alto y delgado de poblado bigote entró en la tienda haciendo sonar la campanita. El librero dejó escapar un profundo suspiro.

—Buenas tardes, señor Stokes —dijo—. ¿Hemos cometido alguna infracción?

El apellido de aquel hombre le resultaba familiar, pero Grace no lograba ubicarlo.

—No estoy de servicio —respondió con un tono autoritario que le sonó aún más, hasta que por fin se acordó.

El señor Stokes era el inspector local de Precauciones Antiaéreas.

—Reconozco que últimamente está siendo bastante aburrido. —El señor Stokes examinó las hileras de libros con el ceño fruncido. El gesto le provocaba arrugas en la frente, lo cual indicaba que era una expresión que adquiría a menudo—. Me vendría bien un libro para pasar la noche. Mi compañero es poco más que un chaval y no es que dé mucha conversación. Uno pensaría que, con las festividades navideñas, tendrían más luces a la vista, pero… nada. —Torció las comisuras de los labios hacia abajo en evidente muestra de decepción al no tener nada más por lo que reprenderlos.

—A lo mejor le apetece una buena novela de misterio —le sugirió el señor Evans haciéndole un gesto con la mano para que lo siguiera.

Eso era lo que a su jefe mejor se le daba. Y lo que a ella se le daba peor. Había estado tan concentrada en organizar la tienda que no había tenido tiempo de leer su mercancía, menos aún hasta el punto de poder recomendar un libro. ¿Sería eso lo que el señor Evans había querido decirle al mencionar que sus días en Primrose Hill Books pronto tocarían a su fin?

No tuvo ocasión de averiguarlo. El resto de la tarde fue de lo más ajetreado y el señor Evans no volvió a sacar el tema. Con el año nuevo a la vuelta de la esquina, Grace se había propuesto sacar tiempo para leer los libros que vendían. Así quizá podría ofrecer recomendaciones de verdad en vez de limitarse a sugerir libros en base a los que le parecían más populares.

La Navidad fue un tiempo solemne en ausencia de Colin. La señora Weatherford había preparado un gran festín en vista del inminente racionamiento, que se rumoreaba que comenzaría en enero. Había conseguido un pavo bien gordo para asar en la cena, además de unas chirivías, patatas y coles de Bruselas. Se habían hecho regalos en un intento por animarse, aunque aquello solo ayudó en parte. La casa no era la misma sin la bondad de Colin, que habría generado una atmósfera mucho más cálida.

Grace le había regalado a la señora Weatherford cupones para libros —la verdad sea dicha, eran regalos muy útiles—, y un bonito sombrero nuevo a Viv, quien había confeccionado vestidos para ellas. La señora Weatherford les había comprado a ambas unos bolsos de mano adaptados para llevar la máscara antigás.

Era un chisme curioso con el fondo curvo para encajar el contenedor y un bolsillo donde meter el grueso de la máscara. Los bolsos estaban hechos de un elegante cuero negro, con cierres dorados en la parte superior. Sin duda un bolso de mano que cualquier dama llevaría con orgullo.

—Para que no os las dejéis en casa cuando salgáis. —La señora Weatherford había hecho aquel comentario con un aire de determinación que indicaba que no toleraría más excusas para dejarse olvidadas las máscaras en casa a partir de ese momento.

Pasada la Navidad, no solo no se terminó la guerra, como muchos habían pronosticado, en un exceso de optimismo, sino que además comenzó el temido racionamiento. Las limitaciones a la compra de beicon, mantequilla y azúcar solo contribuyeron a hacer más amargo uno de los inviernos más fríos de Londres.

Todos los habitantes de Inglaterra, incluidos el rey y la reina, recibieron una pequeña cartilla de sellos para limitar la cantidad de bienes racionados que podían comprar. Por algún motivo, pese a que la señora Weatherford hubiese almacenado en los meses previos una gran cantidad de azúcar a buen recaudo, con frecuencia Grace y Viv se encontraban con el azucarero medio vacío.

Fue en ese aburrido mundo gris donde Grace descubrió un inesperado rayo de sol.

La tarde de un día muy frío en el que no trabajaba en Primrose Hill Books, se halló ante la tesitura de tener tiempo libre, cosa que no sucedía a menudo. Y sabía exactamente en qué invertirlo. Se preparó una taza de té, se acurrucó en el sillón Morris con las piernas tapadas bajo una gruesa manta y dejó caer sobre su regazo todo el peso de *El conde de Montecristo*.

Deslizó los dedos por la cubierta desgastada y pensó en George Anderson. No solo en él, sino en todos los hombres a quienes habían llamado a filas.

¿Dónde estarían? ¿Estarían igual de aburridos que ella?

Esperaba que sí. Mejor aburrirse que estar en peligro.

Abrió lentamente el libro y notó que el viejo lomo no se molestó en crujir, como si el paso del tiempo se hubiera encargado de engrasarlo. Comenzó entonces a leer.

Lo que encontró en su interior no se parecía en nada a los textos que había leído en el colegio, esos que explicaban aburridas fórmulas matemáticas, analizaban la estructura de las oraciones y la formación de las palabras. Qué va. Aquel libro, cuando por fin le dedicó la atención que merecía, logró atraparla entre sus páginas y ya no la soltó.

Lo que comenzó como una acusación fue dando paso a la mayor de las traiciones. Palabra tras palabra, una página detrás de otra, se vio sumergida en un lugar en el que no había estado nunca, poniéndose en la piel de una persona a la que no conocía.

La historia la tenía completamente absorbida, leía a gran velocidad para devorar cada palabra, cada página, desesperada por saber qué sería de Edmond…

—¿Grace? —La voz de la señora Weatherford interrumpió la historia e hizo añicos la escena que Grace se había montado en la cabeza.

Dio un respingo y la miró.

—La cena está casi lista. —La mujer echó un vistazo a la sala y chasqueó la lengua antes de correr hacia la ventana—. No has corrido las cortinas. Seguro que el señor Stokes nos regaña.

Grace parpadeó, llevada por una confusión momentánea. Ya casi había oscurecido. Recordaba haberlo percibido un instante y tener intención de encender una luz, pero eso había sido cuando Mercédès y Edmond celebraban su fiesta de compromiso y la perversa trama comenzaba a complicarse.

Se encendió una luz, un destello brillante que hizo que el blanco de la página floreciese ante sus ojos y las letras negras resultaran mucho más fáciles de leer.

—¿Qué estás leyendo? —preguntó la señora Weatherford al tiempo que señalaba la cubierta con la cabeza mientras se acercaba.

—*El conde de Montecristo* —respondió Grace con rubor en las mejillas—. Fue el libro que me dejó el señor Anderson antes de que lo llamaran a filas.

A la señora Weatherford se le nubló la mirada.

—Ese siempre ha sido también uno de los libros favoritos de Colin.

—¿Ha sabido algo de él? —le preguntó Grace.

La señora Weatherford deambuló sin rumbo por la estancia, enderezó una impecable pila de revistas y ahuecó unos cojines que no podían ahuecarse más.

—Pues no, aunque espero saber algo pronto. Como sabes, a los muchachos los entrenan a conciencia antes de… —Dejó la frase a medias.

Antes de que los envíen al frente.

Las palabras quedaron suspendidas en el aire, así como la insinuación de peligro.

—Si quiere leerlo cuando lo termine, puedo prestárselo —le ofreció Grace en un intento por cambiar de tema.

—Gracias, pero he comprado una preciosa novela de Jane Austen con uno de los cupones que me regalaste. Todavía no he leído *Emma* —dijo mientras se entretenía en colocar con esmero la cortina de los apagones, para asegurarse de que no quedase ninguna rendija—. Y tengo bastante quehacer con las otras mujeres del servicio de voluntarias, desde luego. Vamos, ven a cenar antes de que se enfríe.

El Servicio de Mujeres Voluntarias le había hecho mucho bien a la señora Weatherford en ausencia de Colin. No solo la mantenía ocupada para no pasarse el día fregando el suelo de la casa hasta desgastarlo por completo, sino que además estaba acompañada de otras madres en situación parecida, cuyos hijos también estaban en la guerra.

Grace obedeció, dejó el libro a un lado y fue a la cocina, donde habían tomado por costumbre realizar sus comidas. La zona del comedor destinada a tales efectos resultaba demasiado grande y vacía sin Colin sentado frente a su madre.

Viv le dedicó una sonrisa cuando entró.

—He supuesto que hoy querías saltarte la merienda, teniendo en cuenta lo absorta que estabas con el libro de George.

Era como si Grace se hubiera sumergido por completo en otro mundo y ahora estuviese recorriendo el camino de vuelta a la realidad. Soltó una carcajada, sintiéndose como una tonta.

—Siento mucho no haberte oído llegar. Ni siquiera me había dado cuenta de que la habitación estaba casi a oscuras.

Aun así, mientras charlaba durante la cena y degustaba el jugoso pollo que había horneado la señora Weatherford, no podía parar de pensar en Edmond Dantés. Más que eso, recordaba las experiencias de este con el mismo sobrecogimiento que si las hubiera vivido en sus propias carnes en vez de haberlas leído en un libro.

Sin duda a eso se refería George al describir lo que a él le producía la lectura.

Aquella noche se quedó despierta hasta tarde, con la cabeza tapada por una manta y una linterna iluminando las páginas para zambullirse de nuevo en la historia de Edmond. Después de cada capítulo, se juraba a sí misma que sería el último, hasta que al fin se le cerraron los ojos y las imágenes de su cabeza se fundieron con las de sus sueños.

A la mañana siguiente se despertó sobresaltada, con ojos soñolientos y un poco tarde. Tras tomarse una taza de té sin apenas azúcar y un trozo de pan tostado con solo una pizca de mantequilla, se abrigó para enfrentarse al desapacible frío durante el trayecto hasta Primrose Hill Books.

El paseo que en verano y otoño le había parecido breve y agradable se le antojaba extenuante en invierno. El viento la zarandeaba, lo que dificultaba aún más su avance conforme el frío húmedo se le iba colando hasta los huesos.

Ya casi había llegado a Farringdon Station, absorta en sus pensamientos mientras revivía lo que había leído en *El conde de Montecristo*, cuando unas carcajadas hicieron que volviera la atención hacia una calle lateral. Dos niños muy abrigados contra el frío corrían de un lado a otro como si jugaran al pillapilla, con las mejillas sonrojadas a causa del aire frío y nubes de vaho que les salían de la boca con cada risotada.

Antes esas risas se oían por todas partes, mezclándose con el rumor del tráfico o las conversaciones de los transeúntes. Se dio cuenta entonces de que oír niños se había convertido en algo inusual.

No todas las madres habían enviado a sus hijos al campo, por supuesto, pero muchas de ellas sí lo habían hecho y, por lo tanto, quedaban muy pocos niños por la calle.

Aun así, esos niños que jugaban al pillapilla no fueron los únicos a los que vio aquella mañana. En su trayecto hacia la librería se topó con varias niñas que susurraban entre ellas con un carrito de juguete en el que llevaban a sus muñecos.

¿Acaso estaban regresando los niños?

Emocionada ante la posibilidad de que aquello supusiera el ansiado fin de la guerra, entró corriendo en la tienda y se dirigió de inmediato al señor Evans.

—¿Ha visto a los niños? Parece que están regresando.

El señor Evans hizo un gesto brusco con la mano y a punto estuvo de volcar un bote de lápices recién afilados.

—Cierre la puerta, señorita Bennett. Hace un frío que pela.

Grace hizo lo que le pedía y empujó la puerta contra una ráfaga de viento gélido que trataba de colarse en la tienda. Con el frío ya bajo control, el ambiente cálido de la tienda le provocó un cosquilleo en las mejillas y en las manos, gracias a lo cual casi tuvo calor con toda esa ropa de invierno.

—Los niños han estado regresando desde Navidad —comentó el señor Evans y entornó los ojos para leer algo del libro de cuentas—. ¿Qué pone aquí? —preguntó, y se volvió hacia ella.

Grace contempló su ilegible caligrafía e ignoró el dolor de cabeza que le había causado la falta de sueño.

—Pone cinco ejemplares.

El librero resopló satisfecho y pasó a escribir algo más junto a la nota.

—No sé cómo ha llegado a leer mi letra mejor que yo.

—Creo que deberíamos encargar libros infantiles y crear una sección nueva —sugirió Grace y, con un golpe sordo, dejó sobre el mostrador su bolso de mano, que tenía un peso considerable entre la máscara antigás y el libro.

—Supongo que volverán a enviarlos a todos de vuelta al campo ahora que ha pasado la Navidad. —El señor Evans enarcó sus pobladas cejas mientras escribía, como si con ese gesto le resultase más fácil ver.

—Entonces pondremos una sección pequeña. —Grace se desabrochó el abrigo y se quitó la bufanda mientras examinaba la tienda, imaginando dónde podrían sacar un hueco para colocar los libros infantiles.

Habían preparado una mesa en el centro para el último libro de moda, *What Hitler Wants*. La llamativa sobrecubierta del libro, con una banda naranja, prometía ahondar más en el manifiesto de Hitler, *Mi lucha*, para tratar de ofrecer pistas sobre lo que motivaba sus decisiones y las cosas que podría llegar a hacer con el tiempo. En su opinión, era una publicación atroz, pero era evidente que las masas no estaban de acuerdo con ella y querían saber más.

Quizá hubiera algo de cierto en la aseveración de la señora Weatherford respecto a que tener conocimientos era la mejor manera de combatir el miedo.

Grace señaló la mesa apartada para colocar el libro sobre Hitler.

—Aquí —declaró, pensando que ese hueco estaría mejor empleado en la sección infantil.

El señor Evans masculló, lo que ella ya había aprendido que era su manera de dar su beneplácito. O al menos no era un no rotundo.

Esa misma tarde se puso a trabajar, elaborando una lista de libros que pedir a Simpkin Marshalls. El distribuidor de libros al por mayor estaba ubicado en Paternoster Row y cumplía a rajatabla con la puntualidad de sus entregas, gracias al amplísimo surtido de su almacén.

Aun así, durante todo ese proceso, no logró sacarse de la cabeza *El conde de Montecristo*. Edmond acababa de atravesar a rastras el túnel en dirección a la celda del abad.

¿Qué encontraría allí? ¿Y si los atrapaban? Solo de pensarlo se le aceleró el pulso.

Tras realizar el pedido de libros para los niños que habían regresado, sacó el grueso libro del bolso y se acurrucó entre dos grandes estanterías cerca de la parte posterior de la tienda. Se sumergió de inmediato en la historia y en su cerebro se disipó la neblina provocada por el cansancio.

—Señorita Bennett. —La voz del señor Evans atravesó los muros de piedra de la celda de la mazmorra y la trasladó de vuelta a la librería.

Dio un respingo, cerró el libro y de inmediato se arrepintió de no haberse fijado primero en el número de la página en que se quedó. En todo el tiempo que pasó trabajando en la tienda de su tío, jamás se había tomado un respiro semejante en sus tareas. Miró lentamente al señor Evans, atenazada por el sentimiento de culpa.

Su jefe frunció las cejas al inclinarse para leer el título en el lomo.

—¿Está leyendo *El conde de Montecristo*?

—Sí, es que… —Estuvo a punto de ofrecerle una justificación, pero se contuvo. No había nada que excusara su comportamiento—. Lo siento.

—Veo que ha seguido la recomendación del señor Anderson —comentó el señor Evans con una sonrisa—. Continúe, señorita Bennett.

Imagino que, si la tiene tan cautivada, podremos vender bastantes ejemplares basándonos en su recomendación.

—Pediré unos cuantos más a Simpkin Marshalls —respondió ella, aliviada ya la tensión de los hombros.

—Me parece bien —convino él quitándose una pelusa amarilla de la chaqueta de *tweed*—. Y le recomiendo que tenga en cuenta a Jane Austen para escoger su próximo libro. Según parece, a las mujeres les gustan mucho sus protagonistas.

Despierta su curiosidad, se dijo a sí misma que adquiriría uno de los libros de la señorita Austen. A lo mejor *Emma*, que a la señora Weatherford le había gustado tanto.

—Me alegra comprobar que ha desarrollado el hábito de la lectura en el tiempo que lleva aquí. —El señor Evans se quitó las gafas para examinarlas. Sin el efecto de aumento de los cristales, tenía los ojos bastante pequeños—. Aunque solo le quede un mes para que concluya nuestro acuerdo.

¿De verdad solo quedaba un mes? ¿Cómo era posible que incluso una época navideña tan lóbrega hubiese pasado tan deprisa?

Grace asintió, sin saber qué decir, y se dio cuenta de que probablemente él no la viera bien sin las gafas.

El hombre sacó un pañuelo, frotó las lentes y volvió a ponérselas antes de parpadear como un búho.

—No se habrá encariñado con Primrose Hill Books, ¿verdad?

La pregunta la desconcertó, pero no tanto como el descubrimiento de que, en efecto, se había encariñado de la librería.

Le gustaba que los clientes encontraran los libros con facilidad gracias a la nueva organización de la tienda, disfrutaba fijándose en las sobrecubiertas para ver lo creativas que se ponían algunas editoriales con sus diseños. Incluso le parecía agradable el olor a polvo que permanecía en la tienda por mucho que limpiara, y, además, había llegado a tenerle afecto al señor Evans, con sus ironías y todo.

Antes de que pudiera elaborar una respuesta, sonó la campana, anunciando la llegada de un nuevo cliente.

—¿Evans? —Se oyó la voz aguda del señor Pritchard desde la entrada—. ¿Está por ahí?

El señor Evans alzó los ojos al cielo y se acercó a saludar al hombre al que Grace nunca sabría si considerar su amigo o su enemigo.

—Buenas tardes, Pritchard.

—¿Ha probado últimamente los *fish and chips* de Warrington's? —preguntó Pritchard—. Acabo de comer allí y estaba asqueroso. La ciudad de Londres está acabada si uno no puede ya ni encontrar unos *fish and chips* en condiciones. Es vergonzoso. Sé que no tienen la misma grasa para freír, pero después de la cola que he tenido que hacer y del precio que he pagado…

Los hombres siguieron debatiendo sobre cómo el racionamiento había afectado a su manera de disfrutar de la comida y de que la margarina jamás podría sustituir a la mantequilla. Mientras hablaban, Grace intentó asimilar la horrible certeza de que pronto dejaría de trabajar en la librería.

Después de todas las veces en que había soñado en trabajar con Viv en Harrods, con toda esa ropa elegante y colorida, y el aire impregnado de la fragancia de los carísimos perfumes, jamás había llegado a pensar en lo mucho que disfrutaba de su empleo actual.

Notó un nudo en el estómago y agarró con fuerza el libro de George, como si de algún modo aquel gesto pudiera poner freno a sus emociones descarriadas.

En tan solo un mes, tendría su ansiada carta de recomendación, y su empleo en Primrose Hill Books llegaría a su fin.

Desde el principio el señor Evans le había dicho que no se encariñase y, aunque no había sido esa su intención, al final había sucedido.

Y ahora no quería que se acabara.

NUEVE

Grace no había logrado deshacerse de la melancolía que le producía la idea de dejar de trabajar en Primrose Hill Books. Pese a ello, en las tres semanas posteriores, no se atrevió a hablar con el señor Evans sobre la posibilidad de conservar su puesto. Menos aún, cuando él había insistido tanto en que no se encariñase.

No obstante, sí que terminó de leer *El conde de Montecristo*, y le gustó tanto que no paraba de recomendárselo a los clientes, hasta el punto de que tuvo que encargar más al editor, habiendo vendido ya los cinco que tenían en tienda, cosa que el señor Evans comentó con entusiasmo.

Grace había deseado llegar a la última página para averiguar si Edmond conseguía vengarse y por fin alcanzaba la felicidad en la vida. Pero, por mucho que hubiera disfrutado al leer la historia, nadie la había preparado para aquel agridulce final. Nadie le dijo que al terminar el libro se sentiría tan abandonada. Fue como si se hubiera despedido por última vez de un amigo íntimo. Cuando le mencionó este hecho al señor Evans, este se limitó a sonreír y le recomendó otro libro. De manera que se consoló leyendo *Emma*, lo que supuso una maravillosa distracción.

Durante ese tiempo, sin embargo, no pudo evitar notar que Viv estaba bastante decaída. La situación quedó patente una tarde cuando iban a tomar el té en la alegre cocina blanca y amarilla de la señora Weatherford. Primero a Viv se le olvidó encender el fuego y el hervidor se quedó un rato sobre el fogón apagado. Y después, cuando llevó el té a la mesa, se le olvidaron las tazas.

Todo aquello era impropio de Viv, a la que le encantaba hacer un espectáculo de cualquier acontecimiento, incluso algo tan prosaico como el té de por la tarde.

Grace se apresuró a sacar dos tazas y se quedó mirando a su amiga.

—Hay algo que te preocupa. ¿De qué se trata?

Viv se dejó caer en la silla situada enfrente y suspiró. Desvió la mirada hacia el jardín estéril, donde los esfuerzos horticultores de Colin por Cavar por la Victoria se habían congelado por la crudeza invernal. En mitad de los parterres de flores vacíos sobresalía un montículo de tierra, justo donde estaba enterrado el refugio Andy. En circunstancias normales, un jardín habría quedado en estado latente durante el invierno, pero ahora solo había tierra revuelta y desprovista de cualquier rastro de vida.

—¿Alguna vez tienes la impresión de que no haces lo suficiente? —preguntó Viv antes de dar un sorbo a su taza de té, cuyo borde quedó manchado con una media luna roja que dibujó su carmín de labios.

Grace rodeó su taza con ambas manos para sentir el calor del té. La semana pasada había hecho tanto frío que la nieve se había quedado congelada en el suelo. Aunque la cocina era la estancia más cálida de la casa, sentía que las manos nunca terminaban de entrarle en calor.

—Esta guerra se prolongará hasta que hagamos algo —prosiguió Viv con la inquietud reflejada en sus grandes ojos marrones.

Grace sabía que no iba a gustarle lo que fuera que tuviera pensado decirle.

Notó un nudo de nervios en el estómago.

—¿De qué estás hablando?

Viv torció la boca ligeramente, lo que indicaba que estaba mordiéndose el labio y confirmaba que, en efecto, estaba nerviosa.

—No puedo seguir así. Sabes que nunca he sido de las que se quedan de brazos cruzados esperando a que las cosas sucedan.

Grace dejó a un lado su taza de té. Lo sabía. Viv siempre había encarado la vida con los brazos abiertos, preparada para cualquier obstáculo que pudiera llegarle.

—¿Se trata del STA? —conjeturó, a lo que su amiga dijo que sí con la cabeza.

—Los uniformes son horrendos, ya lo sé, pero en el servicio puedo desarrollar mi talento. Y es mucho mejor que convertirme en Chica de Granja.

Las Chicas de Granja formaban parte del Ejército Femenino de Tierra, un grupo de mujeres que ayudaban con los cultivos. Aunque el servicio fuese voluntario, eso no significaba que la gente no pudiera presionar a Viv para que se apuntara si descubrían su historial en la granja de sus padres.

Solo en una ocasión desde que llegaran a Londres había tenido noticia de sus padres. En la carta, su madre había expresado su disgusto ante su abrupta partida y le decía que no se molestara en regresar. Viv le había restado importancia haciendo un comentario gracioso; aun así, Grace sabía que le había dolido en el alma.

—Serías una gran Chica de Granja —protestó Grace mordiéndose el labio para no sonreír.

Viv se quedó con la boca abierta en un gesto de ofensa exagerado.

—Pero qué mala eres, Grace Bennett. —Le dio una patada en broma por debajo de la mesa—. Podrías venir conmigo. —Las cejas color caoba le dibujaban un arco perfecto, pues cada día se las depilaba con esmero. Al decir aquello último, las enarcó a modo de invitación—. Imagínate, las dos juntas en el STA, compadeciéndonos con esos horribles uniformes marrones que nos hacen el culo gordo y rectangular, sacrificando la juventud y la moda para luchar por Inglaterra.

—Bueno, si me lo vendes así… —respondió Grace entre risas.

Pese a la broma, sabía que debía hacer algo por su país. Habían empezado a llamar a filas a los hombres, las madres habían enviado a sus hijos al campo para que estuvieran a salvo, en manos de desconocidos, y las mujeres estaban ofreciéndose voluntarias. En cambio, ¿qué hacía ella?

Nada.

—Ven conmigo, Patito —le dijo Viv y le guiñó un ojo haciendo uso de todo su encanto—. Podemos hacerlo juntas.

A Grace se le encogió el corazón al pensar en lo que supondría alistarse en el STA, además del deber de ayudar a su país, por supuesto. Dejaría atrás Primrose Hill Books y la decepción de no poder seguir trabajando allí. No tendría que trabajar en Harrods sin Viv. Y, lo mejor de todo, seguiría al lado de su amiga, como siempre había sido desde que eran pequeñas.

Sin embargo, también supondría dejar sola a la señora Weatherford.

El Servicio de Mujeres Voluntarias no conseguía ofrecer un gran consuelo a la amiga de su madre, y su vida parecía cada vez más vacía. A ella le gustaría estar al mando, pero tenía que someterse a las decisiones de la mujer que lideraba el grupo local del servicio, la cual no tenía ninguna intención de renunciar a su liderazgo. En su lugar, la señora Weatherford concentraba su necesidad de control en la casa.

El olor alquitranado del jabón carbólico impregnaba todas las superficies como consecuencia de su compulsiva limpieza diaria. Las toallas estaban colocadas justo en el centro exacto de sus toalleros, las latas de comida estaban alineadas con las etiquetas mirando hacia fuera, como filas de soldados, e incluso guardaba las tazas del té con el asa apuntando en la misma dirección.

Si Grace se marchaba, a la señora Weatherford no le quedaría nadie. Y ella le había prometido a Colin que cuidaría de su madre.

—No puedo —dijo al fin con un gesto negativo de cabeza.

—Por la señora Weatherford —dedujo Viv.

Grace se quedó mirando las profundidades de su taza de té, sin apenas lograr ver el fondo de aquel líquido oscuro.

—No puedo dejarla aquí sola. Y ya sabes que nunca he sido tan atrevida como tú. No estoy hecha para el STA ni para otra clase de servicios.

—Eres más atrevida de lo que crees —le aseguró Viv antes de llevarse a los labios la taza de color rosa y dar un pequeño sorbo.

Ahí estaba otra vez: la punzada de culpa.

Tampoco es que Viv hubiera pretendido provocarle esa reacción, pero Grace sabía que no estaba haciendo lo suficiente en tiempo de guerra. Y, cuanto más ayudaran todos, antes acabaría todo.

Un remolino de vapor se agitó ante Viv cuando bajó su taza hasta colocarla sobre la mesa.

—Lo comprendo, Grace. Además, piensa que tendrás nuestra habitación para ti sola y podrás dejar la luz encendida para leer por las noches, en vez de tener que estar comprando linternas a todas horas.

A Grace no le quedó más remedio que reírse de aquel comentario. Ya casi era imposible encontrar pilas del número ocho. Resultaba mucho más fácil adquirir una linterna nueva que encontrar pilas. Después de que Viv le confesara que se aburría sin remedio, Grace había dedicado sus tardes y sus noches a su amiga. Habían merendado, habían salido a tomar el té, al cine y de compras durante el día, además de escuchar juntas los programas de radio por las noches.

No obstante, incluso mientras escuchaba las retransmisiones, Grace no podía parar de pensar en la historia que tenía a medio leer. Lo cual hacía que se quedara despierta hasta las tantas, oculta bajo las sábanas con su último libro.

El señor Evans estaba en lo cierto. Le había encantado descubrir a Jane Austen y actualmente estaba devorando la colección completa de la autora.

—Esto no será lo mismo sin ti —le aseguró a su amiga.

Viv estiró el brazo por encima de la mesa y le estrechó la mano.

—Vendré aquí siempre que esté de permiso.

—¿Y qué pasa con tus padres?

—Seguro que no les parece bien. —Puso los ojos en blanco y retiró la mano para volver a levantar su taza de té—. Ya me han dicho que no me moleste en volver a casa, así que no lo haré. Prefiero venir aquí a verte antes que someterme a un sermón interminable sobre la enorme decepción que les he causado.

—El STA estará encantado de tenerte. —Grace se recostó en la silla y contempló a su amiga con un orgullo renovado—. Siempre has sido muy valiente.

Viv resopló con humildad ante aquel elogio y dio un sorbo a su taza de té.

—Lo que siento es que no podremos trabajar juntas en Harrods. Me aseguraré de hablar bien de ti antes de marcharme. ¿A que sería estupendo que te dieran mi puesto?

Grace se limitó a asentir y le dedicó lo que esperaba que fuera una sonrisa convincente. No quería trabajar en Harrods. Y menos aún sin Viv.

Más que nunca, tuvo la certeza de que preferiría continuar trabajando en la librería. Ahora solo tenía que convencer al señor Evans.

Cuando Grace entró en Primrose Hill Books a la mañana siguiente, encontró una caja grande sobre el mostrador. El señor Evans la saludó mientras sacaba un montón de libros de su interior y los colocaba a un lado formando una pila ordenada.

En el tiempo que le llevó a Grace dejar sus cosas en la trastienda y regresar, ya casi había vaciado el contenido completo de la caja.

—¿Es el último envío de Simpkin's? —preguntó tratando de mantener un tono sereno, aunque estaba tan nerviosa que temblaba por dentro.

Su jefe asintió y sacó de la caja tres libros más.

—Me queda menos de una semana de trabajo aquí —se atrevió a decir ella.

—Ya he empezado a redactar su carta de recomendación —comentó él con brusquedad—. No se preocupe por eso.

Grace sintió un vuelco en el estómago provocado por la decepción. El hecho de que ya hubiera empezado a preparar la carta hacía que todo fuese mucho más real.

Demasiado real.

Antes de que pudiera probar con otra táctica, el señor Evans metió la mano en la caja y sacó un libro envuelto en un pedazo de tela. Lo dejó sobre el mostrador con gran cuidado y lo desenvolvió.

El libro que había dentro estaba mugriento. La porquería había dejado manchas marrones en la cubierta, de un amarillo dorado, y había una mancha de color óxido que se filtraba hasta las páginas de debajo. Grace ladeó la cabeza para leer el título en el lomo.

Quantentheorie des einatomigen idealen Gases, de Albert Einstein.

Se irguió de nuevo y notó un escalofrío en la piel.

—¿Eso es alemán?

—Así es —confirmó el señor Evans, apretó los labios y frunció el ceño—. Se salvó de la quema de libros que llevaron a cabo los nazis hace siete años. Foyle está decidido a hacerse con todos e incluso le hizo una oferta al propio Hitler. ¿Quién sabrá por qué? —El señor Evans colocó las manos sobre la cubierta, sin llegar a tocarla—. Conociendo a Foyle, probablemente los metería en los sacos de arena que tiene alrededor de su tienda, como hace con el resto de los libros viejos que tanto ha maltratado.

Grace había visto los sacos de arena cuadrados que había delante de Foyles y le había extrañado su forma. Jamás habría imaginado que pudieran estar llenos de libros antiguos. Deslizó la mirada hacia la mancha marrón rojiza de la cubierta del maltrecho volumen. Resultaba fascinante y, a un tiempo, desconcertante.

—¿Qué es eso? —preguntó señalando el libro.

El señor Evans tomó aliento y lo dejó escapar muy despacio.

—Sangre —respondió, y levantó el libro del trapo que lo envolvía—. Sangre seca. Hitler no se tomó a bien que hubieran escondido los libros que tenía intención de quemar.

La sugerencia tácita de sus palabras le provocó un escalofrío de terror.

—¿Quiere decir que alguien podría haber muerto para salvarlo?

Lo siguió hasta la trastienda, donde apartó varias cajas, y le mostró una caja fuerte empotrada en la pared. Grace parpadeó sorprendida, pues hasta entonces no había sabido de su existencia.

—Muy probablemente —confirmó su jefe.

Giró la rueda, ignorando el ojo de cerradura que había justo debajo, y la puerta se abrió con un fuerte gemido metálico. Dentro había casi una docena de libros más con títulos en alemán escritos en el lomo. Aunque no eran nuevos, ninguno de ellos estaba en tan mal estado como el de Albert Einstein.

—Hay muchas voces a las que Hitler querría silenciar, sobre todo a aquellos que son judíos. —El señor Evans deslizó con reverencia su última adquisición hacia el interior de la caja fuerte—. El resto del mundo tiene el deber de garantizar que nunca sean silenciados. —Golpeó con suavidad un lomo amarillo en el que se leía *Almansor* escrito en letras doradas—. «Donde queman libros, al final acabarán quemando también a personas». Heinrich Heine no es judío, pero sus ideales van en contra de las creencias de Hitler. —Cerró la caja fuerte con un golpazo—. Esta guerra no solo trata de apagones y racionamiento de comida, señorita Bennett.

Grace tragó saliva.

Había gente que moría por salvar libros, por evitar que las ideas y las personas fueran eliminadas.

Desde luego ella no estaba haciendo lo suficiente.

—Creo que a lo mejor me apunto al STA —dijo de pronto.

Él la miró y parpadeó tras los gruesos cristales de sus gafas.

—No me parece una sabia decisión, señorita Bennett. ¿Por qué, en su lugar, no entra en el Servicio de Precauciones Antiaéreas como inspectora?

Grace frunció el ceño al pensar en ser como el señor Stokes, atento a cualquier resquicio de luz que saliera de las casas para luego pedirles alegremente que la apagaran.

La campana de encima de la puerta sonó, anunciando la llegada de un nuevo cliente. Sin mediar palabra, Grace dejó al señor Evans con la caja fuerte y fue a recibir al recién llegado. Pero no era un cliente quien la esperaba allí, sino la señora Nesbitt.

Vestía un impermeable beis abrochado a la estrecha cintura y un sombrero negro colocado en el centro exacto del pelo, que llevaba recogido con la misma tirantez de la última vez. Su boca pintada de rojo dibujaba una mueca de severidad en aquellos rasgos duros.

—Es usted la desgraciada a quien vengo a ver —anunció la señora Nesbitt, pronunciando cada palabra con una precisión arrogante.

La agresión de su actitud fue como una bofetada y, por un instante, Grace se quedó sin palabras.

—Perdón, ¿cómo dice? —preguntó.

—No se haga la ingenua conmigo, insolente. —La señora Nesbitt se adentró en la tienda hecha una furia, haciendo resonar sus tacones negros sobre el suelo de madera como si fueran botas militares—. Mire lo organizado que está todo. Qué limpio. Qué bien colocado por secciones. —Señaló con un dedo un letrero con la palabra HISTORIA, a modo de demostración—. Y todo bien expuesto. —Echó una mirada de soslayo a la mesa infantil, decorada con un colorido surtido de libros.

Ni siquiera se molestó en disimular la acusación que escondían sus palabras.

—Qué curioso que sus pedidos a Simpkin Marshalls no hagan más que crecer cuando a todos los demás nos está costando vender nuestras existencias habituales.

El atrevimiento que Grace había mostrado anteriormente al tratar con aquella mujer de lengua viperina se había esfumado, había quedado aplastado por su hostilidad descarada y por la necesidad de mantener el buen nombre de Primrose Hill Books.

Grace se armó de paciencia y trató de no entrar al trapo.

—Con el debido respeto, señora Nesbitt —respondió con serenidad—, la suya no es la única tienda que organiza sus expositores de esta forma, y tampoco es la única que clasifica las secciones.

—El escaparate de fuera tiene un estilo muy deliberado —comentó la señora Nesbitt.

Grace sabía que el escaparate resultaba llamativo: una mezcla de novelas de misterio populares con una pizca de libros infantiles para despertar la curiosidad de un ama de casa con un niño. Tenía un estilo muy deliberado, como decía la señora Nesbitt, pero ocurría lo mismo con muchos otros escaparates de Paternoster Row.

—Gracias —respondió el señor Evans—. Grace se ha esmerado mucho con eso, igual que con todo lo demás en la librería.

La señora Nesbitt se dio la vuelta y se enfrentó al señor Evans, ella tan alta y delgada, frente a la figura bajita y rechoncha de aquel.

—Me refiero a que se parece mucho a mi escaparate. ¿Cómo se atreve?

—No eche la culpa de su caída de ventas a nuestra prosperidad —respondió él con una mirada hastiada.

—¿Cómo no voy a hacerlo? —declaró la señora Nesbitt—. ¿A qué si no achaca su éxito, además de al hecho de haber organizado su tienda como la mía?

—A la competencia —intervino Grace, envalentonada por el apoyo del señor Evans—. Usted está rodeada de otros libreros en Paternoster Row; en cambio, nosotros estamos aquí solos, en Hosier Lane.

—Y además ofrecemos una atención al público de calidad —agregó el librero y le dedicó a Grace lo que pareció ser una sonrisa amable—. Con respecto a esto último, le ruego, señora Nesbitt, que abandone el establecimiento, no vaya a ser que espante a mis clientes.

La mujer se quedó con la boca abierta, aparentemente ofendida.

—Nunca me…

—¿… le habían dicho una cosa así? —concluyó la frase el señor Evans con las cejas enarcadas—. Bueno, pues, si es así, creo que ya era hora —zanjó señalando la puerta.

La señora Nesbitt resopló por la nariz, levantó tanto la cabeza que seguro que no podía ver debidamente y salió de la librería con actitud altanera.

El señor Evans miró a Grace con el ceño fruncido.

Ella se estremeció, anticipando una reprimenda por haber causado semejante alboroto en la tienda, donde cualquier cliente podría haberlas oído.

—No se vaya al STA, señorita Bennett. Quédese aquí.

—¿En Londres?

—En Primrose Hill Books. —Hundió las manos en los bolsillos y agachó la cabeza—. Sé que tiene idea de irse a Harrods y no es justo por mi parte pedirle esto. —Levantó entonces la mirada y le dedicó una expresión vacilante—. Agradezco lo que ha hecho con la tienda y me gustaría que, por lo menos, se plantease la posibilidad de quedarse.

Grace se lo quedó mirando, incapaz de creer lo que acababa de oír. Tenía que ser un sueño.

—Con el debido aumento de salario, por supuesto —agregó el librero.

—¿Quién podría decir que no a una oferta como esa? —respondió ella con una sonrisa.

—Me alegra oírlo —murmuró el señor Evans, asintiendo, más para sí mismo que para ella—. Me alegra mucho, a decir verdad.

Aquella tarde, mientras tomaba el té con Viv, le dijo que, después de todo, ya no necesitaría que hablase bien de ella en Harrods. Dado que Viv había recopilado toda la información necesaria para comenzar a solicitar su ingreso en el STA, ambas tenían mucho que celebrar.

Resultó que a las mujeres que se ofrecían voluntarias para el servicio no las enviaban al entrenamiento con tanta rapidez como a los hombres. Entre el tiempo que le llevó a Viv acabar de rellenar la solicitud, hacerse el reconocimiento médico y esperar a que llegasen los papeles que la informaran de dónde debía personarse, pasó el mes de enero y llegó finales de febrero, y el aire gélido fue poco a poco ablandando la tierra, lo suficiente para permitir que comenzara una nueva estación de siembra.

Un miércoles por la mañana la señora Weatherford se presentó en la soleada cocina vestida con unos pantalones holgados de color marrón sujetos por un cinturón prendido por debajo del pecho y las perneras remangadas a la altura de sus tobillos, que quedaban al descubierto. Completaba el conjunto un viejo jersey de color musgo que había empezado a deshilacharse por el cuello.

Era un atuendo descuidado que le quedaba demasiado grande, obviamente propiedad de Colin. Distaba mucho de los habituales estampados florales en tonos pastel de la señora Weatherford.

De inmediato, Grace y Viv dejaron a medias su desayuno, compuesto por pan tostado y margarina grasienta, a la que no lograban acostumbrarse, y se la quedaron mirando de hito en hito.

—Colin arrancó mis flores para poner su huerto, y pienso asegurarme de que dé frutos. —Señaló con la cabeza hacia la ventana, a través de la cual se veía la tierra removida del jardín—. Pienso plantar mis propias verduras, dado que las que sembró él se congelaron con el maldito invierno.

—¿Sabe usted cómo hacer la siembra? —le preguntó Grace.

—Sé cosas de flores —respondió la señora Weatherford levantándose los pantalones más aún con aire de seguridad—. Y Colin siempre se encargaba de plantar. Pero, en fin, no creo que sea tan difícil.

Viv se atragantó con el té.

La señora Weatherford sacó un panfleto con imágenes de plantas coloridas junto a lo que parecía una tabla.

—Según esta tabla, tengo que plantar cebollas, nabos, chirivías y judías en febrero.

—Nabos no —intervino Viv con reticencia—. A los nabos les va mejor plantarlos en verano. Y, la verdad, debería esperar al mes de marzo.

La señora Weatherford se acercó el panfleto a la cara y entornó los ojos para leer la diminuta letra.

Grace miró a su amiga con las cejas levantadas, preguntándose si se ofrecería a ayudar a la señora Weatherford. Viv negó con firmeza. No.

—Ah, sí, tienes razón con lo de los nabos. —La mujer dejó a un lado el papel y se plantó en la cabeza un sombrero de paja algo mustio—. Bueno, pues me voy a sembrar. Esta vez en condiciones. O, al menos, lo mejor que pueda.

Salió por la puerta de atrás con la determinación de un soldado.

—¿De verdad vas a dejar que se ponga a hacerlo sola? —preguntó Grace a su amiga.

Viv adoptó un gesto petulante.

—Ya sabes que estoy hasta las narices de acabar de tierra hasta las cejas. —Miró por la ventana y vio a la señora Weatherford colocando un montón de materiales para la siembra antes de emprender la tarea.

La mujer comenzó por el centro del jardín e hizo un agujero en la tierra con un dedo enguantado.

—¿Crees que sabe lo que hace? —quiso saber Grace.

Viv dio un sorbo al té sin dejar de mirar a la señora Weatherford, que ahora había empezado a hacer agujeros formando un patrón circular.

—No tiene ni idea.

Grace ladeó la cabeza y miró a su amiga con una expresión de súplica. Viv se recostó en su silla, con la taza de té bien sujeta entre las manos.

—No pienso ayudar.

En el jardín, la señora Weatherford inspeccionó tres paquetitos de semillas antes de verter parte del contenido de cada uno en los agujeros de la tierra.

—¿Lo está plantando todo junto? —preguntó Grace al tiempo que se inclinaba sobre el desgastado cojín del asiento de la silla para ver mejor.

—No pienso salir —insistió Viv, que se cruzó de piernas y dio un sorbo al té.

La señora Weatherford volvió a cubrir de tierra con las manos los hoyos donde había depositado las semillas y se separó medio metro. Allí metió el dedo de nuevo en la tierra y comenzó con una segunda espiral.

—Ni siquiera ha etiquetado las plantas —comentó Grace con el ceño fruncido.

Viv dejó la taza sobre la mesa con tanta firmeza que algunas gotas salpicaron por encima del borde.

—No lo soporto. Me voy arriba a ponerme algo de ropa vieja para ir a ayudarla.

Grace ocultó su sonrisa y recogió el té.

—Yo terminaré de limpiar aquí, me pondré unos pantalones y saldré a ayudaros.

Les llevó casi toda la mañana seleccionar una zona del jardín para dedicar al huerto, y se aseguraron de dejar espacio para futuras semillas que pudieran sembrarse en meses más cálidos.

—Creo que a ti se te da incluso mejor que a Colin —le dijo a Viv la señora Weatherford cuando hubieron terminado—. Sé que estás deseando apuntarte al STA, pero me atrevería a decir que serías una buena Chica de Granja.

Viv se limitó a dedicarle una sonrisa tensa en respuesta al cumplido.

Aunque la tarea había sido cansada y se habían ensuciado mucho, se lo habían pasado bien charlando las tres juntas mientras trabajaban. Lejos estaban de saber que aquella sería la última vez que disfrutarían juntas de un momento tan agradable, pues esa misma tarde llegó la convocatoria de Viv por correo. Se le anunciaba que debía marcharse al día siguiente a un centro de entrenamiento ubicado en Devon.

Por primera vez en su vida, Grace se quedaría sin la compañía de su queridísima amiga, y, además, en el momento de plantar cara al desconcierto de la guerra en Londres.

DIEZ

Sin Viv se sentía muy sola. No solo había perdido la compañía de su mejor amiga, sino que además tenía la impresión de haber dejado escapar una gran oportunidad al rechazar sumarse al STA.

En lugar de apuntarse como inspectora del Servicio de Precauciones Antiaéreas, se dejó convencer por la señora Weatherford para acudir a varias de las reuniones del Servicio de Mujeres Voluntarias.

Allí se vio rodeada de amas de casa, algunas mayores que ella, pero muchas de su misma edad, con marido e hijos. Las ayudaba a enrollar vendas mientras se quejaban de la lata que suponían los pañales sucios, del retraso que sufría el correo debido a la guerra y de las dificultades para mantenerse estando solas. Durante aquellos ratos, se animaban las unas a las otras e intercambiaban recetas para apañarse con el racionamiento. Sobre todo, después de que, en el mes de marzo, la carne se sumara a la lista de restricciones. Al fin y al cabo, una no podía hacer gran cosa con tan solo ciento quince gramos de carne.

Viv siempre había sido la extrovertida de las dos, la despreocupada. A Grace nunca le había importado ser más reservada. Al menos hasta que Viv dejó de estar allí y ella se encontró en una estancia llena de desconocidas que seguían siéndolo semana tras semana.

Y así sucedió que, llegado el mes de abril, Grace empezó a poner excusas para no acudir a las reuniones del Servicio de Mujeres Voluntarias, excusas a las que, por suerte, la señora Weatherford nunca puso objeción alguna, y en su lugar se quedaba acurrucada en la cama con un libro delante de los ojos.

Cuando no estaba ayudando a la señora Weatherford en su incipiente huerto, se dedicaba a devorar el resto de las obras de Jane Austen, antes de pasar a leer varias novelas de Charles Dickens. Luego llegó *Frankenstein*, de Mary Shelley, y, por último, algo más actual de Daphne du Maurier.

Cada libro que le gustaba se lo recomendaba con fervor a los clientes de Primrose Hill Books. El aumento de ventas fue asombroso. Hasta tal punto que el señor Evans comenzó a prestarle libros para leer. Al principio ella se había resistido a esa sugerencia, hasta que se dio cuenta del impacto financiero de su recién descubierto hábito de lectura, y entonces aceptó contenta la generosa oferta de su jefe.

Grace acababa de recomendarle *Rebeca*, el último libro de Daphne du Maurier que había leído, a una mujer del Servicio de Mujeres Voluntarias a quien reconoció —una mujer que no parecía acordarse de ella— cuando entró el señor Stokes en la tienda. El señor Evans ya no se preocupaba por las infracciones del apagón cuando veía aparecer al hombre de mediana edad con su ceño fruncido permanente, pues este se había convertido en una figura habitual de la tienda y tenía la costumbre de leer casi tan deprisa como Grace.

—Hace casi tres días que no le veíamos —le comentó Grace tras finalizar la venta del libro que le había recomendado a la mujer del servicio—. Imagino que le llevó un tiempo leer *El conde de Montecristo*.

No se molestó en disimular su sonrisa. El señor Stokes le había pedido un libro que le durase más de una noche. El cansancio que delataban las bolsas bajo sus ojos indicaba que probablemente hubiera intentado devorar aquel larguísimo libro a toda prisa.

Sabía lo que estaba haciendo al recomendarle ese libro al señor Stokes. Sin duda George también lo había sabido cuando le entregó a ella su viejo ejemplar de *El conde de Montecristo*. De pronto volvió a echar de menos las conversaciones con él. Deseaba contarle el gran impacto que había tenido en ella su regalo. Por lo menos le habría gustado tener su dirección para enviarle una nota de agradecimiento por el libro.

—Tenía razón al asegurar que la historia ocuparía gran parte de mi tiempo —confesó el señor Stokes frotándose la nuca—. Ha sido mucho más largo que otros, pero igual de fascinante. —Suspiró—. El muchacho con el que trabajaba fue llamado a filas, así que, en su ausencia, he tenido que hacer el trabajo de dos hombres. Por casualidad usted no conocerá a alguien que esté interesado en ser inspector de Precauciones Antiaéreas, ¿verdad?

—Grace se lo ha estado pensando —intervino el señor Evans desde algún rincón de la sección de Historia.

Ahora que la tienda estaba organizada debidamente, resultaba fácil ver qué clase de libros llamaba la atención del dueño de la librería. Historia y filosofía. El señor Evans pasaba la mayor parte de sus días revisando su propio inventario para asegurarse de que no hubiese errores de imprenta, según decía.

A Grace le fastidió que su jefe la hubiese ofrecido como voluntaria y se entretuvo en el mostrador, organizando la impoluta superficie del mismo sin necesidad alguna, lo que le recordó por un instante a la señora Weatherford. En cualquier caso, era mejor que tener que mirar directamente al señor Stokes y arriesgarse a que le rogase que se inscribiese.

A fin de cuentas, su intento de ayudar con el Servicio de Mujeres Voluntarias no había salido bien. Peor que eso, le hizo sentirse incómoda y torpe en sociedad. ¿Acaso la situación sería mejor si se convertía en inspectora de Precauciones Antiaéreas? Todavía se producían alarmas por ataques aéreos de vez en cuando, aunque todas tenían como resultado pasar unas pocas horas en espacios claustrofóbicos sin ventanas hasta que sonaba la alarma que indicaba que estaba todo despejado. La gente ya casi nunca se molestaba en refugiarse.

Había recibido dos cartas de Viv desde que su amiga se marchara. Al estar destinada dentro de Inglaterra, sus misivas llegaban con más frecuencia que las de Colin, que estaba destinado en el extranjero. Aunque, habida cuenta del atasco del servicio de correos, eso no era decir gran cosa. A juzgar por la correspondencia, por lo menos Grace tuvo la impresión de que Viv parecía estar acostumbrándose bien a sus nuevas tareas. Desde luego, con mayor facilidad que la que había experimentado ella con el Servicio de Mujeres Voluntarias.

—Señorita Bennett, ¿es cierto que desea inscribirse como inspectora del Servicio de Precauciones Antiaéreas? —quiso saber el señor Stokes.

Grace se entretuvo recolocando un ejemplar de *Bobby Bear's Annual* que tenían expuesto junto a la caja registradora a fin de lograr una última compra impulsiva por parte de algún ama de casa.

—Lo he estado pensando.

—Pero usted es mujer —observó el señor Stokes retorciéndose el bigote.

Grace se puso rígida, ofendida por el descaro de aquella insinuación degradante.

—Si está insinuando que no podría hacerlo, es usted tonto —intervino el señor Evans al salir del pasillo de la sección de Historia, fulminando con la mirada al señor Stokes a través de sus gruesos cristales—. La señorita Bennett podría llevar a cabo el trabajo de cualquier hombre, y mucho mejor.

El señor Stokes resopló con tono burlón.

Aquella respuesta vacilante, así como el elogio de sus habilidades por parte del señor Evans, hicieron que Grace alzara la barbilla con orgullo.

—Lo voy a hacer.

—¿De verdad? —preguntó el señor Stokes, y su frente se pobló de arrugas al fruncir más el ceño.

—No haga como si hubiera competencia por el puesto, señor Stokes. —El señor Evans le dirigió una sonrisa a Grace y volvió a desaparecer entre sus libros.

—Muy bien —convino el señor Stokes—. Acuda al puesto del inspector esta tarde y pida inscribirse. —Se aclaró la garganta—. Además me gustaría llevarme otro libro, si es tan amable de recomendarme uno.

Aquel día, cuando terminó su turno, Grace hizo lo que le había indicado el señor Stokes y se inscribió en el puesto del inspector. Varios días más tarde le entregaron un casco con una W * pintada encima que indicaba su papel de inspectora, un silbato, una carraca para alertar a los ciudadanos en caso de ataque de gas, un ejemplar encuadernado en naranja del Manual de Formación de Inspectores de Precauciones Antiaéreas y una máscara. Fue eso último lo que menos le gustó, pues la máscara antigás de nivel profesional tenía un tamaño muy superior al de las máscaras corrientes; estaba compuesta por un gran visor de cristal para los ojos y un filtro para acomodar un micrófono. ¿Cómo iba a caberle en el bolso semejante monstruosidad?

---

* A los inspectores de este servicio se los denominaba *wardens* en inglés («guardias» o «vigilantes»).

Y así fue como acabó en su primer turno cuatro noches más tarde junto al señor Stokes, con la máscara colgada del hombro dentro de una caja antiestética en vez de llevarla guardada en su elegante bolso de mano. Llevaba un abrigo fino para protegerse del aire fresco del mes de abril, y el maldito tirante de la máscara se negaba a estarse quieto sobre su hombro. Por lo menos la insignia metálica del Servicio de Precauciones Antiaéreas que se había prendido a la solapa ayudaba a sujetar un poco el tirante.

Para cuando salieron del inmaculado interior del puesto del inspector, el apagón ya estaba en marcha. La cara de la luna se había ocultado casi por completo y cualquier luz que pudiera haber ofrecido quedaba opacada por el espesor de las nubes.

Estaba demasiado oscuro para ver nada.

Grace notaba el picor que le provocaba el sudor en las palmas de las manos, pese al frío de la noche.

—Venga, vamos —la animó el señor Stokes, adelantándose a ella con paso decidido.

Grace lo siguió con cautela.

—Señorita Bennett, no podemos quedarnos delante del puesto del inspector toda la noche —comentó el hombre con cierta impaciencia.

Grace empezó a arrepentirse. No debería haberse apuntado como voluntaria al Servicio de Precauciones Antiaéreas. ¿Cómo iba a enfrentarse todas las noches a la oscuridad absoluta?

Se acercó más al sonido de la voz del señor Stokes.

—Los nuevos inspectores son todos iguales —comentó el inspector entre risas—. Cegatos como un topo a plena luz del sol. Busque las líneas blancas de los bordillos, señorita Bennett, así se le acostumbrará la vista y podrá seguirlos con facilidad.

Aquello sonó más condescendiente que autoritario, pero aun así Grace hizo lo que le sugería. Como le había asegurado, se le acostumbró la vista hasta lograr ver las líneas pintadas de blanco.

Acompañada del veterano inspector, realizó la ronda por las calles a oscuras del sector que les habían asignado, que a la luz del día le resultaba de lo más familiar y ahora, en cambio, parecía un lugar irreconocible. Mientras caminaban, el señor Stokes le mostró dónde estaban ubicados los refugios, así como otras zonas que pudieran ofrecer un servicio público en caso de bombardeo.

Conforme pasaban delante de las viviendas de la gente, iba recitando sus nombres en voz alta. En caso de bombardeo, tendrían que tomar nota de cada residente al entrar en los refugios.

Entre nombres y ubicaciones, el señor Stokes fue repitiéndole todos los detalles que Grace ya había leído en el manual de formación, si bien los pasajes sobre los efectos del gas no eran tan vívidos, ni las descripciones de las lesiones resultaban tan sangrientas y desagradables.

Si el señor Stokes hubiera podido verle la cara, se habría dado cuenta de que sus palabras le repugnaban. Aunque tal vez fuera esa su intención. No le extrañaría que intentase animarla para que renunciase a su puesto.

—Los Taylor —murmuró en voz baja con cierta hostilidad—. ¿Ve aquello? —preguntó entonces en voz más alta, claramente indignado.

Grace escudriñó la oscuridad que tenían delante, tratando de ignorar la presión que parecía ejercerle sobre los ojos. Allí, a lo lejos, distinguió el brillo de luz ambarina que rodeaba el marco de una ventana lejana.

Estuvo a punto de soltar una carcajada. La luz apenas se veía.

—No me creo que los aviones alemanes puedan ver eso.

El señor Stokes reanudó el paso con zancadas rápidas.

—La Real Fuerza Aérea ya ha revisado infracciones como esta y ha confirmado que sí pueden verse desde el cielo durante la noche. Ayer los alemanes invadieron Noruega y Dinamarca. Podríamos ser los siguientes. ¿Quiere que bombardeen su casa porque los Taylor no han tapado sus ventanas como es debido?

—Por supuesto que no —respondió Grace, inquieta por la pregunta.

—Que ha perdido el autobús, dice —se lamentó el señor Stokes aludiendo a las recientes declaraciones de Chamberlain—. Si perdemos esta guerra, será porque nuestro Gobierno es demasiado lento para actuar.

Grace también había oído la retransmisión en la que Chamberlain había asegurado que Hitler había «perdido el autobús», en referencia a que debería haber atacado antes, cuando estaba preparado y Gran Bretaña no lo estaba. Aquella fanfarronada resultó de lo más inoportuna cuando, pocos días más tarde, Hitler atacó Noruega y Dinamarca. Estas últimas cayeron en cuestión de horas.

Toda Inglaterra estaba descontenta con la respuesta de Chamberlain a la guerra.

El señor Stokes subió los escalones de la entrada a una velocidad a la que Grace dudaba que pudiera acostumbrarse alguna vez con esa oscuridad.

—Señor Taylor, apague esa luz. Ya sabe que le dije que la próxima vez le caería una multa…

Grace hizo lo posible por camuflarse entre las sombras. Desde luego la oscuridad podría habérsela tragado entera. Estaría preparada en caso de que Alemania los atacara, pero se negaba a disfrutar multando a la población londinense por no correr bien las cortinas.

A lo largo del mes siguiente, Grace se puso su casco de inspectora tres noches por semana para acompañar a regañadientes al señor Stokes mientras este aterrorizaba a los bienintencionados ciudadanos de Londres cuyas precauciones durante los apagones no estaban a la altura.

En aquel tiempo, la señora Weatherford había recibido noticias de Colin, quien le aseguró en múltiples ocasiones que se encontraba bien y que su formación estaba siendo un éxito. Grace también había recibido otra carta de Viv. La exuberancia de su amiga se plasmaba en la página con tal vivacidad que tuvo la impresión de oír su voz en la cabeza mientras leía. Lo que fuera que le hubieran asignado hacer a Viv figuraba escrito en la carta y tachado con una gruesa raya negra, obra del censor. Pese a eso, a Viv todo parecía irle de maravilla, lo que a Grace le produjo un alivio considerable.

Mientras leía todas las cartas de Viv, no podía evitar pensar en George Anderson. A decir verdad, había albergado la esperanza de recibir algo suyo y se había quedado algo decepcionada cuando esto no sucedió. Aun así, nunca dejó de revisar las cartas que llegaban a Primrose Hill Books con el correo, por el caso improbable de que pudiera haberle escrito.

Una tarde, estaba revisando el último reparto de correo cuando el señor Pritchard entró en la tienda con un periódico que agarraba fuertemente con sus manos huesudas. Tigre dibujaba círculos en torno a sus tobillos mientras su dueño anunciaba la noticia a voz en grito.

—¡Evans! Los nazis están en Francia. También en Holanda y Bélgica. Pero Francia, Evans. ¡Francia!

Grace sintió un escalofrío de miedo que le subía por la espalda. Hasta aquel momento Hitler no había sido tan atrevido como para atacar Francia, pero ahora ya tenía presencia en todos los países que rodeaban a Inglaterra. Si caía Francia, ya solo estarían separados de Hitler por el Canal.

Se le puso el vello de punta y de inmediato pensó en sus amigos destinados en la guerra. Solo después se dio cuenta de que debería estar igual de aterrorizada por ella misma y por todos los que vivían en Londres.

El señor Evans apareció en la parte delantera de la tienda con más velocidad que ninguna de las veces que Grace le había visto. No se molestó en señalizar el libro por la página que estaba leyendo antes de cerrarlo y dejarlo sobre el mostrador.

—¿Chamberlain ha dimitido ya?

—No lo sé —repuso el señor Pritchard mientras negaba con la cabeza.

Miró el periódico con gesto de impotencia. Ahora contaba con la mitad de páginas que hacía un año, otra muestra más del racionamiento del papel.

—Que Dios se apiade de nosotros si no lo ha hecho —comentó el señor Evans. Se quitó las gafas y se pellizcó el puente de la nariz, donde el peso de la montura había dejado marcas permanentes sobre su piel ajada.

La campana de la puerta anunció con alegría la llegada de un nuevo visitante, con un tintineo agudo y demasiado jovial para la atmósfera amenazante que se había cernido sobre la tienda. Entró un repartidor de Simpkin Marshalls con una enorme caja entre sus brazos escuálidos.

Era el pedido reciente de *Pigeon Pie*, la sátira política sobre la «guerra del tedio» escrita por Nancy Mitford.

A Grace le dieron ganas de gritar.

Semejante libro ahora resultaría de muy mal gusto.

Había querido encargarlo antes de su publicación varios días atrás, pero el señor Evans se había mostrado reticente con la idea, asegurando que él se dedicaba más a vender libros clásicos que libros que estuvieran de moda. Por fin accedió, y ahora ese riesgo estaba a punto de explotarle a Grace en la cara.

El estado de la guerra se recrudeció en los días sucesivos y, como era de esperar, el libro fue un fracaso. Las ventas cayeron porque la gente se quedaba pegada al sofá en su casa escuchando la radio, atenta a cualquier noticia.

Y casi ninguna noticia era buena.

Lo único positivo fue cuando Chamberlain dimitió como primer ministro, ya que sus tácticas defensivas resultaban aburridas y ahora también peligrosas, y asumió su papel Winston Churchill, el primer lord del Almirantazgo. Lo que supuso un enorme alivio para toda Gran Bretaña.

La guerra estaba en boca de todos, y también en la mente de todos; acaparaba conversaciones e invadía cualquier aspecto de sus vidas. Los detalles que se transmitían entre rumores eran escalofriantes. Lo peor de todo fue el bombardeo de Róterdam, en Holanda, que se rumoreaba que había acabado con la vida de más de treinta mil personas.

El señor Stokes le había transmitido a Grace esa cifra espantosa con cierto regocijo en la voz. Por fin estaba sucediendo algo en aquella guerra interminable en la que no pasaba nada, y eso le emocionaba. Su estrategia para abordar las faltas de la gente se volvió casi militante, y no paraba de recordarle a Grace cuáles eran sus obligaciones en caso de sufrir un bombardeo.

Lo curioso de todo aquello, no obstante, fue el buen tiempo que había hecho. Era extraño fijarse en eso, claro, pero Grace nunca había vivido un mes de mayo tan hermoso. Brillaba el sol, el cielo estaba despejado, de un azul radiante, y los primeros brotes del huerto se convirtieron en hojas y flores grandes y sanas que prometían dar verduras en breve.

Los sacos de arena que flanqueaban los refugios públicos y los carteles que hacían un llamamiento a filas hacía tiempo que habían pasado a ocupar un segundo plano en su cabeza. Ahora solo se fijaba en el canto de los pájaros y en los días soleados. Era surrealista imaginar que, cerca de allí, los países aliados estaban siendo atacados, que todos los días moría gente a causa de las bombas y de las batallas.

Pero aquel precioso mes de mayo era un espejismo, una burbuja frágil y bella a la espera de explotar y mostrarles la realidad del mundo. Las tropas de Hitler habían atravesado Francia y ahora estaban situadas justo al otro lado del Canal.

Gran Bretaña sería la siguiente.

Ya habían comenzado a circular rumores sobre evacuaciones costeras cuando los niños de Londres volvieron a trasladarse al campo.

Si bien la presentación de *Pigeon Pie* en Primrose Hill Books fue un fracaso estrepitoso, los ejemplares de *What Hitler Wants* no duraban en las estanterías ni dos días. Por otra parte, la gente que buscaba desesperadamente información sobre la lógica de Hitler no era la única clientela que aún seguía haciendo sonar la campanita de la puerta de la librería. De vez en cuando acudían también amas de casa, preocupadas por sus maridos, que estaban luchando en Francia, y tristes por tener que despedirse una vez más de sus hijos. Eran mujeres que necesitaban a toda costa una distracción, una manera de ocupar la mente para olvidar así el dolor de su corazón.

Una mujer en particular, una morena joven que rondaría la edad de Grace, se quedó en la tienda bastante más de una hora. Al principio había rechazado su ayuda, pero, al verla detenida en el rincón de la ficción clásica durante una cantidad de tiempo considerable, Grace se sintió obligada a acudir a ella una vez más.

—¿Está segura de que no puedo ayudarla en nada? —le preguntó.

La mujer dio un respingo, se sorbió la nariz y volvió la cabeza.

—Lo siento. No…, no debería… —Dejó escapar un sollozo, abrupto e inesperado.

El señor Evans, que se encontraba en el pasillo de al lado, se escabulló deprisa hacia el otro extremo de la tienda, dejando a Grace a solas con la afligida clienta.

La mayoría de las amas de casa que acudía al establecimiento de Evans en busca de libros lo hacía con rostro impávido, tratando de ocultar su dolor tras un gesto de decoro. Ninguna de ellas había mostrado sus sentimientos de una manera tan franca.

Fue algo doloroso de contemplar y a Grace se le encogió el corazón.

—No se preocupe. —Se llevó la mano al bolsillo y sacó un pañuelo, que procedió a entregarle a la mujer—. Es una época difícil para todos.

La morena aceptó el pañuelo con una sonrisa de agradecimiento y las mejillas casi tan enrojecidas como su carmín de labios.

—Perdóneme —dijo mientras se enjugaba las lágrimas con el pañuelo—. Mi marido está en Francia… —Tragó saliva y apretó los labios en un esfuerzo evidente por contener un nuevo brote de desesperación—. Hace dos días envié a mi hija al campo. —Miró a Grace con sus grandes ojos marrones, de pestañas largas salpicadas de lágrimas—. ¿Usted tiene hijos?

—No —respondió Grace con voz suave.

La mujer se quedó mirando con lástima el pañuelo, manchado ahora de rímel, pintalabios y lágrimas.

—No la envié al campo con la primera tanda. Fue un gesto egoísta, ya lo sé, pero se me hacía insoportable. Sin embargo, con lo que está ocurriendo en Francia… y al tener tan cerca a Hitler…

Se llevó las manos al pecho y se le compungió el rostro.

—No soporto el dolor que me produce su ausencia. A cada instante pienso que voy a oírla llamarme con su vocecita, o que la voy a escuchar cantarme esas cancioncillas tan tontas que se inventa. Hoy he hecho la colada y he cometido el error de oler su almohada. —Se le llenaron los ojos de lágrimas otra vez—. Tiene un aroma especial, como a polvos de talco y miel. Pues olía justo así. Como ella. —Se cubrió el rostro con las manos, que sostenían aún el pañuelo arrugado, y siguió llorando.

Grace sintió un nudo en la garganta provocado por la intensidad de sus propias emociones. Aunque ella no tenía hijos, sabía lo que era la pérdida, lo poderosa y visceral que podía llegar a ser. Sin saber qué decir, se limitó a abrazar a la mujer.

—La echo mucho de menos —dijo esta entre sollozos.

—Lo sé. —La mantuvo abrazada con suavidad mientras la clienta daba rienda suelta a su dolor—. Pero la situación mejorará. Ha hecho usted lo mejor para proteger a su hija.

La morena asintió, se enderezó y se frotó el maquillaje corrido.

—Creo que no debería haber salido de casa en este estado. Perdóneme. —Se sorbió la nariz y se secó las lágrimas que se le habían acumulado bajo los ojos, donde la piel se le había quedado manchada de gris debido al rímel—. Una amiga me recomendó un libro para distraerme y olvidarme de todo. Pensé que podría encontrar alguno, pero apenas logro concentrarme lo suficiente para decidirme.

Grace dejó escapar discretamente un suspiro de alivio. Aquel era su punto fuerte.

—Entonces, deje que la ayude. —La llevó a una estantería de la que sacó *Emma*, cuyo sentido del humor la convertía en una de sus novelas favoritas—. Con este libro, se reirá y suspirará a partes iguales.

—¿Es un clásico de ficción? —preguntó la mujer agarrando el volumen con la mano.

—Y también una historia de amor. —Nada más pronunciar esas palabras, se le vino a la cabeza George.

125

La mujer se deshizo en agradecimientos y disculpas mientras compraba el libro, antes de marcharse deprisa aferrada a su nueva adquisición, como si fuera su posesión más valiosa.

Varios días más tarde, Grace encontró un sobre maltrecho dirigido a ella sobre la pila del correo situada al borde del mostrador. Se le aceleró el pulso.

No podía ser de George. No debería dar cabida a tal esperanza transcurrido tanto tiempo. Y aun así notó la mano temblorosa al alcanzar el sobre y leer el remite escrito en letra clara: «Teniente del Aire George Anderson».

Tomó aire y abrió el sobre, tratando de no rasgarlo con las prisas.

George le había escrito una carta.

Después de todo ese tiempo, por fin le había escrito una carta. ¿Estaría en Francia? ¿Se encontraría a salvo? ¿Cuándo volvería a casa?

Desdobló la misiva y se detuvo. Los agujeros del papel revelaban las partes que habían sido recortadas. Lo que quedaba era una nota breve a la que le faltaba casi la mitad del texto. La fecha escrita en el encabezamiento indicaba que la carta había sido redactada allá por el mes de febrero.

El papel apenas se podía tocar de lo agujereado que estaba. Grace lo colocó con cautela sobre el mostrador para mantenerlo intacto y poder leerlo.

George se disculpaba por haber tardado tanto en escribirle, por un motivo que no era capaz de leer. Esperaba que le hubiera gustado *El conde de Montecristo* y lamentaba no tener acceso a libros en el lugar donde se encontraba. Tenía un ejemplar de algo que había leído una y otra vez, aunque habían recortado del papel el título del libro. Esperaba poder regresar a Londres en algún momento del año y le preguntaba si aún estaría dispuesta a tener una cita con él.

Se le aceleró el pulso con aquella última frase. George ni siquiera se había molestado en disimular el motivo de su invitación pretextando que estaría disponible para ayudarla a publicitar la tienda.

Había aludido, en cambio, a una cita.

Grace había tenido algunas citas cuando vivía en Drayton, pero ninguna de ellas había terminado bien. Tom Fisher le había parecido un auténtico muermo, Simon Jones había insistido demasiado en besarla, y Harry Hull solo tenía interés en acercarse a Viv.

Y ninguno de ellos le había provocado los vuelcos en el corazón que le provocaba George Anderson.

Pasó el resto del día como en una nube, pensando en aquella carta despedazada. Seguía con la sonrisa en los labios cuando regresó a casa aquella tarde y se encontró a la señora Weatherford en la sala, rodeada de vendas que enrollaba y empaquetaba.

—Vuelven a casa —dijo emocionada, sentada en el suelo junto a una caja de vendas enrolladas.

Grace agarró una porción de lino y comenzó a enrollarla, como había hecho con tantas otras en las reuniones de las mujeres voluntarias.

—¿Quién vuelve a casa?

—Nuestros hombres. —La señora Weatherford desprendía un brillo tan intenso que ni siquiera el señor Stokes habría sido capaz de apagarlo—. La Fuerza Expedicionaria Británica regresa de Francia y en el Servicio de Mujeres Voluntarias nos han informado para que nos preparemos para su llegada. Debemos ofrecer ayuda en la medida de lo posible, además de refrigerios y otras comodidades. —Resopló como si intentara recuperar el aliento—. Colin va a volver a casa, Grace.

Si la Fuerza Expedicionaria Británica regresaba ya de Francia, eso solo podía significar dos cosas: que Francia había salido victoriosa y había expulsado a los alemanes, o que había caído y los británicos tenían que huir. A juzgar por los boletines oficiales que había oído Grace, así como los rumores extraoficiales, se inclinaba más por creer que se trataba de la segunda opción.

Trató de ocultar la inquietud que le provocó la noticia, pues su instinto le decía que el regreso de la Fuerza Expedicionaria Británica no era una buena señal. Si sus hombres regresaban a suelo inglés, sería porque huían del enemigo, y eso significaba que Hitler iba ganando.

Pero ¿qué supondría eso para Gran Bretaña?

ONCE

Las sospechas de Grace se confirmaron tanto con rapidez como con amargura. De todas formas, no fue a través de la BBC o de ningún periódico. Se enteró por la fuente más triste de todas: la señora Weatherford.

Las cortinas para el apagón ya estaban corridas antes de que la mujer por fin volviera de su primera noche con las mujeres voluntarias que ayudaban a los hombres que regresaban de Dunquerque. A Grace le habría gustado poder acompañar a las mujeres voluntarias, al menos en aquella ocasión, para ayudar a los soldados en su vuelta a casa, pero solo quienes eran miembros estaban autorizadas a ayudar a los hombres. En su lugar, aguardó en la sala con *Pigeon Pie* sobre el regazo. Por lo menos, su compra suponía una venta más para sus existencias estancadas. La historia tenía cierto sentido del humor, desde luego, si se tenía en cuenta que había sido escrita antes de que Hitler atacara Francia.

Nunca había existido un libro tan inoportuno.

El clic de la puerta de entrada la alertó de la llegada de la señora Weatherford. Se levantó de un salto del sillón Morris y corrió hacia el recibidor.

La señora Weatherford tenía la mirada perdida y tanteaba con las manos el marco de la puerta, contra el cual se dejó caer nada más quitarse los zapatos.

—Señora Weatherford —dijo Grace acercándose a ella.

Para su sorpresa, la mujer no protestó cuando le rodeó el antebrazo con la mano. De hecho, no reaccionó en absoluto.

—Señora Weatherford —repitió Grace, esta vez en voz más alta—. ¿Cómo ha ido?

No obstante, incluso mientras hacía la pregunta, la presión que le oprimía el pecho le indicaba que en realidad no deseaba oír la respuesta.

—¿Eh? —La señora Weatherford enarcó las cejas en un gesto exagerado.

—¿Ha visto a los hombres? —le preguntó Grace, sin poder contenerse—. Los de la Fuerza Expedicionaria Británica.

—Así es —respondió la mujer asintiendo despacio con la cabeza. Tomó aliento, alzó el rostro y dejó de nuevo la mirada en blanco—. Ha sido…, ha sido… —Tragó saliva—. Ha sido espantoso. Esos hombres parecían estar al borde de la muerte —relató con voz temblorosa—. Se veía el terror en sus ojos, y estaban todos tan cansados que se quedaban dormidos mientras masticaban los huevos cocidos y las manzanas que les habíamos llevado. Jamás en la vida había visto tanta derrota.

Grace ya se había imaginado las malas noticias, pero los detalles explícitos supusieron un duro golpe para ella. Colin estaba destinado en Francia. ¿Habría estado en Dunquerque también?

Sin embargo, no expresó su temor, pues era el mismo que veía reflejado en el rostro preocupado de la madre del joven.

Cada noche después de aquello, la señora Weatherford volvió a acudir con las mujeres voluntarias a ayudar a los soldados que regresaban a Londres, y cada noche regresaba a casa desprovista de toda energía y ánimo.

Las pocas veces que estaba en casa, el teléfono no paraba de sonar, pues otras mujeres con hijos y maridos que compartían la misma unidad de Colin en Francia llamaban para contar historias horrendas y cotilleos de algunos de los pocos hombres que habían regresado.

Se contaba que los soldados se habían quedado aislados en la playa sin protección mientras los aviones nazis disparaban sus balas. Se decía que los hombres tenían que nadar varios kilómetros hasta llegar a los barcos, y una vez allí descubrían que habían sido bombardeados y perdían toda posibilidad de salvación. Huían en retirada o, como había dicho el señor Stokes, en un baño de sangre.

Y, aun así, durante todos esos días, la señora Weatherford se aferró a la esperanza con puño firme.

A pesar de la apariencia despreocupada de la mujer, Grace suponía por lo que estaría pasando, cuando ni siquiera ella misma lograba dejar de imaginarse a Colin en medio de aquel caos violento.

El bueno de Colin, que solo quería ayudar a los animales, con un corazón de oro. Si tuviera que verse en la situación de matar a alguien para salvarse a sí mismo, sería él quien acabaría recibiendo el balazo. Y, si un hombre necesitaba ayuda, Colin jamás lo abandonaría.

La guerra no era lugar para almas sensibles.

Menos aún para Colin.

Por toda Gran Bretaña no paraban de llegar telegramas a las casas que informaban del destino de algunos hombres, que habían muerto o los habían hecho prisioneros.

Cada vez iban regresando más soldados a Londres en los trenes; sin embargo, a la puerta de Britton Street no llegaba ningún telegrama. Aquel silencio era una bendición, pero al mismo tiempo no hacía sino prolongar su expectativa, hasta tal punto que cualquier crujido o golpe en la casa les provocaba a ambas un respingo.

Fue dos días más tarde cuando Churchill abordó por fin la enormidad de su pérdida. Habían rescatado a más de trescientos treinta y cinco mil hombres de los alemanes y se estimaba que las bajas rondarían los treinta mil, incluyendo desaparecidos, fallecidos y heridos. Una cifra abrumadora para todas las madres, esposas y hermanas que aguardaban ansiosas alguna noticia de sus seres queridos.

Y no eran solo hombres lo que había perdido Gran Bretaña: habían dejado también equipo abandonado para poder salvar vidas. Un sacrificio necesario, en opinión de Grace, pero aun así costoso y peligroso.

No obstante, esas cifras tan alarmantes fueron recibidas por los periódicos y las emisoras de radio con un sesgo positivo, pues tildaban de héroes a aquellos civiles propietarios de navíos de pesca o de cualquier otra embarcación personal que ayudaron a miles de soldados a cruzar el Canal y los pusieron a salvo. Un gesto simbólico que declaraba que Gran Bretaña nunca se rendiría.

La voz de Churchill sonaba poderosa al hablar, lo que provocó una nueva determinación en Grace e hizo que a la señora Weatherford se le humedeciesen los ojos mientras escuchaba con atención el mensaje del nuevo primer ministro.

Sí, se había producido una gran derrota, pero seguirían adelante.

El espíritu de sus palabras recorrió Londres con la fuerza de un rayo, cargado de electricidad.

Siguieron pasando los días. Era una tarde tranquila cuando la señora Weatherford apareció en la sala, donde Grace se encontraba leyendo su último libro, *Servidumbre humana*, la increíble historia de un hombre que creció a merced de las peores crueldades de la vida. Conectaba con una parte herida de ella que llevaba enterrada muy dentro, un lugar que sospechaba que todo el mundo guardaba en su interior, una parte que seguía siendo vulnerable pese a las victorias y puntos fuertes de cada uno.

Levantó la mirada y vio a la señora Weatherford ataviada con la vieja ropa de Colin, manchada ahora de tierra tras sus muchas incursiones en el jardín mientras cavaban por la victoria.

—¿Has visto los guantes? —le preguntó.

—Están en el Andy, junto con el trapo y la regadera —respondió Grace.

En realidad, no deberían utilizar el refugio Anderson como cobertizo para los útiles de jardinería, pero resultaba muy práctico dejar las herramientas en el banco de dentro, sobre todo porque el suelo estaba prácticamente inundado por las recientes lluvias y en ese momento no servía para mucho más. Y, estando ellas dos solas en la casa, había espacio de sobra para guardar allí algunas herramientas.

Se habían producido alarmas por ataques aéreos de vez en cuando, sí, pero todas injustificadas. Algún avión aliado confundido con un avión alemán, o algo por el estilo. La mayoría de la gente ya ni se molestaba en meterse en los refugios. ¿De qué iba a servir?

Grace se quitó la colcha del regazo con la intención de ir a ayudar a la señora Weatherford en el jardín.

—Deje que me cambie y voy a ayudarla.

—No te molestes, cielo —respondió la mujer restándole importancia con un gesto de la mano—. Últimamente tú ya has hecho más que suficiente, y además solo tengo que arrancar unas malas hierbas y regar.

Grace le sonrió agradecida, volvió a cubrirse las piernas con la colcha y se acurrucó en el sillón para reanudar su lectura. Sin embargo, no había leído ni una página cuando oyó un horrendo alarido procedente del jardín.

Era la señora Weatherford.

Se levantó de un salto, se enredó con la colcha y a punto estuvo de tropezar con el libro, que se le había caído al suelo, antes de salir corriendo hacia la puerta trasera de la cocina.

¿Habían llegado los alemanes?

Se rumoreaba que habían dejado caer paracaidistas en los Países Bajos vestidos de monjas o policías antes de disparar a los ciudadanos, utilizando la confianza como su mejor arma. Si bien ese rumor se lo había contado el señor Stokes, Grace no quería correr riesgos. Se detuvo antes de salir de la cocina y agarró un enorme cuchillo.

La señora Weatherford se hallaba a varios pasos del bancal de lechugas, con las manos enguantadas entrelazadas a la altura del pecho mientras contemplaba horrorizada las plantas.

—¿Qué pasa? —le preguntó Grace, y corrió hacia ella cuchillo en mano.

La señora Weatherford dejó escapar un suspiro largo y profundo, cerró los ojos y se estremeció.

—Gusanos.

—¿Gusanos? —repitió Grace con incredulidad.

Se esperaba encontrar nazis en el jardín, ametralladoras dispuestas a acabar con los habitantes de Londres.

—Me he acercado a ver por qué se están poniendo pochas las lechugas… —Se estremeció mientras hablaba—. Voy a por el folleto sobre plagas —agregó con voz débil y se volvió hacia el refugio Anderson, donde tenían organizados en una lata de color azul todos los folletos informativos del Gobierno orientados a animar a la población a Cavar por la Victoria.

Con gran recelo, Grace se acercó a una de las lechugas lacias y levantó una hoja con la punta del cuchillo. Había unos bichos gordos y marrones que se retorcían a lo largo del tallo de la planta como si fueran salchichas, algunos tan gordos de tanto comer que parecían a punto de reventar. Un gusano particularmente gordo cayó de la planta y aterrizó de plano en la hoja del cuchillo.

Grace soltó un grito de asco, se apartó de un salto y dejó caer el cuchillo.

Menuda heroína estaba hecha.

La señora Weatherford volvió a salir del Andy con un panfleto en la mano.

—Aquí lo pone. Se llaman… —dijo leyendo la página con los ojos entornados— gusanos cortadores. Dios mío, suena fatal. —Hojeó la página y, conforme iba leyendo, fue abriendo la boca cada vez más en un gesto de repugnancia.

—¿Qué dice? —preguntó Grace, y trató de echar un vistazo al papel—. ¿Cómo nos deshacemos de ellos?

—Tenemos que cortarlos por la mitad, espachurrarlos o despedazarlos —repuso la señora Weatherford con cara de asco.

Ambas se quedaron horrorizadas y se volvieron hacia las lechugas. El cuchillo yacía frente a la planta que Grace había estado inspeccionando, y su hoja reluciente reflejaba los rayos del sol.

—¿Y si nos limitamos a cultivar judías? —sugirió Grace.

—Tampoco he sido yo nunca muy aficionada a la lechuga —repuso la señora Weatherford—. Iré al boticario para ver si me recomienda algo que acabe con esos bichos tan asquerosos y así nos los quitamos de encima.

El boticario sí que le recomendó algo: una sustancia en polvo de color blanco que, según le advirtió, debía retirarse de las hojas con abundante agua antes de consumir el producto, aunque tampoco quedaba ya nada que comer cuando los gusanos cortadores por fin sucumbieron al veneno.

La segunda semana de junio, Italia se sumó a la guerra en apoyo a Alemania, y la energía acumulada que recorría Londres encontró una vía de escape para expresar su potencia. Grace y el señor Stokes estaban patrullando las calles oscuras de la ciudad aquella misma noche cuando oyeron unos pasos que corrían por el otro lado de la calle, seguidos de una escaramuza y un grito.

Un torrente de adrenalina le recorrió el cuerpo y le hizo desviar la atención hacia el altercado. Escudriñó la oscuridad. Sacó del bolsillo la linterna con capuchón, un chisme en forma de campana que proyectaba una luz muy débil hacia el suelo. No solían utilizarla, no obstante, pues el señor Stokes insistía en que mantuvieran su visión nocturna.

Por desgracia, el apagón sacaba lo peor de las personas, pues ofrecía múltiples tentaciones de robo y atraco para los tipos más siniestros de la sociedad. El señor Stokes se situó entre Grace y el origen del sonido mientras aguardaban para ver si era necesario que interviniesen con su limitada autoridad y sus silbatos estridentes.

Durante el tiempo que llevaba formando parte del Servicio de Precauciones Antiaéreas, Grace había aprendido a interpretar los movimientos en la oscuridad a través de las sombras sutiles que proyectaba la luna. Aunque aquella noche no era más que una estrecha franja de luz en el cielo, logró distinguir a dos agentes de policía y a un hombre con una maleta junto a una mujer.

Resultó que no era un robo, sino una detención.

El hombre hablaba con rapidez, pero no en inglés, sino en algo que parecía italiano.

—No deseamos recurrir a la violencia —declaró uno de los agentes en tono desganado—. Venga de una vez.

El hombre le dio la espalda a la mujer y se volvió hacia los agentes como si tuviera intención de irse con ellos. Ella, sin embargo, trató de agarrarlo y soltó un sollozo ahogado.

—¿Qué ha ocurrido? —preguntó Grace.

—No es asunto nuestro —respondió el señor Stokes y le indicó que siguiera caminando.

Pero ella no se movió.

—¿Lo están deteniendo?

—Por supuesto que sí —confirmó el señor Stokes con un quejido de impaciencia—. De momento, al menos, detienen a los hombres. Se llevan a todos los italianuchos de Inglaterra para que no puedan espiarnos en nombre de Hitler.

Se oyó un fuerte estruendo al final de la calle, seguido del ruido de cristales rotos. Corrieron juntos hacia allá y descubrieron a un grupo de más de veinte hombres que se estaban colando en una cafetería italiana por el escaparate destrozado, y gritaban insultos contra los italianos por haberse aliado con los nazis.

Grace se quedó petrificada. Había comido en esa cafetería varias veces con Viv. El propietario y su esposa siempre habían sido amables, solían expresar los temores que sentían por Londres y les ofrecían galletas extras con el té, incluso a pesar del racionamiento. Y ahora estaban saqueando el establecimiento que los inmigrantes habían regentado desde hacía más de veinte años.

Un hombre salió por el escaparate roto con una silla en las manos.

—Es un robo —dijo ella y se llevó el silbato a los labios.

El señor Stokes le agarró la mano y le apartó el silbato metálico de la boca.

—Es una represalia.

Grace le lanzó una mirada severa y llegó a distinguir el brillo de sus ojos en la oscuridad casi absoluta.

—¿Cómo dice?

—Italia ha tomado partido —respondió el hombre con parquedad—. Y no está de nuestro lado.

—Esas personas son ciudadanos británicos —le dijo ella, y lo miró horrorizada.

—Son italianos. —El señor Stokes levantó más la cabeza cuando otro hombre salió cargado con un saco de lo que podría ser harina—. Probablemente espías.

—Son unos comerciantes que se han esforzado mucho para ganarse la vida en Londres y que aman esta ciudad tanto como nosotros. —La vehemencia de sus palabras le confirió un tono agudo a su voz, mientras los pensamientos se enredaban en su cabeza ante aquella locura—. Debemos ponerle fin a esto —declaró y enfiló hacia el establecimiento, aunque el señor Stokes volvió a agarrarla del brazo y tiró de ella con delicadeza.

—Señorita Bennett, sea sensata —murmuró—. Son más de una docena de hombres y usted es tan solo una inspectora.

—¿Tan solo una inspectora? —repitió ella, mirándolo con rabia y lágrimas en los ojos.

El señor Stokes apartó la mirada de la suya.

Se oyó otro estruendo procedente de la cafetería, seguido de un destello luminoso al prenderse un fuego dentro del edificio.

—¡Parad ahora mismo! —exclamó hacia la oscuridad.

Sus palabras tuvieron como respuesta risas y burlas.

—Contrólese, o pensarán que es defensora de los nazis —le advirtió en voz baja el señor Stokes, y sus palabras bastaron para que se lo pensara mejor.

Apretó los puños y notó que las lágrimas ardientes le resbalaban por las mejillas, lágrimas provocadas por una mezcla de rabia e impotencia.

—¿Cómo puede permitirlo? —le preguntó, apartándolo de ella con un empujón.

—¡Apagad eso! —les gritó el inspector sin apenas convicción—. No querréis que nos bombardeen.

No volvió a mirar a Grace mientras los hombres apagaban el fuego y la oscuridad ocupaba de nuevo el lugar de aquellas llamas brillantes alimentadas por el odio.

Una vez terminado su turno, le costó mucho dormirse. No solo porque estaba preocupada por Colin, de quien todavía no habían tenido noticias, sino también por la sensación de su propia impotencia.

Se había unido al Servicio de Precauciones Antiaéreas para ayudar. Pero aquella noche no había ayudado. Al no ser capaz de impedir que aquellos hombres saquearan la cafetería, había formado parte del problema.

Intentó leer; aun así, descubrió que ni siquiera los libros podían aliviar la carga de su alma.

Al día siguiente libraba en la tienda, y la señora Weatherford se había quedado en casa porque ya habían dejado de llegar de Dunquerque soldados de la Fuerza Expedicionaria Británica. Sus esperanzas habían empezado a desvanecerse conforme iban llegando más hombres, sobre todo habida cuenta de los pocos soldados de la unidad de Colin que habían regresado.

Grace se pasó la mayor parte de la mañana en el jardín, arrancando malas hierbas e inspeccionando las plantas. Las tomateras habían echado unas bonitas flores amarillas, mientras que los calabacines habían empezado a desarrollarse con un tono amarillo verdoso. Había albergado la esperanza de que la actividad con las plantas y el aire fresco la ayudasen a distraer la mente, pero no paraba de darles vueltas a los mismos pensamientos de rabia e impotencia.

Al terminar la tarea, se quitó los guantes y los zuecos antes de entrar en la cocina a lavarse las manos para quitarse la tierra que pudiera quedarle. Estaba a punto de acabar cuando llamaron a la puerta con unos suaves golpecitos. Se le heló la sangre de golpe.

No esperaban visita.

De ser el correo, lo habrían metido por la rendija situada en la puerta para tal efecto.

No había razón para que nadie llamase a la puerta, salvo que…

Se sacudió el agua de los dedos y se apresuró a secarse las manos. Notaba el pulso en los oídos, aunque no tan fuerte como para no oír los pasos cautelosos de la señora Weatherford en dirección a la puerta. Grace salió a toda prisa de la cocina y vio que el repartidor le entregaba a la señora Weatherford un sobre rectangular de color naranja.

Un telegrama de la oficina de correos.

Grace se quedó sin aire.

Había pocas razones por las que la señora Weatherford pudiera recibir un telegrama, y ninguna de ellas era buena.

La señora Weatherford cerró la puerta con un movimiento automático y la vista fija en el sobre naranja. Grace se aproximó con cuidado, pero la mujer no pareció reparar en su presencia.

Ambas esperaron largo rato, sin atreverse ninguna a hablar. Ni casi siquiera a respirar, atrapadas en un momento suspendido que podría cambiar el resto de sus vidas.

Grace debería ofrecerse a leerlo, y aun así había una parte de ella demasiado cobarde para ver las letras impresas en el telegrama.

La señora Weatherford tomó aliento y lentamente lo dejó escapar, lo que hizo que el sobre se agitara en su mano temblorosa. Grace se sintió culpable, una emoción mínima en comparación con el miedo que tenía, pero lo justo para empujarla a actuar. Al fin y al cabo, era una crueldad esperar que la señora Weatherford tuviese que enfrentarse a esa tarea.

Se preparó para lo que iba a ofrecerle y susurró:

—¿Quiere que lo abra yo?

La señora Weatherford hizo un gesto negativo con la cabeza.

—Debería… —dijo con la voz entrecortada—. Tenemos que enterarnos.

Le temblaban las manos con tanta fuerza que consiguió deslizar una uña por debajo de la solapa y abrir el sobre de milagro. Antes incluso de darse cuenta de lo que estaba haciendo, Grace se aferró al brazo de la señora Weatherford y se estremeció al ver que el mensaje comenzaba con las palabras: «Lamentamos profundamente informarle…».

La señora Weatherford tomó aire con fuerza y, despacio, dejó al descubierto el resto del telegrama.

El mensaje estaba escrito en una tira de papel blanco con letras mayúsculas en negrita, y expresaba las palabras que cambiarían sus vidas de forma irrevocable.

«Lamentamos profundamente informarle de que su hijo, el soldado raso Colin Weatherford, ha perdido la vida en el ataque de Dunquerque…».

El sobre y el telegrama se le cayeron de la mano a la señora Weatherford y volaron hasta posarse en el suelo. Daba igual. A Grace no le hacía falta seguir leyendo.

Colin había muerto.

—Mi hijo —gimoteó la señora Weatherford—. Mi hijo. Mi hijo. Mi dulce angelito. —Se miró las manos temblorosas, ya sin la triste misiva, como si no se creyera que hubiera estado entre sus dedos.

Grace tenía un nudo en la garganta formado por las lágrimas, que le impedían tragar saliva.

La enormidad de su pérdida se abrió como un abismo en su interior. Se mezclaron la rabia, la pena y la impotencia. Colin no debería haber muerto de esa forma. Era un joven demasiado extraordinario para ser solo una de las treinta mil bajas.

Nunca más volvería a traer a casa un animal herido para curarlo, ni la saludaría con el leve rubor de la timidez. Aquel mundo tan oscuro necesitaba su luz, pero ahora se había apagado para siempre.

Un lamento grave inundó la estancia cuando la señora Weatherford cayó de rodillas al suelo y, con la mirada perdida, agarró el sobre y lo arrugó con el puño, como si así pudiera impedir que la tierra se abriese bajo sus pies.

Por toda Gran Bretaña había miles de mujeres más que recibían telegramas similares, con unas pocas palabras mecanografiadas que les romperían el corazón y cambiarían su vida para siempre con una pérdida irreparable.

Más que nunca antes, Grace deseó tener noticias de Viv y de George, saber que estaban a salvo, a la vista de tanta incertidumbre y dolor.

A la mañana siguiente, Grace fue la única que anduvo moviéndose por la casa, mientras la señora Weatherford permanecía en la cama. La taza de té recién lavada de la mujer no estaba secándose en el escurridor, donde solía estar para cuando Grace se levantaba. Al no obtener respuesta cuando intentó llevarle el té a la habitación, Grace dejó la pequeña bandeja junto a su puerta con la esperanza de que pudiera ofrecerle algún consuelo.

Tal vez hubiera debido llamar al señor Evans y pedirle no acudir a trabajar aquel día, pero no quería quedarse atrapada en casa bajo el peso de sus propios pensamientos y su dolor. Habían sido una mala compañía durante la noche; le quemaban en el pecho como el fuego provocado en la cafetería italiana, con el peso que había supuesto la muerte de Colin.

Le gustaría pasar el día ordenando libros nuevos y entablando conversación con los clientes de Primrose Hill Books. El día ya era cálido y notaba el aire seco en sus ojos irritados, todavía rojos e hinchados, pese a haberse puesto extra de rímel y más maquillaje del habitual.

El señor Evans, que estaba encorvado sobre su libro de cuentas, levantó la mirada cuando entró y de inmediato se incorporó.

—¿Qué ha pasado?

—Un telegrama. —Fue lo único que Grace logró decir.

El librero apretó los labios.

—¿Colin? —preguntó entonces.

Ella se limitó a asentir.

El señor Evans cerró los ojos tras los gruesos cristales de sus gafas y los mantuvo así durante largo rato hasta que volvió a parpadear.

—Era demasiado bueno para este tipo de guerra sangrienta.

Grace notaba el nudo en la garganta que le provocaba el dolor del duelo.

—Váyase a casa, señorita Bennett —le dijo. Tenía la punta de la nariz sonrosada—. Cubriré sus honorarios correspondientes a la semana que viene.

Ella negó con la cabeza con vehemencia.

—Me gustaría trabajar —dijo—. Por favor. —Hasta ella fue consciente del temblor desesperado de su voz.

Su jefe se quedó mirándola largo rato y finalmente asintió.

—Pero, si quiere marcharse, solo tiene que pedírmelo.

Ella le dijo que sí con la cabeza, agradecida por tener una oportunidad de olvidarse del dolor durante un tiempo.

* * *

Resultó que era imposible escapar de aquella melancolía. La seguía como una sombra, le trepaba por la espalda y se colaba en sus pensamientos cada vez que no tenía la mente ocupada. Se acordaba de Colin acunando a un animal herido entre sus manos grandes y tiernas, se acordaba del estruendo del escaparate de la cafetería italiana al hacerse añicos en mitad de la noche húmeda. Recordaba una y otra vez que no era capaz de detener aquello, que no era más que una mujer impotente.

Llevaba un rato llorando en la trastienda cuando entró el señor Evans. Se detuvo en seco y se quedó mirándola con los ojos muy abiertos y gesto de incertidumbre. Grace volvió el rostro y deseó que desapareciera como había hecho el otro día con la madre afligida.

En su lugar, arrastró los pies hacia ella y le puso delante un pañuelo. Lo aceptó, pues ya tenía el suyo empapado, y se enjugó las lágrimas.

—Lo siento…

—No se disculpe por tener sentimientos —respondió él apoyándose contra una pila de libros que había a su lado—. Jamás se disculpe por sentir cosas. ¿Quiere que… —abrió las manos como si no supiera qué hacer— hablemos de ello?

Grace se quedó observándolo para evaluar su sinceridad. Él la miró, sin pestañear, con expresión franca. Hablaba en serio.

Estuvo a punto de rechazar el ofrecimiento. Pues, por mucho que hablara de ello, Colin no regresaría. De hecho, ni siquiera sabía si el nudo que tenía en la garganta lograría aflojarse lo suficiente para permitirle dar voz a tamaño sufrimiento.

Pero entonces se acordó de la cafetería italiana, de su silencio, y la culpa la quemó por dentro como las llamas del incendio.

—¿Alguna vez ha hecho algo de lo que se avergüence?

Él enarcó las cejas, lo que sugería que, de todas las cosas que podría haber dicho, eso era lo último que esperaba.

—Sí —respondió tras pensárselo unos instantes—. Creo que casi todos lo hemos hecho. —Se cruzó de brazos—. Si tiene que ver con Colin, estoy seguro de que él la habría perdonado. Era esa clase de hombre.

Volvió a notar ese dolor al fondo de la garganta. Tragó saliva y dijo que no con la cabeza. Sin poder evitarlo, le contó el incidente de la cafetería italiana, los detalles que le remordían la conciencia y la dejaban exhausta.

El señor Evans permaneció apoyado contra la pared mientras ella hablaba, con los brazos cruzados sobre el pecho en actitud relajada. Cuando hubo terminado, se apartó de la pared, acercó una enorme caja de libros hacia la mesa y se sentó encima para poder ponerse a su altura.

Tenía la mirada despejada y lúcida, más concentrada de lo que le había visto jamás.

—Hay una guerra en curso, señorita Bennett. Usted no es más que una persona, y a veces eso implica que saquean una cafetería, sí, pero que esa cafetería no acaba siendo pasto de las llamas. Aunque no puede salvar el mundo, siga intentándolo de cualquier manera que le sea posible.

Levantó las comisuras de los labios y en su boca se dibujó una sonrisa casi avergonzada.

—Igual que un anciano que colecciona libros maltrechos y chamuscados para mantener vivas las voces. —Le colocó la mano con manchas de la edad encima de la suya y aquel calor le resultó tranquilizador—. O encontrar una historia que ayude a una joven madre a olvidarse de su dolor. —Apartó la mano y se enderezó—. No importa cómo luche, lo importante es que nunca deje de hacerlo.

—No lo dejaré —le aseguró Grace con un gesto afirmativo. La determinación que surgió dentro de ella le produjo un escalofrío por la piel—. Nunca dejaré de hacerlo.

—Esa es la joven que conozco. —Se levantó de la caja—. Hablando de lo cual, he estado ganando mi propia batalla con una estrategia que he tomado prestada de usted. ¿Quiere verlo?

Llevada por la curiosidad, Grace se frotó los ojos para terminar de limpiarse el maquillaje que se le hubiera podido correr y siguió al señor Evans hasta la tienda.

—Puede que ya lo haya visto —dijo este señalando la pequeña mesa donde tenían *Pigeon Pie* en el rincón del fondo.

A decir verdad, Grace había evitado pasar por la mesa de su fracaso hasta aquel momento. Lo que descubrió la dejó perpleja.

Lo que antes consistía en una pila ordenada de cien libros ahora estaba compuesto solo por unos pocos. El letrero de cartón colocado en el centro de la mesa anunciaba: Escrito cuando todavía era primer ministro Chamberlain.

—Desde entonces se han estado vendiendo como churros —le dijo el señor Evans con una sonrisa.

—Muy inteligente por su parte —hubo de admitir ella, y se rio, pese a todo.

—Estoy bastante orgulloso de ello —confesó él, con las mejillas ruborizadas bajo las gafas, y ladeó la cabeza en gesto de humildad—. No obstante, la idea es suya. Yo solo he añadido mi toque aburrido.

Conforme siguió pasando el tiempo, vendieron los ejemplares que les quedaban del desafortunado *Pigeon Pie*, y el cartel informativo del señor Evans a modo de recomendación del libro se volvió más pertinente.

Pues aquellas semanas trajeron consigo la caída de Francia. Y, después, lo que todo el mundo más temía: el bombardeo de Gran Bretaña.

DOCE

Los bombarderos alemanes descendieron primero sobre Cardiff y Plymouth; pusieron los muelles en su punto de mira e iniciaron combates aéreos con la Real Fuerza Aérea. Todavía no habían alcanzado Londres, pero la idea de que ello podría ocurrir en cualquier momento estaba muy presente en la mente de todos.

Se escuchaban con atención las retransmisiones de la BBC, y la gente repetía lo que había oído en pos de analizar las probabilidades que había de que los bombardearan a ellos.

Aunque Grace no sabía dónde estaba destinado George, era muy consciente de que, al tratarse de un piloto de combate, bien podría encontrarse en peligro.

Había recibido otra carta suya, igual de censurada que la anterior, con solo la mitad del mensaje legible, aunque lo suficiente para que ella tuviera la tranquilidad de que estaba bien. En las cartas de Viv solo aparecían tachados en negro algunos fragmentos puntuales, pero era fácil deducir que, sin importar dónde estuviera, parecía encontrarse a salvo.

La persona que más le preocupaba, no obstante, era la señora Weatherford. Desde que la conocía, siempre había sido una mujer capaz de mover el mundo con aquella energía inagotable. No había solución que fuera incapaz de encontrar, ni problema que no lograse resolver.

Ahora, en cambio, caminaba por la casa arrastrando los pies, con la mirada perdida. Ya no era aquella persona alegre y habladora que parecía tener un consejo para todo el mundo, ya fuera un consejo solicitado o no. No era ni la sombra de lo que había sido, con el pelo suelto y gris, sin lustre, enmarcando el óvalo pálido de su rostro. Sin vida.

Ya no acudía a las reuniones de las mujeres voluntarias, ni se dedicaba a limpiar la casa de manera compulsiva. Grace jamás pensó que llegaría el día en que el recibidor perdiera su permanente olor a jabón carbólico. Y, cuando la señora Weatherford descubrió que habían añadido el té y la margarina a la cartilla de racionamiento, ni siquiera se alegró de contar con su propio almacén bien surtido, sino que se limitó a asentir con resignación.

El resto de Londres, sin embargo, bullía de energía, anticipándose a una guerra que ahora ya parecía seguro que les alcanzaría. Resultaba extraño esperar que sucediera algo incluso después de lo de Dunquerque, pero daba la impresión de que la «guerra del tedio» había sido como un reloj sin manecillas al que hubieran dado cuerda.

Ahora por fin iba a suceder algo.

Fue un sábado soleado cuando Grace por fin se decidió a quitar el expositor de libros infantiles del escaparate. Dado que muchos pequeños habían tenido que ser reubicados en el campo de nuevo, el escaparate principal estaría mejor empleado en lecturas más atractivas para los adultos que se habían quedado en la ciudad. Tras abandonar la tienda aquella tarde, sin embargo, no regresó a casa de inmediato.

En su lugar, decidió disfrutar del sol y se sentó en la terraza de una cafetería a tomar una taza de té y un dulce. Los restaurantes seguían unas normas de racionamiento distintas a las del resto de los ciudadanos británicos y se les permitía una cantidad ligeramente superior, lo que redundaba en un té más intenso y dulce, igual que el pastel, que casi conseguía enmascarar el sabor de la margarina. Casi.

Aun así, el esfuerzo que hizo por estar contenta no le proporcionó la alegría que iba buscando. En su lugar, descubrió que echaba de menos tener a Viv sentada delante, riéndose y contándole el último cotilleo de Harrods. Y se le encogió el corazón al pensar en la señora Weatherford, que no podría disfrutar de una tarde tan agradable, por no hablar de los demás placeres de la vida.

¿Y cómo era capaz de hacerlo ella cuando Colin había muerto?

Decidida a no caer presa de la tristeza en un día tan bonito, acabó en King Square Gardens. Los vendedores ambulantes aguardaban junto a sus carros de ruedas, pintados de alegres colores para atraer a los clientes hacia sus mercancías, y la gente descansaba sentada en bancos o en tumbonas de lona dispuestas a lo largo del césped, de un verde esmeralda.

En torno al parque había franjas de huertos como parte de la campaña Cavar por la Victoria, plantas trepadoras de guisantes de olor que reemplazaban al jazmín, y repollos allí donde antes florecían rosas.

Grace se acomodó en una tumbona plegable que estaba disponible y notó la lona caliente por efecto del sol antes de recostarse y apoyar la cabeza con indulgencia. El aire transportaba un aroma dulce que era una mezcla de hierba y de una especie de salchichas que se vendían en un puesto cercano. El rumor de los pasos y el murmullo de las conversaciones se fundían en un ruido de fondo que creaba una atmósfera relajante.

De pronto aquella calma tan placentera se vio interrumpida por el molesto lamento de la sirena antiaérea.

Grace permaneció donde estaba, resignada a soportar aquella molestia ensordecedora, que llegado ese punto se había convertido en un lugar común, como lo eran los sacos de arena.

A principios de la guerra, aquel lamento insoportable hacía que se le subiera el corazón a la garganta. Ahora, en cambio, era solo una molestia más.

Varias personas se levantaron de sus tumbonas a regañadientes para buscar cobijo, aunque en realidad fueron las menos. La mayoría se quedó donde estaba, gozando de la luz del sol.

Después de tantas falsas alarmas, aquella advertencia ya recordaba a la historia de Pedro y el lobo.

Al final cesó el sonido y dejó un zumbido perezoso de fondo, como un abejorro borracho de néctar que vuela por el aire con desgana. Salvo que este zumbido parecía ir creciendo en intensidad, cada vez con más insistencia.

Grace abrió un ojo y contempló el cielo azul con sus copetes de nubes algodonosas de color blanco.

—¿Qué sucede? —preguntó la persona que estaba a su lado, y echó el cuello hacia atrás para mirar al cielo.

Grace parpadeó ante el brillo del sol. Unos puntos negros salpicaban el azul cerúleo. Un golpe lejano resonó a lo lejos, seguido de varios más, y unas nubes de humo negro empezaron a ascender hacia el cielo desde algún punto de la ciudad.

Perpleja, tardó unos instantes en darse cuenta de que aquellos puntitos eran aviones. Y estaban lanzando bombas sobre lo que parecía que
era el East End.

A Grace se le heló la sangre en las venas pese a lo caluroso del día, y
el vello de los brazos se le puso de punta.

Estaban bombardeando Londres.

Se incorporó de la tumbona con movimientos tan lentos como si estuviera sumergida en el agua. Debería haber corrido, haber instado a los
demás a buscar refugio, anotar sus nombres para asegurarse de quiénes
eran y notificárselo a su correspondiente inspector de Precauciones Antiaéreas. Lo que fuera.

Cualquier cosa.

Al fin y al cabo, había pasado los últimos meses preparándose para
este preciso momento.

Pero se quedó clavada al suelo conforme continuaba el petardeo de
las bombas. Una detrás de otra.

Una mano la tocó en el hombro.

—Debería buscar refugio, señorita.

Grace asintió sin molestarse en mirar al hombre que acababa de ha-
blarle. ¿Cómo iba a hacerlo cuando su mirada se mantenía fija en aquella
horrible escena de los aviones bombarderos?

Una mujer gritó cerca de ella, fue un grito agudo y desagradable cargado
de miedo. Fue entonces cuando Grace recuperó la movilidad en las piernas.
Pero no fue al refugio. Porque la señora Weatherford, que estaría en casa,
probablemente ignoraría la alarma, como la había ignorado todo el mundo.

El hombre, un compañero inspector con una cojera que debía de haber
impedido que lo reclutaran, ya estaba dirigiendo a la gente hacia el refugio
más cercano. Se volvió hacia Grace, con los ojos muy abiertos y la cara pá-
lida, y le hizo un gesto para que lo siguiera.

—Estaré en casa en cuestión de minutos —respondió ella negando
con la cabeza—. Tenemos un refugio Anderson.

El hombre desvió la mirada hacia el enjambre de aviones que seguían ata-
cando sin piedad el East End y se dio la vuelta en señal de consentimiento tácito. Ella no se entretuvo durante el breve trayecto de vuelta a Britton Street.

Para cuando llegó, el cielo había pasado de negro y gris a un rojo anaranjado intenso, como si esa parte de Londres se hubiera convertido en

un infierno. Grace entró por la puerta de la casa llamando a voces a la señora Weatherford.

Pasó por encima del montón de correo que había en la entrada, sin molestarse en recogerlo y añadirlo a la pila que se amontonaba sobre la mesa, como haría normalmente.

Los pies de la mujer se veían al otro lado de la pared de la sala, probablemente acomodada en el sillón Morris.

—Están bombardeando Londres. —Grace trató de disimular el miedo en la voz mientras se acercaba a la amiga de su madre—. Debemos entrar en el refugio de inmediato.

Pero la señora Weatherford no quería moverse, prefería quedarse donde estaba, con la mirada perdida y desanimada. Tras varios intentos fallidos por llevarla a un lugar seguro, Grace la dejó en la sala y se plantó en los escalones de entrada a la casa, contemplando los aviones alemanes. Si se acercaban más, se aseguraría de que la señora Weatherford entrara en el refugio, aunque tuviera que llevarla a rastras.

Sin embargo, los aviones no se acercaron más. Pasado un tiempo, los residentes de Britton Street se sumaron a ella en los escalones de entrada a sus casas, contemplando todos en silencio cómo los aviones alemanes proseguían su incansable ataque por el cielo encendido.

Durante todo ese tiempo, Grace no podía dejar de pensar en la gente. ¿Acaso los residentes de aquel barrio habrían evitado acudir a los refugios, como había hecho el resto de Londres? Quizá los refugios ni siquiera pudieran protegerlos frente a semejante barbarie.

¿Cuánta gente moriría?

Se estremeció solo de pensar en las bajas.

Por fin cesó el rumor de las bombas al caer y sonó la sirena que indicaba que todo estaba despejado. Grace se giró para volver a entrar en casa y vio a la señora Nesbitt plantada con rigidez en los escalones de al lado. Miró a Grace con una ceja levantada.

—Bueno, supongo que se acabó lo que se daba.

Grace no dijo nada, volvió a entrar en casa y se encontró a la señora Weatherford en el sillón Morris, justo donde la había dejado.

Esa noche no tenía que trabajar como inspectora de Precauciones Anti-aéreas, tarea que llevaba a cabo solo tres veces por semana. Pero, antes de que se preparase para irse a dormir, volvió a sonar el llanto de la sirena antiaérea.

Un torrente de adrenalina le corrió por las venas, y esta vez no aceptó un no por parte de la señora Weatherford. Tras abrir las ventanas, cerrar las llaves de paso y llenar la bañera, la obligó a meterse en el Andy. Tropezaron en la oscuridad, pisoteando macetas y útiles de jardinería de camino al refugio.

El interior de la estructura olía a metal mojado, a tierra y a cerrado. Parecía más bien un cobertizo que un lugar donde permanecer una cantidad de tiempo indeterminada. El grito de la sirena duró poco y el silencio ocupó el vacío en su lugar. Era una especie de quietud expectante, algo que anticipaba más de lo mismo que Londres ya había experimentado ese día. Grace permaneció en tensión y notaba la piel demasiado tirante.

Prendió una cerilla y encendió la vela que había llevado junto con sus máscaras antigás. La llama era pequeña, pero suficiente para iluminar el interior abarrotado del refugio Andy como si se tratara de una luz eléctrica. De lejos se oía el zumbido familiar de los aviones, y la estructura metálica del refugio amplificaba su rumor monótono hasta hacer que a Grace le vibrara dentro del pecho.

De nuevo se produjeron aquellos golpes secos que anunciaban la caída de más bombas. Grace tuvo que hacer un esfuerzo por no estremecerse con cada impacto lejano.

—¿Crees que estos fueron los últimos sonidos que oyó Colin? —murmuró la señora Weatherford con la mirada fija en la llama que oscilaba en el pabilo de la vela—. ¿Crees que pasó miedo?

—Creo que fue muy valiente —respondió Grace con determinación—. Conociendo a Colin, probablemente intentara salvar a los demás.

—Estoy segura —convino la señora Weatherford con un gesto afirmativo y los ojos vidriosos por efecto de las lágrimas acumuladas—. Fui yo quien lo mató, igual que lo hicieron los alemanes —agregó y se sorbió la nariz—. Permití que se volviera demasiado amable, demasiado cariñoso. No debería haber tolerado que fuera tan… tan sensible.

Grace, que estaba apoyada contra la pared de metal corrugado, se inclinó hacia delante.

—Entonces le habría obligado a ser algo que no era.

—Sí —repuso la mujer—, pero aún estaría vivo.

—No sería el hombre que tanto queríamos.

—Lo sé. —La señora Weatherford se cubrió el rostro con las manos y comenzó a llorar con suavidad—. Ya lo sé.

—Usted lo educó muy bien, señora Weatherford. —Grace se cambió al otro banco y le frotó los hombros con cariño a la mujer, que lloraba la muerte de un hombre demasiado bueno para morir tan joven—. Le permitió ser quien quería ser, lo apoyaba y lo quería. Él no podía haber sido de ninguna otra manera.

Grace hizo una pausa en su discurso, consciente de que las palabras que iba a decir a continuación resultarían dolorosas, pero convencida de que tenía que decirlas de igual modo.

—Y sabe que a él no le gustaría verla así.

La señora Weatherford agachó la cabeza.

Estuvieron en silencio el resto de la noche. Pasado un tiempo, Grace regresó a su asiento, al otro lado del refugio. Sin saber bien cómo, consiguió quedarse dormida pese a los bombardeos lejanos, con la cabeza torcida en un ángulo incómodo y un cosquilleo en el trasero, que se le estaba entumeciendo a causa de la dura superficie del banco. La sirena que indicaba que todo estaba despejado ya la despertó temprano a la mañana siguiente, y con el respingo que dio a punto estuvo de caerse del angosto banco.

—No se han acercado —comentó la señora Weatherford, y se levantó, entumecida, de su banco, con una mano pegada a la parte baja de la espalda—. Voy a poner agua a hervir.

Recogió el candelabro, con su cerco de cera fundida y el pabilo negro y gastado, y salió cojeando del refugio. Grace entró en casa también, pero no se molestó en tomar el té. Le dolía el cuerpo por haber dormido en una postura incómoda y tenía los ojos hinchados por el cansancio. Nunca había agradecido tanto tener el día libre en la tienda.

Se despertó más tarde con un aroma familiar, como a alquitrán. El olor a jabón carbólico se intensificó al abrir la puerta de su dormitorio y descender por las escaleras lustrosas. La señora Weatherford la saludó al pie de la escalera con una sonrisa triste y arrepentida. Llevaba una bata negra de estar por casa y no se había puesto joyas ni pintalabios, pero al menos llevaba el pelo gris recogido en un moño.

—Gracias por lo que me dijiste anoche —le dijo, llevándose con timidez una mano al cabello—. Tenías razón al decir que Colin no querría verme así. Lo superaré —aseguró y tragó saliva—. Por él.

149

Grace la abrazó con fuerza.

—Lo superaremos las dos —dijo sin soltarla.

La señora Weatherford asintió contra su hombro. Se pasaron el resto del día limpiando la casa y trabajando en el jardín, cuajado ahora de judías, pepinos, tomates y pimientos.

A lo largo de ese tiempo, unos nubarrones perezosos se cernieron sobre el East End, una especie de sudario para todos aquellos que habían perdido la vida.

A mediodía se produjo otro ataque aéreo que duró casi tres horas. Solo que esta vez el ruido de los aviones vino acompañado del estruendo de las ametralladoras antiaéreas.

Circulaban rumores por el vecindario con más intensidad que el zumbido lejano de los motores de los bombarderos. Se decía que cientos de personas habían perecido en el ataque al East End. Muchos se habían quedado sin hogar, y los incendios provocados durante la noche seguían fuera de control.

Grace escuchaba con atención cada noticia y, en su mente, iba enlazándolas como si estuviera cosiendo una colcha macabra en un intento por crear una historia completa. Daba igual lo que oyera o la cantidad de veces que se repitiera lo mismo, porque siempre quería más. Pero no era la única que andaba desesperada por un poco de información. Todas las radios de Londres estaban sintonizadas con los noticiarios, y las baldas de periódicos no tardaron en quedar vacías.

Aquella noche Grace tenía que trabajar como inspectora de Precauciones Antiaéreas junto al señor Stokes. Su turno empezaba a las siete y media de la tarde y terminaba a las ocho de la mañana siguiente. Aunque solo eran tres días a la semana y el señor Evans le permitía entrar más tarde en la librería al día siguiente, con frecuencia se quedaba muy cansada.

Aquella noche, sin embargo, estaba más que cansada; tenía la mente espesa y el cuerpo le pesaba tanto como los párpados. No obstante, quería asegurarse de estar despejada para desempeñar su puesto. De todas las noches en las que tenía que estar atenta a las posibles luces que se vieran a través de las ventanas, aquella sería una de las más importantes después de lo que había sucedido en el East End.

—Sigue ardiendo —dijo el señor Stokes en voz baja, escudriñando a lo lejos, donde aún se distinguía un sutil brillo rojizo—. Tengo un amigo que trabaja para el Servicio de Bomberos Auxiliar cerca de allí; me ha dicho que la escena parecía un infierno.

Grace no envidiaba en nada a los bomberos, que tenían la extraordinaria tarea de apagar semejante incendio.

—No me imagino lo horrible que debe de ser —comentó, y siguió el curso de su mirada.

—Terrible —respondió el señor Stokes—. Harry me ha dicho que han muerto cientos de personas, algunas de ellas tan destrozadas por las bombas que tenían la ropa arrancada de cuajo.

Grace dejó de andar, incapaz siquiera de concebir algo tan espantoso.

—Había restos humanos por toda la calle —continuó el señor Stokes abarcando el aire con un gesto de la mano—. Tenían que detenerse a cada rato a despejar trozos ensangrentados de la carretera para poder seguir avanzando.

El señor Stokes siempre había tenido tendencia a recrearse en los detalles más escabrosos. Salvo que, en ese caso en particular, no creía que exagerase. Y, si bien ella nunca había emitido queja alguna al respecto, aquella atención gratuita a la asquerosidad del asunto empezaba a alterarle los nervios.

Al percibir su silencio, el hombre continuó hablando.

—También bombardearon un refugio. En Columbia Road. Cayó una bomba justo por el conducto de ventilación y... —separó las manos lentamente e imitó el rugido de una explosión— familias enteras aniquiladas de un plumazo.

—Señor Stokes —le interrumpió ella con severidad—, ¿cómo es posible que un veterano como usted hable con tanta displicencia de los muertos después de las cosas que sin duda habrá visto?

Él frunció el ceño e hizo un gesto negativo con la cabeza.

—No soy ningún veterano. No quisieron admitirme en la Gran Guerra. —Se encogió de hombros y se le agitó el bigote—. Decían que tenía el corazón débil.

El corazón débil.

Si se hubieran molestado en indagar un poco más, Grace estaba segura de que no habrían encontrado un corazón allí dentro.

Un lamento agudo perforó de pronto el aire, el lamento que anunciaba otra ráfaga de bombardeos. Se quedó petrificada de puro terror.

Durante el bombardeo de la noche anterior, había estado a salvo en el Andy. Pero los inspectores no podían encerrarse en un refugio cuando había gente a la que proteger.

Al contrario, patrullaban el sector que les correspondía, atentos a las bombas y a cualquier daño causado para poder administrar los primeros auxilios a los heridos. Y para ayudar a localizar a los que no habían sobrevivido.

Allí en la calle estaría desprotegida; ni siquiera contaría con la fina cubierta de aluminio del refugio Anderson.

Vulnerable.

—Venga, no me diga que tiene miedo —le dijo el señor Stokes dándole una palmada en el hombro.

Ella le lanzó una mirada severa, aunque no sirvió para amedrentarlo. En su lugar, el hombre se limitó a reírse y negó con la cabeza.

—Por eso no deberían permitir que las mujeres se presenten voluntarias para un trabajo que está claramente destinado a los hombres.

A Grace se le puso el cuerpo en tensión ante aquella ofensa y estuvo a punto de responderle como se merecía, pero el señor Stokes ya avanzaba hacia el reguero de residentes que salían de sus casas. Agitó el brazo como si estuviera dirigiendo el tráfico, guiando a la asustada muchedumbre desde el barrio de Islington hacia el refugio que tenía asignado.

Grace apretó los dientes y recordó su formación. Sabía lo que debía decir. Lo que debía hacer. No debía dejarse vencer por los nazis.

El llanto de la sirena cesó y el aire se inundó de voces que hacían muchas preguntas a la vez. ¿Dónde debían ir? ¿Cuánto duraría el ataque? ¿Sería tan largo como el de la noche anterior?

¿Los bombardearían?

Preguntas todas ellas a las que ni Grace ni el señor Stokes podían dar respuesta.

Pero el semblante de preocupación de los ciudadanos y el temblor de sus voces impregnadas de pánico le recordó por qué estaba allí: para ayudar a las masas cuando más lo necesitaban. Para ser un ejemplo de calma cuando los demás estuvieran asustados.

Enseguida sus instrucciones serenas se sumaron a las de su compañero, y empezó a ofrecer apoyo y a liderar a la muchedumbre con un aplomo bien entrenado. Guio a aquellas personas hasta el refugio y comprobó que eran muchas más que en los anteriores ataques aéreos.

Mientras la gente entraba en el refugio de ladrillo rodeado de sacos de arena, ella iba anotando sus nombres y los reconocía gracias a las descripciones que había ido haciendo de ellos el señor Stokes durante sus rondas nocturnas. De pronto, mientras ponía caras a aquellas direcciones, entendió por qué era de vital importancia saber quién vivía en cada domicilio y quién se encontraba a salvo en el refugio. El zumbido de los aviones se le metió en los oídos y le provocó un escalofrío por la espalda.

Sonaban con más fuerza que antes.

Y cada vez estaban más cerca.

El señor Stokes miró hacia atrás y cerró de golpe la puerta del refugio. Grace siguió el curso de su mirada, escudriñando la oscuridad en busca de algo, cualquier cosa, con lo que poder calcular la ubicación de aviones cercanos.

Unos haces de luz surcaban el cielo nocturno e iluminaban la base de las nubes, mientras las ametralladoras antiaéreas trataban de localizar sus objetivos. Cuando Grace había visto los aviones en el parque, le habían parecido puntitos lejanos. Ahora, en cambio, eran mucho más grandes. Estaban más cerca. Como un enorme pájaro negro clavado en mitad del foco luminoso.

Un avión alemán.

No lo tenían encima, pero estaba lo suficientemente cerca para lograr que se le erizara el vello de la nuca.

Sin dudarlo un segundo, una ametralladora antiaérea entró en acción y sus ráfagas de barítono le retumbaron en los huesos.

Un objeto oscuro y oblongo surgió de la panza del avión y cayó desde lo alto. Una bomba.

El señor Stokes y ella se quedaron paralizados mientras el proyectil descendía hacia su objetivo, con un silbido que iba cobrando fuerza a su alrededor conforme tomaba velocidad, seguido de un silencio que duró solo una fracción de segundo, tan fugaz que apenas les dio tiempo a parpadear. Luego el destello de luz, y a continuación el estruendo de la explosión, que hizo temblar la tierra. Una nube de humo se elevó hacia el cielo, iluminada desde abajo por el destello de las llamas.

Y así, sin más, la casa de alguien habría quedado hecha pedazos. Una familia podría haber muerto.

Al ser consciente de que aquello estaba sucediendo en su barrio, a personas a las que quizá conociera, Grace notó una puñalada en el pecho. Pero no podía quedarse parada, petrificada por el asombro de algo tan terrible. Estaba allí para llevar a cabo su trabajo.

Desde donde se encontraban, era difícil saber si la bomba había alcanzado su sector. Sentía la adrenalina por todo el cuerpo. Echó a correr por la calle vacía, iluminada por el brillo cercano de un incendio además de por las llamas reavivadas del East End, que estaba claro que había vuelto a sufrir el impacto de las bombas.

Mientras se abría paso a través de las manzanas que estaba encargada de vigilar, notó que los sonidos de la guerra ganaban en intensidad. Solo que esta vez el zumbido de los aviones que sobrevolaban la ciudad quedaba amortiguado por el silbido de las bombas al caer y por el estruendo de las explosiones al impactar contra sus objetivos. A todo aquello se sumaban las ráfagas constantes de las ametralladoras antiaéreas y el rumor de la Real Fuerza Aérea, que se batía en los cielos contra Alemania. Cuando se producía algún momento de calma, sonaba de fondo la sirena de algún camión de bomberos que acudía a sofocar alguno de los muchos incendios que asolaban la ciudad de Londres.

Mientras corría, notaba que le quemaban los pulmones, y movía las piernas con tal fuerza que parecía que iban a desprendérsele del cuerpo y a seguir sin ella. Bajo los pies oía el crujido de los millones de esquirlas de cristal que cubrían la calle y resplandecían como rubíes bajo la luz rojiza del infierno londinense. Las ventanas de las casas situadas en el lado izquierdo de la calle habían volado por los aires, sus cortinas hechas jirones colgaban ondeantes como mechones de pelo desgreñado, y las puertas de las viviendas se habían salido de sus goznes y yacían tiradas por el suelo.

Era evidente que la cinta adhesiva que con tanto esmero habían colocado en todas y cada una de esas casas no había servido para nada.

—Señorita Bennett, más despacio —le dijo el señor Stokes, resoplando junto a ella—. Recuerde que estoy mal del corazón.

Pero Grace no aflojó el paso. Pensó que a la gente que pudiera estar muriéndose en ese momento no le importaría un pimiento su corazón. Dobló una esquina y se detuvo en seco.

Allí, frente a ella, se abría un inmenso hueco en la hilera de casas adosadas, iluminadas desde atrás por las llamas. En su lugar se alzaba una pila de escombros humeantes donde antes se levantaba una vivienda particular.

Habían bombardeado su sector, y ahora era cuando comenzaba de verdad su trabajo como inspectora de Precauciones Antiaéreas.

TRECE

Grace se detuvo frente a la casa bombardeada de Clerkenwell Road y notó el ardor en los músculos de las piernas provocado por la carrera. Ya no se veía la dirección entre los escombros de lo que otrora fuera un hogar, pero sí que distinguió los dos números situados a cada lado lo suficiente para identificar el número de la casa que faltaba. Porque aquel número estaba vinculado en su cabeza a un apellido concreto, repetido por el señor Stokes tres veces por semana en varios intervalos durante cada guardia.

El señor y la señora Hews, una pareja de ancianos, habían vivido en esa casa desde que se casaran hacía casi cincuenta años. El señor Stokes solía mencionar la afición de la señora Hews por el chocolate y contaba que, cuando era pequeño, ella siempre llevaba un pedazo exclusivamente para él.

Los pasos del señor Stokes se detuvieron al aparecer junto a ella.

—Señora Hews —susurró con expresión sombría mientras contemplaba los escombros.

—Estaban en el refugio —dijo Grace. Recordaba los nombres de la lista que había confeccionado a medida que la gente entraba por la puerta—. Señor Stokes, están a salvo.

—Me alegro —respondió él con gesto afirmativo—. Menos mal. Me alegro.

Se pusieron manos a la obra, sofocando con sus bombas de mano las pequeñas llamas que resplandecían entre los escombros, antes de continuar con la ronda por el resto del sector. Conforme avanzaba la noche, fueron cayendo más bombas, pero ninguna en su radio de vigilancia. La mayor parte de la noche la pasaron barriendo los cristales rotos de las calles circundantes en las que habían estallado todas las ventanas, y en un momento dado tuvieron que perseguir a unos saqueadores que se habían colado en la propiedad de los Hews.

El señor Stokes se quedó a esperar al señor y a la señora Hews cuando sonó la sirena que indicaba que estaba todo despejado, pensando que sería mejor que fuese él quien les diera la fatídica noticia. Fue difícil ser testigo de su dolor. Al fin y al cabo, el orgullo de una mujer era su hogar, y la señora Hews había invertido toda una vida de trabajo en aquella bonita casa adosada con lombardas en los maceteros donde antes crecían geranios.

Pero al final no fueron solo Grace y el señor Stokes quienes se quedaron después de la sirena para ayudarlos a encontrar algo que pudiera salvarse entre los escombros. Los habitantes del resto de las casas de la hilera se sumaron también, así como vecinos de otras calles colindantes. Ignoraron sus propias ventanas rotas, sus puertas desgoznadas, con tal de ayudar a aquellos cuyo sufrimiento superaba al suyo propio. Eran una comunidad unida por la pérdida.

Los amigos cercanos de la pareja guardaron a buen recaudo las escasas pertenencias que pudieron rescatar, mientras Grace conducía a los desconcertados ancianos al centro de descanso local, donde les darían cobijo hasta que se les encontrase un nuevo hogar. Cuando terminó su turno, regresó a Britton Street con tal estado de agotamiento que los pies apenas le respondían e iba tropezando a cada paso. Cayó en la cama sin quitarse la ropa sucia y se quedó dormida nada más tocar el colchón hasta que pudo levantarse para empezar su turno en la librería.

Con un baño se quedó como nueva y, para cuando entró en Primrose Hill Books, no se sentía ni de lejos tan cansada como cuando había llegado a casa. El señor Evans, sin embargo, la miró ceñudo nada más entrar en la tienda.

—¿Ha dormido lo suficiente? —le preguntó, dejando el lapicero sobre su libro de cuentas, alineado a la perfección con la costura del mismo.

—Creo que ninguno hemos dormido —respondió ella con una sonrisa.

El librero cruzó los brazos por encima de su jersey marrón, que ahora le quedaba holgado, pues el racionamiento había ido consumiendo su figura, en otro tiempo robusta.

—He oído que bombardearon la casa de los Hews en Clerkenwell Road. ¿Estaba usted allí?

—Llegué después —le explicó Grace, y hubo algo en la seriedad de su voz al preguntarle que le hizo sentirse como una niña a la que estaban a punto de regañar.

—Podría haber estado allí cuando sucedió —murmuró el señor Evans, frunciendo más aún sus cejas blancas y espesas—. ¿Qué habría hecho de haberse encontrado cerca de la bomba cuando cayó?

Grace vaciló unos instantes. A decir verdad, no había pensado en eso. Al fin y al cabo, los alemanes parecían tener el punto de mira sobre el East End. Y las probabilidades de que a ella le alcanzara una bomba le habían parecido demasiado exiguas como para detenerse a pensarlo.

—No me hace ninguna gracia, señorita Bennett —le espetó con las mejillas arreboladas—. Creo que debería renunciar a su puesto como inspectora del Servicio de Precauciones Antiaéreas.

En ese momento entró un cliente en la tienda, haciendo sonar la campana de la puerta. Grace miró por encima del hombro y vio que se trataba de una de sus clientas habituales, una mujer que casi nunca necesitaba ayuda.

—El servicio me necesita ahora más que nunca —repuso en voz baja.

—La tienda también la necesita —contestó con fastidio el señor Evans.

Cerró de golpe su libro de cuentas, lo que hizo que el lápiz saliera volando por los aires, y enfiló hacia la parte posterior de la tienda sin mediar una palabra más.

Grace sintió una desesperanza que le crecía en el pecho, exacerbada por el agotamiento que le nublaba la mente. Era evidente que al señor Evans le preocupaba que estuviese sacrificando su atención a la tienda en favor de los esfuerzos que hacía con el Servicio de Precauciones Antiaéreas.

Sin embargo, ella estaba decidida a demostrar que se equivocaba.

Para cuando llegó la hora de cierre aquel día, ya había diseñado varios eslóganes nuevos, y un par de ellos ya los tenía escritos en cartón. Dale vida a tu refugio con un nuevo libro y Un libro es la mejor compañía durante un ataque aéreo. No eran ideales, pero era un buen comienzo.

A pesar de eso, el señor Evans apenas le había dirigido más de dos palabras y se limitó a emitir un gruñido al ver los nuevos anuncios.

Sin embargo, Grace no tuvo mucho tiempo para preocuparse por su actitud, pues nada más llegar a casa se quedó dormida. Su sueño se vio interrumpido en torno a las ocho de la tarde por la sirena que anunciaba un nuevo ataque aéreo. Fue a rastras hasta el refugio junto con la señora Weatherford, pero allí le costó conciliar el sueño que tanto necesitaba.

El ataque se prolongó durante toda la noche, igual que la noche anterior, que había pasado en la calle ayudando a la gente de su sector. Solo que esta vez estaba encerrada al amparo del refugio Anderson, incapaz de ver lo que sucedía. Aunque sí que lo oía.

Las ráfagas incesantes de las ametralladoras retumbaban en la estructura metálica, y las bombas detonaban tan cerca que todo el refugio temblaba como si fuera a venirse abajo. En una ocasión incluso pareció elevarse del suelo antes de volver a caer en su lugar.

Los agudos silbidos de las bombas sonaban con fuerza antes de quedar en silencio, seguidos después por una detonación tan intensa que hacía vibrar el suelo. La sirena del fin de la alerta no volvió a sonar hasta la mañana siguiente, y ambas mujeres resolvieron acolchar la dura superficie de los bancos para, por lo menos, contar con un espacio más cómodo para dormir. Ya habían quitado de en medio los útiles de jardinería para volver a convertirlo en un refugio en condiciones.

Al fin y al cabo, empezaba a dar la impresión de que los alemanes estaban empeñados en bombardear Londres todas las noches.

Cuando Grace se despertó más tarde aquella misma mañana, supo por las noticias que habían bombardeado el Hospital de St. Thomas, que había recibido un golpe directo en una de sus secciones principales. Cerca de allí, un colegio había sufrido también daños de magnitud considerable. Los nazis eran gente repugnante, pero resultaba en extremo ruin poner en el punto de mira a los enfermos y a los niños.

Grace estaba furiosa, y aquella rabia le proporcionó combustible necesario para continuar con su papel en el Servicio de Precauciones Antiaéreas; para cumplir con su parte en la lucha contra Hitler.

Estaba dispuesta a decirle eso mismo al señor Evans cuando fuera a la librería; sin embargo, al llegar se encontró con la puerta cerrada a cal y canto. Algunos meses atrás, su jefe le había entregado una llave del establecimiento, de modo que la sacó del bolso y abrió la tienda. Una vez dentro, puso el cartel de ABIERTO y retiró las cortinas del apagón para dejar entrar la luz neblinosa del sol mientras llamaba al señor Evans. Pero este no respondió.

Notó un miedo que le trepaba por la espalda.

Era la única vez desde que trabajaba allí que no lo encontraba de pie tras el mostrador como un centinela, aguardando su llegada antes de desaparecer en la parte trasera para reanudar su trabajo diario. Trabajo que, por lo que Grace había podido comprobar en el último año, consistía principalmente en pasarse el día leyendo.

Ahora, sin embargo, no estaba allí.

El edificio no parecía dañado, lo que significaba que su piso, ubicado en la planta superior, habría permanecido intacto. Se le vinieron a la cabeza las terribles historias que le había relatado el señor Stokes. ¿Y si el señor Evans había salido la noche anterior y se había visto sorprendido por los bombardeos?

Volvió a gritar su nombre mientras se encaminaba hacia la parte posterior de local y entraba en la trastienda.

Lo primero que percibió fue el olor a alcohol.

A *whisky.*

A su tío le gustaba aquel brebaje. Apestaba a aceite de parafina y sabía aún peor. Aunque tampoco es que ella hubiera probado el aceite de parafina.

El señor Evans estaba despatarrado en su silla, medio derrumbado sobre la mesa. Junto al codo flexionado tenía una botella de líquido ambarino y, agarrado con la mano medio flácida, un vaso de cristal casi vacío.

De no haber sido por la botella que tenía al lado, Grace se habría preocupado de verdad. No obstante, verlo en aquel estado resultaba también de lo más desconcertante.

—¿Señor Evans? —preguntó mientras entraba en la habitación en silencio y dejaba a un lado el bolso.

El hombre levantó la cabeza con las gafas torcidas sobre la cara y le dirigió una mirada soñolienta a través de las lentes. El cabello, que por lo general se peinaba con esmero, lucía revuelto, y llevaba el jersey marrón arrugado por encima de la camisa, la misma que ya vestía el día anterior.

—Váyase a casa, señorita Bennett —le dijo con la voz pastosa por el sueño y por la bebida antes de volver a apoyar la cabeza sobre la mesa.

—No puedo irme a casa. Ya es de día y tenemos una tienda que regentar. —Alcanzó el vaso con suavidad y se lo quitó de la mano.

Él no se lo impidió. En su lugar, la miró con los párpados medio cerrados y las densas cejas despeinadas.

—¿Alguna vez le he contado que tenía una hija?

—No estaba al corriente de ello, no —respondió Grace sujetando contra la palma de su mano el vaso de *whisky,* cuya superficie lisa seguía caliente. Era evidente que su jefe llevaba allí bastante tiempo—. ¿Y vive en Londres?

El señor Evans se incorporó despacio, tambaleante, y respondió:

—Murió.

Grace lamentó entonces su atroz metedura de pata.

—Perdóneme. No sabía que…

—Sucedió hace varios años, en el mismo accidente de coche que mi esposa. —Se ajustó las gafas con torpeza y casi consiguió colocárselas correctamente en la nariz—. Ahora tendría más o menos su edad. Mi preciosa Alice.

El fantasma de una sonrisa se asomó a las comisuras de sus labios.

—Se parece usted a ella. Imagino que por eso la envió aquí la señora Weatherford, la muy entrometida. Su chaval, Colin, fue amigo de mi hija durante toda su vida. Sin duda pensó que podría ayudarme a aliviar el dolor de la pérdida de Alice, o alguna tontería semejante. Pero son todo bobadas. —Suavizó entonces la expresión ceñuda—. Aunque supongo que ahora la señora Weatherford entiende la futilidad del gesto mucho más que antes.

Grace percibió una tristeza en sus ojos que le llegó al alma, un vacío provocado por el dolor. Un vacío cuyo eco resonaba en su interior desde la muerte de su madre y nunca callaba.

Depositó con cuidado el vaso sobre una pila de cajas, lejos de su alcance.

—¿A usted le molesta que me parezca a Alice?

La miró atentamente y se detuvo como si de verdad estuviera evaluando su aspecto. Se le llenaron los ojos de lágrimas y empezó a temblarle la barbilla. Enseguida apartó la mirada y se sorbió la nariz con fuerza.

—Al principio —dijo con voz temblorosa; se aclaró la garganta antes de seguir—. Cada vez que la veía, me acordaba de mi Alice. Era rubia, como yo. Antes de esto. —Se acarició el pelo blanco y revuelto con los dedos.

Grace no dijo nada, le dejó hablar.

—Pensaba que la había enterrado aquí. —Abrió de golpe la mano sobre el pecho y dejó escapar un suspiro que pareció causarle un gran dolor—. Ahora sé que esas cosas son demasiado grandes para contenerlas. También hace que me dé cuenta de que no solo estaba intentando ignorar mi dolor, sino también mi culpa.

Sus palabras sonaban densas, pastosas, pero no por el alcohol, sino por la emoción, y a Grace se le encogió el corazón de dolor por él.

El señor Evans ladeó la botella para contemplar los dos centímetros de líquido que se agitaban en el fondo.

—Espero que supiera lo mucho que la quería. Lo mucho que significaba para mí. —Dejó la botella con firmeza sobre la mesa y levantó la cabeza para mirar a Grace—. Siento haberme enfadado con usted por seguir en el Servicio de Precauciones Antiaéreas. —Bajo las finas patillas blancas, Grace vio cómo apretaba las mandíbulas—. Usted no es Alice. Ya lo sé. Ya lo sé. —Apartó la mirada—. Aun así, no puedo perderla también.

A Grace se le formó un nudo en la garganta. Un nudo que le impedía tragar saliva. Ella nunca había tenido nada parecido a un padre en toda su vida. El suyo había muerto antes de conocerlo. Y menos aún se acercaba a lo que es un padre su tío, que la veía más como a una bestia de carga que como a una sobrina.

—Tendré cuidado —le aseguró—. Pero tengo que continuar en el servicio. Señor Evans, no me detendré jamás, como usted mismo me dijo.

—A veces doy unos consejos terribles —respondió él con una media sonrisa.

—Da unos consejos excelentes.

162

El hombre se levantó de la mesa y se detuvo un instante, un poco tambaleante.

—Nunca antes le había dicho esto, Grace, pero estoy orgulloso de usted.

Grace notó un calor en el pecho provocado por aquel cumplido. Nunca nadie le había dicho esas palabras en su vida, al menos no de esa forma.

El señor Evans apoyó las yemas de los dedos en la mesa.

—Creo que ahora debería retirarme a dormir.

—Yo puedo hacerme cargo de la tienda —se apresuró a ofrecerle ella.

—Ya sé que puede. —Estiró el brazo, colocó la mano sobre su hombro y le dio un apretón cariñoso—. Pero cuide también de usted, ¿quiere?

—Lo haré —le prometió.

Sin más, el librero asintió y caminó hacia la puerta que conducía hacia su piso, situado en la planta de arriba, con las gafas aún torcidas.

Grace se hizo cargo de la tienda aquel día y, por la tarde, empleó sus habilidades como inspectora del Servicio de Precauciones para conducir a los clientes hacia los refugios locales cuando la inevitable sirena antiaérea anunció la llegada de más aviones alemanes. Esas mismas sirenas se activaron de nuevo aquella noche y la noche siguiente, así como por las tardes.

La gente ya no ignoraba las sirenas. No como antes. No cuando el daño era de una magnitud considerable, como cuando una bomba alcanzó el Colegio de South Hallsville de Canning Town y mató a muchos de los supervivientes del East End que estaban refugiados allí dentro.

Aquel fue un duro golpe para todo Londres.

Salvo por la destrucción del hogar de los Hews, el sector de Grace permaneció intacto durante los ataques. Pese a ello, al señor Stokes y a ella les pidieron que incrementaran sus rondas nocturnas de tres a cinco veces por semana. El señor Evans, que no volvió a sacar el tema de su hija, le permitía empezar un poco más tarde cada día debido a los turnos extra con el Servicio de Precauciones.

Varios días después, cuando entró en la librería, pasado el mediodía, encontró a un pequeño gato atigrado durmiendo en una pequeña franja de luz del sol al otro lado de la puerta. A aquel descubrimiento le siguió casi de inmediato el emocionado trino de la voz del señor Pritchard, que ofrecía su sempiterna opinión sobre el estado de Gran Bretaña.

—¿Sabía que el rey y la reina fueron bombardeados en Buckingham? —le dijo mientras ella dejaba sus cosas en la trastienda—. Los malditos reyes, Evans, madre mía. Son iguales que nosotros, así es. Estamos todos juntos en esto.

Grace prácticamente pudo ver el fastidio del señor Evans ante el lenguaje de su amigo cuando había clientes presentes en la tienda. Colgó el bolso y cruzó el establecimiento para asegurarse de que sus clientes estuvieran bien atendidos.

—¿Dice que había una bomba enterrada frente a St. Paul? —le preguntó el señor Evans, con la clara intención de meter prisa al otro.

—¡Sí! —exclamó el señor Pritchard—. Justo delante de la torre del reloj. La catedral entera habría volado por los aires si el chisme hubiera detonado. Tuvo que venir la Unidad de Desactivación de Bombas. Algo fascinante.

Nada más decir aquello, la sirena antiaérea comenzó su lamento vespertino. Tigre se puso en pie de inmediato y correteó hacia el señor Pritchard, que, con expresión de fastidio en su mirada de pájaro, se quejó de la interrupción de «la llorona esa».

—Qué condenado tormento las alarmas antiaéreas. Creo que Alemania quiere ganar la guerra volviéndonos locos a todos.

Pese a sus quejas, siguió a Grace al exterior de la tienda, junto con los demás clientes y el señor Evans. Las estaciones del metro habían abierto para hacer las veces de refugio pese a la decisión inicial del Gobierno de mantenerlas cerradas. Los repetidos bombardeos hicieron necesario su uso, sobre todo, porque mucha gente ahora buscaba cobijo.

Grace los condujo a todos a Farringdon Station, empleando su experiencia como inspectora, pese a no estar de servicio. A aquellos que prefirieron no pagar el penique y medio para entrar en la estación los condujo primero al refugio de ladrillo situado en la esquina. Antes de que la sirena hubiese cesado su lamento, ya estaba instalada contra la pared de azulejos junto al señor Evans, y levantando la sobrecubierta de su libro.

Acababa de empezar a leer *Middlemarch* la noche anterior y ya llevaba leídos varios capítulos. No paraba de pensar en Dorothea y en los apuros de la joven con su nuevo marido, mucho mayor que ella. La sirena se detuvo y la sustituyó el eco de los pasos y las conversaciones susurradas de las docenas de personas refugiadas dentro de la estación abovedada. El viento silbaba al entrar por los túneles a cada lado del andén y emitía una nota grave y espeluznante, provocándole cosquillas a Grace con el cabello en la mejilla.

Trató de ignorar cualquier sonido, colocó el libro abierto sobre sus rodillas y empezó a leer. Desde fuera le llegaron los sonidos familiares de la guerra, las ráfagas de las ametralladoras antiaéreas que disparaban a los aviones enemigos mientras la Real Fuerza Aérea combatía contra los alemanes en el aire en un intento por ahuyentarlos. Entre todo aquel alboroto, aunque con mucha menor frecuencia que durante la noche, se oían los golpes lejanos de las bombas al caer.

—¿Qué está leyendo, señorita? —le preguntó la mujer que estaba sentada a su lado.

Al levantar la cabeza, Grace se encontró con la joven madre a la que había conocido semanas atrás.

—*Middlemarch*, de George Eliot.

Sonaron las ametralladoras por encima de sus cabezas, y la mujer miró hacia arriba, nerviosa.

—¿De qué trata?

—De una mujer llamada Dorothea —respondió Grace—. Tiene un guapo pretendiente que desea casarse con ella, pero no es el hombre que llama su atención.

—¿Y eso por qué?

—Porque prefiere a un hombre mayor, un reverendo.

—¿De verdad? —preguntó la joven madre con una risita nerviosa.

—Así es. —Grace colocó el dedo entre las páginas del libro para asegurarse de no perder el punto de lectura y se irguió un poco sobre su asiento—. Incluso se casa con él.

—¿Y qué tenía de atractivo ese hombre? —intervino una mujer de mediana edad vestida con bata azul de estar por casa.

Fuera se oyó un silbido grave seguido de una explosión que hizo temblar el suelo y parpadear las luces. El señor Evans le hizo un gesto alentador con la cabeza y sonrió ligeramente.

—Ella es una mujer devota —respondió Grace—. Y él es un erudito, además de reverendo, y tiene muchas inquietudes intelectuales que a ella le parecen fascinantes.

165

—¿Y qué hay del hombre guapo? —preguntó una voz.

—Él va detrás de la hermana de ella —dijo Grace con una sonrisa.

—¡Maravilloso! —exclamó alguien entre risas.

—Entonces, ¿la cosa acaba bien? —quiso saber un hombre fornido vestido con un jersey amarillo.

No parecía el tipo de persona interesada en algo así, con el pelo oscuro y revuelto y unas ropas arrugadas más propias de un *pub*.

—¿Para la hermana y el guapo pretendiente? —preguntó Grace—. ¿O para Dorothea y el reverendo?

—Para todos, supongo —respondió el hombre encogiéndose de hombros.

El estruendo de las ametralladoras antiaéreas retumbó sobre sus cabezas cuando un avión pasó volando tan bajo que el zumbido del motor reverberó por la cavernosa estación de metro.

—No lo sé —respondió Grace mirando el libro, que seguía marcado donde había puesto el dedo—. No he llegado a esa parte.

—Bueno —dijo un ama de casa—, pues continúe.

Grace vaciló unos instantes.

—¿Quieren que… lo lea? —preguntó. Y todos los presentes en el andén de Farringdon Station la miraron expectantes—. ¿En voz alta?

Todos asintieron, muchos de ellos con una sonrisa.

De pronto volvió a ser la chica tímida de su infancia, con los zapatos rotos que le pellizcaban los dedos de los pies, de pie, delante de la clase, con un trozo de tiza en la mano y todos los ojos clavados en ella. Notó un nudo en el estómago.

—Por favor —insistió la madre joven.

Se produjo otra ráfaga de disparos de ametralladora y la mujer se encogió sobresaltada.

El señor Evans enarcó sus expresivas cejas en un gesto de súplica silenciosa.

A pesar de que su naturaleza tímida le decía que se negara a hacerlo, Grace abrió el libro, se humedeció los labios, que de pronto se le habían quedado secos, y comenzó a leer. Se trabó con las dos primeras frases y fue consciente de la cantidad de personas que estaban presenciando sus errores. Y, cuando una bomba explotó en algún lugar lejano, el estruendo la distrajo tanto que se olvidó de la línea por la que iba leyendo.

Pero, conforme continuó, la multitud en torno a ella fue difuminándose y su mente se centró solo en la historia. Su mundo giraba alrededor del mundo de Dorothea, quien experimentaba aquella terrible luna de miel en Roma con un hombre que acaparaba para sí mismo sus aspiraciones académicas. A medida que pasaban las páginas, conocieron a Fred, el haragán que planeaba casarse con una mujer bajo la tutela de su tío, mientras que el anterior pretendiente de Dorothea centraba sus intereses en la hermana pequeña de esta.

Cuando dispararon las ametralladoras, Grace alzó la voz para que la oyeran. Cuando las luces parpadearon, siguió leyendo lo mejor que pudo, pues gracias a su visión periférica recordaba qué palabras venían a continuación. Y, cuando intervenía un nuevo personaje, se inventaba una voz diferente.

Se oyó un ensordecedor chirrido sobre sus cabezas, seguido de una explosión que dejó la estación de metro sumida en la oscuridad.

—Tome. —Oyó que alguien rebuscaba en un bolso de mano y, acto seguido, notó el peso de una linterna en la mano.

La encendió y continuó leyendo, trasladando consigo a todo el grupo a través del relato. Cuando sonó la sirena del fin de la alerta e interrumpió su lectura, parpadeó desconcertada ante el paso abrupto del mundo de ficción al mundo real.

Devolvió la linterna prestada con unas palabras de agradecimiento y descubrió que ya había leído varios capítulos del libro.

—¿Estará aquí mañana por la tarde? —preguntó el ama de casa.

—Si hay otra alarma por ataque antiaéreo —respondió, colocó un pedazo de papel entre las páginas del libro para marcar el punto de lectura y sostuvo el volumen sobre la palma de la mano.

—Entonces sí que estará —intervino el hombre fornido.

La madre joven, que respondía al nombre de señora Kittering, señaló con la cabeza el libro de Grace y sonrió esperanzada.

—A lo mejor podría traer también *Middlemarch*.

Tras prometer que reanudaría la lectura donde lo habían dejado, Grace y el señor Evans regresaron a la librería.

—En una ocasión mencionó que se sentía inútil en mitad de esta guerra —le recordó el librero mientras ponía el cartel de Abierto en el escaparate—. Pero ahí abajo, mientras le leía a toda esa gente asustada, tenía mucho poder.

—Confieso que me he sentido un poco ridícula al leer en voz alta. —Grace apiló los libros que habían quedado dispersos sobre el mostrador durante la alarma y los apartó por si los clientes regresaban a por ellos.

—De ridícula, nada, señorita Bennett —le aseguró él diciendo que no con la cabeza—. Aún podrá cambiar muchas cosas en esta guerra —agregó, al tiempo que golpeaba con los dedos la cubierta de *Middlemarch*—. Libro a libro.

CATORCE

Los daños provocados por el ataque de aquella tarde fueron considerables y dejaron un inmenso cráter en mitad de la avenida Strand. Más de seiscientos aviones alemanes habían logrado cruzar hasta Gran Bretaña con las bodegas llenas de bombas. No obstante, si bien habían acudido con la intención de destruir más zonas de Londres, la Real Fuerza Aérea estaba preparada para la defensa.

La Luftwaffe regresó esa misma noche, por supuesto. Porque siempre regresaban.

Grace estaba de servicio y agradeció que su sector, una vez más, permaneciese intacto, por suerte. No iba a ser así siempre. Menos aún, cuando el resto de Londres iba poco a poco cayéndose a pedazos, dejando al descubierto las vigas de las fachadas y las ventanas reventadas sin cristales, que recordaban a las cuencas vacías de una calavera.

Al día siguiente, cuando empezaron a sonar las sirenas antiaéreas, Grace se guardó *Middlemarch* en el bolso y guio a los clientes de Primrose Hill Books hasta Farringdon Station. Las personas para las que había leído el día anterior habían formado un pequeño grupo que la estaba esperando. Se les iluminó el rostro al verla llegar, sobre todo al ver el libro que sacó del bolso.

Se presentaron allí al día siguiente, y al otro también, y la cantidad de personas iba creciendo conforme pasaban los días.

Sin embargo, a mediados de septiembre el clima era bastante desapacible. Tanto incluso como para llegar a disuadir a los bombarderos alemanes de llevar a cabo sus ataques vespertinos diarios. Fue un día raro, excepcional, que no se vio interrumpido por una sola sirena antiaérea.

Grace no quiso desperdiciarlo y, en su lugar, se entretuvo en revisar una lista de libros publicados recientemente para ver cuántos podría encargar a Simpkin Marshalls. La campana de la puerta anunció la llegada de un cliente cuando ya casi había terminado, una interrupción que no le molestó.

Al levantar la mirada, se encontró con el hombre fornido que acudía a todas y cada una de sus lecturas en Farringdon Station. Llevaba entre las enormes manos su gorra de lana gris, que retorcía sin cesar.

—Buenas tardes, señorita Bennett —le dijo agachando la cabeza en señal de respeto. Nunca lo había visto sin la gorra puesta. Su cabello era una mezcla de gris y castaño, algo encrespado, y clareaba ligeramente a la altura de la coronilla—. Me llamo Jack. Quería darle las gracias, no solo por leernos su libro, sino también por salvarme la vida.

—¿Salvarle la vida? —repitió Grace, sorprendida.

Él dijo que sí con la cabeza.

—Me encontraba por la zona el día que usted empezó a leer, casi por accidente. Por lo general, paso las tardes cerca de Hyde Park, reparando los edificios de por allí. —Ladeó la cabeza en gesto de humildad—. En la medida que puedo. Pero últimamente he estado buscando trabajillos por esta zona, para asegurarme de poder estar en el metro y escucharla leer durante los ataques. De no haberlo hecho, me habría encontrado en Marble Arch Station, donde me refugiaba antes.

Grace se llevó la mano a la boca para disimular su sorpresa.

Dos días antes, durante un bombardeo particularmente cruento que destruyó casi toda Oxford Street, una bomba había atravesado el techo de Marble Arch Station, donde la gente aguardaba a que cesara el ataque. La matanza fue considerable, tal como le relató en detalle el señor Stokes hasta que ella le rogó que parase. Aquellos que no habían muerto a causa de la bomba habían quedado despedazados por la explosión de los azulejos. Las lesiones eran horrendas.

—Me... —empezó a decir Grace, sin saber bien cómo continuar—, me alegro mucho de que no estuviera usted allí y haya permanecido a salvo.

Jack se sorbió la nariz y se la limpió con el dorso de la mano, sin soltar aún la gorra de entre los dedos rollizos.

—Esa no es la única razón por la que he venido.

—¿Ah, no? —preguntó ella con una sonrisa—. ¿Quiere que le ayude a buscar algún libro?

Jack volvió a retorcer la gorra con las manos.

—No había terminado de leer *Middlemarch* —dijo—. Algunos de nosotros hicimos cola en Farringdon Station para anticiparnos a la sirena. Pero, como no ha sonado la alarma…, en fin, nos gustaría saber qué sucede a continuación en la historia.

—¿Nos gustaría? —repitió Grace, y siguió el curso de su mirada de soslayo hacia el escaparate de Primrose Hill Books, donde se encontró con una multitud arremolinada en torno a la tienda.

Allí, saludando con una sonrisa de esperanza, estaba la señora Kittering, así como muchos otros a quienes reconoció de inmediato.

Devolvió entonces la atención a Jack, que le dedicó una sonrisa vacilante.

—¿Sería tan amable de seguir leyéndonos, aunque no estemos en el metro?

Grace miró al señor Evans, que le devolvió la mirada con un orgullo paternal que le dibujó arrugas en torno a los ojos azules y dio su consentimiento con un gesto afirmativo.

Grace se mordió el labio y pensó en el tamaño de la tienda. El año anterior, una petición semejante habría resultado imposible. Ahora, sin embargo…

—Sí —respondió—. Será un placer.

Y de ese modo se acomodó en el segundo escalón de las escaleras metálicas de caracol mientras todos los demás se sentaban a su alrededor en el suelo o se quedaban apoyados contra la pared para escucharla leer *Middlemarch*.

Alcanzaba a ver el cabello blanco del señor Evans asomando por encima de una estantería, que se quedó allí el tiempo que duró la lectura, como si también él estuviera escuchando.

Pasado aquel episodio, siguió leyendo todos los días, ya fuera en el metro o en Primrose Hill Books cuando no sonaba la sirena antiaérea. Pero, si bien los días estaban llenos de historias y de las muchas personas que acudían a escucharla, las noches estaban llenas de bombas.

Era una situación penosa, por decirlo de alguna manera.

Las noches que no trabajaba junto al señor Stokes, apenas lograba dormir dentro del claustrofóbico refugio Anderson enterrado en el jardín.

Una de esas noches, la señora Weatherford y ella se habían preparado para entrar en el Andy con su ropa de cama y una caja en la que llevaban lo indispensable: una vela; las máscaras antigás, pese a que Alemania ya no parecía interesada en emplear veneno; el último libro de Grace, *Las olas*, de Virginia Woolf; y un termo lleno de té.

Llovía a mares cuando comenzó a sonar la sirena, y las dos mujeres corrieron bajo el diluvio a través del jardín embarrado. La silueta del Andy se dibujaba en la oscuridad como una bestia dormida, con el lomo cubierto de pelo hirsuto compuesto por las tomateras dispersas que brotaban de la tierra que lo cubría. Pero, cuando Grace entró en el refugio, se le hundió el pie hasta el tobillo en un charco de agua helada.

Soltó un grito de sorpresa y retrocedió de un salto.

—¿Hay ratones? —preguntó la señora Weatherford, que también retrocedió espantada.

—Está inundado —explicó Grace mientras se sacudía en vano el pie empapado—. Tendremos que ir a Farringdon Station hasta que se seque el refugio. —Volvió a entrar en casa con el pie pesado y encharcado, emitiendo un desagradable chapoteo a cada paso que daba.

La señora Weatherford corrió tras ella, mas no se puso a prepararse para ir a la estación de metro.

—Si nos damos prisa, quizá encontremos un sitio decente —agregó Grace, en un intento educado de meterle prisa a su compañera.

Ya eran más de las ocho, que solía ser la hora en que los alemanes comenzaban sus ataques nocturnos. Lo más probable era que estos se hubiesen visto retrasados por las inclemencias del tiempo. Sin embargo, eso también significaba que la estación de metro estaría ya hasta arriba de gente, todos apretados como sardinas en lata. Ella misma lo había presenciado durante sus noches como inspectora. Las personas se tumbaban unas al lado de las otras, allí donde encontraran un hueco, y los desconocidos se apretujaban entre sí como si fueran familia. No solo en el suelo del andén, sino también en las escaleras mecánicas y en las convencionales. Había incluso algunos valientes que se atrevían a dormir junto a las vías.

La señora Weatherford se sentó a la mesa de la cocina y se sirvió una taza de té del termo.

—No hay tiempo para eso —le dijo Grace con un nerviosismo que ya apenas lograba controlar—. Tenemos que irnos ya.

La señora Weatherford dejó escapar un leve suspiro y apartó a un lado su taza.

—Yo no voy a ir, Grace. Cuando entro en el Andy lo hago solo para que te tranquilices, pero te confieso que nunca busco refugio durante el día cuando no estás aquí. —Parpadeó despacio, con el semblante cansado—. No pienso ir a la estación de metro.

La rabia de Grace se esfumó y fue reemplazada por un dolor profundo.

—Pero aquí no va a estar a salvo —dijo sin demasiada convicción, pues ya sabía que no tenía mucho sentido discutir con ella.

La señora Weatherford no se molestó en responder y se quedó mirando al suelo con gesto abatido. Se percibía la angustia en su rostro, viéndola allí sentada, en su cocina blanca y amarilla que, en otro tiempo, había estado llena de luz y de alegría, y que, en cambio, ahora parecía un lugar desolado y gris. Si bien era cierto que había empezado a cuidar de nuevo su apariencia, atrás quedaban sus habituales vestidos floreados, pues ya solo vestía prendas oscuras, que tenía que ceñirse cada vez más con el cinturón conforme iba perdiendo peso.

Ya no había reuniones con las mujeres voluntarias, ni platillos elaborados o cualquier otra cosa que demostrara que no se limitaba a sobrevivir, como si la vida fuera un libro lleno de páginas en blanco que hubiera que ir pasando. Sin nada que contar. Sin ningún propósito más que el de llegar al final y acabar de una vez.

Aquella noche Grace se quedó en casa con la señora Weatherford, decidida a encontrar alguna manera de convencer a su amiga para que la acompañara a la estación de metro la próxima vez. Sin embargo, sus intentos posteriores tuvieron como resultado la misma negativa y, en una ocasión, llegó a confesarle llorosa que le gustaría volver a encontrarse con Colin. Grace sabía que no podía luchar contra algo tan poderoso como la pena.

* * *

El resto del mes de septiembre transcurrió con bombardeos nocturnos y frecuentes ataques por las tardes. De algún modo, Londres consiguió adaptarse a eso.

Al fin y al cabo, nadie en el mundo tenía el espíritu de los británicos. Eran luchadores. Podían soportarlo.

Las tiendas empezaron a cerrar a las cuatro todas las tardes para dar a sus empleados la oportunidad de dormir un poco antes de que comenzaran sus turnos de noche. Ahora casi todos tenían dos trabajos. Los que desempeñaban durante el día y aquellos para los que se ofrecían voluntarios por las noches, ya consistieran en sofocar incendios, vigilar ante la caída de bombas, buscar supervivientes entre los escombros u ofrecer asistencia médica en los diversos lugares donde se requiriese; por las noches, Londres cobraba vida para ayudar.

Grace descubrió que ahora era capaz de dormir en ratos sueltos, caía de inmediato en un sueño profundo cada vez que tenía un momento de asueto.

Las colas que se formaban delante de las estaciones de metro y los refugios comenzaban antes de las ocho, cuando de manera invariable empezaban a sonar las primeras sirenas; la gente llegaba temprano para asegurarse un lugar privilegiado en el suelo. O en una litera, si tenían mucha suerte.

Como resultado, la gente se acostumbró a dormir totalmente vestida. Algunos incluso confesaban que se bañaban con la ropa interior puesta, por miedo a que los ataques los pillasen desprevenidos y después los encontrasen muertos en cueros.

Pero, incluso con el caos y la incertidumbre, las cartas seguían llegando al servicio postal, pese a los bombardeos y al deterioro de los edificios, donde trabajaban con luz de velas, con carteles que anunciaban que seguían abiertos. No obstante, resultaba una triste estampa ver a un cartero con una carta en la mano, plantado delante de un hogar que había quedado reducido a un montón de escombros.

Lo que fuera que hubiese obstruido el Real Servicio de Correos al principio de la guerra ya había comenzado a aliviarse, y Grace recibía cartas de Viv y de George con más regularidad. Era irónico que ahora en su correspondencia expresaran tanta preocupación por su seguridad como lo hacía ella por la de ellos.

George le había sugerido un nuevo libro, *Distrito del Sur*, de Winifred Holtby, después de que le contara que había empezado a leer en la estación de metro. Aquella misma mañana Simpkin Marshalls había realizado en la tienda una entrega de un ejemplar de la novela, con la sobrecubierta impoluta y brillante.

Aquel día hacía fresco a causa de los aguaceros de los días anteriores, pero un rayo de luz se colaba por el escaparate. Todavía no había entrado ningún cliente en la librería, y el señor Evans estaba ocupado con su «trabajo» en la sección de Historia, de modo que Grace pasó a sentarse en un huequecito que había junto al escaparate.

Un rayo de sol se abrió paso entre las nubes y la iluminó con su agradable calor. Grace se detuvo unos instantes para deslizar los dedos por la cubierta del libro y saborear aquella calma. Para disfrutar del placer de la lectura.

La cubierta era suave, con letras impresas en color negro sobre un fondo amarillo salpicado de casitas rojas. Deslizó el dedo por debajo del borde satinado y abrió el libro. El lomo, al ser nuevo, emitió un crujido al abrirse, como una puerta antigua dispuesta a revelar un mundo secreto.

Pasó las páginas hasta llegar al primer capítulo, y ese sonido fue como un susurro suave y delicado en la quietud de la tienda vacía. La mezcla del papel y la tinta tenía un aroma especial, algo indescriptible y desconocido para cualquiera que no fuera un auténtico lector. Se acercó el libro a la cara, cerró los ojos y aspiró aquel olor maravilloso.

Le sorprendía pensar que, un año antes, no habría sido capaz de apreciar los pequeños momentos. Pero, en un mundo tan deteriorado y gris como aquel en el que vivían ahora, aceptaría cualquier migaja de placer que pudiera encontrar. Y podía obtenerse mucho placer con la lectura.

Valoraba mucho las aventuras que vivía a lo largo de aquellas páginas, una vía de escape frente al agotamiento, las bombas y el racionamiento. Más profundo aún era el gran conocimiento de la humanidad, pues era capaz de habitar la mente de esos personajes. Con el tiempo, había descubierto que tales perspectivas la convertían en una persona más paciente, más tolerante con los demás. Si todo el mundo apreciara de esa forma a sus semejantes, a lo mejor no existirían cosas como la guerra.

Resultaba fácil meditar sobre tales consideraciones allí, en un lugar tranquilo bajo un rayo de sol, mas era harto difícil aferrarse a ellas cuando recorría las calles apagadas de Londres en compañía del señor Stokes.

La mejora del clima trajo consigo un aumento del número de bombarderos que surcaban con facilidad los cielos despejados para dejar caer su destrucción. Fue en una de esas noches en que Grace se encontraba de servicio cuando el zumbido familiar de los aviones anunció su indeseable llegada.

Volaban como una parvada de cuervos por el cielo negro, y su presencia se hacía evidente con el foco reflector orientado hacia arriba. En ataques anteriores, ya habrían abierto sus panzas para dejar caer las bombas.

Pero siguieron avanzando, cada vez más grandes, más ruidosos, hasta que a Grace se le agitaron los pelillos de las orejas a causa del ruido. Las ametralladoras dispararon hacia el aire de la noche, impregnando la atmósfera del olor acre del humo. Grace echó la cabeza hacia atrás para contemplar la formación de aviones. En ese momento, un foco reflector pasó por encima de un avión justo cuando este abría su parte inferior y de dentro emergía un enorme objeto en forma de tubería, que acto seguido dejaba caer.

Una bomba.

Justo encima de ella.

La observó, petrificada. Su mente le decía que saliera corriendo, pero las piernas no le respondían. La bomba emitía un silbido que iba haciéndose más agudo conforme ganaba velocidad. Y se acercaba.

Aquella nota aguda la hizo volver en sí, se dio la vuelta, agarró del brazo al señor Stokes y tiró de él hasta colocarse ambos tras un muro rodeado de sacos de arena. El silbido se convirtió en un chillido y ella notó el frío del miedo metido en el cuerpo.

El sonido cesó de golpe, y con él su corazón.

Ese era el peor momento, cuando caía, esa milésima de segundo antes de que detonara. Cuando no sabías dónde había caído.

La deflagración produjo una explosión inmediata de luz brillante y un potente golpe que hizo que el mundo adquiriese un silencio siniestro. Después, a su espalda, un fogonazo ardiente como un horno abierto. Con tal fuerza que empujó a Grace y la hizo avanzar varios pasos dando tumbos.

Cayó con fuerza contra el suelo y se quedó sin aire. Parpadeó, perpleja, y notó en los oídos un chillido agudo que ahogaba cualquier otro sonido.

Le dolía la mejilla por haber golpeado el pavimento con ella, notaba la barbilla magullada por la tensión de la tira de cuero del casco, la cual impidió que este se le cayese al aterrizar contra el suelo. Dejó escapar el aire y una nube de polvo se formó delante de su cara.

Poco a poco volvió a distinguir el mundo, empezando por las ráfagas de proyectiles de las ametralladoras antiaéreas, que sonaban extrañas y lejanas como un eco submarino. Se quedó allí tendida unos instantes, fijándose en los escombros que los rodeaban, aguardando a que un torrente de dolor le anunciase que había perdido un miembro o que tenía una herida mortal.

Notaba el pecho dolorido por el impacto contra el suelo. Pero nada más.

Se incorporó para sentarse apoyándose con los brazos, que le parecían demasiado débiles. Con manos temblorosas, se sacudió la chaqueta, presionando sobre la gruesa capa de polvo en busca de alguna lesión.

No encontró ninguna.

Miró a su izquierda y encontró al señor Stokes sentado junto a ella con una expresión igual de confusa.

Habían sobrevivido.

Sin embargo, quizá otros no.

De pronto volvió a oír los sonidos a su alrededor. No solo las ametralladoras, sino también el silbido de las bombas y las explosiones. Muchas explosiones.

El señor Stokes y ella parecieron recuperar el sentido al mismo tiempo. Se miraron el uno al otro y, de inmediato, se levantaron de un salto. El muro tras el que se habían guarecido tenía ahora un agujero en el centro y los sacos de arena habían quedado despedazados.

De no haberse escondido allí detrás, esos jirones de tela podrían haber sido sus cuerpos.

Era algo en lo que Grace no podía pararse a pensar en esos momentos. Lo guardó bajo llave junto con sus otros pensamientos y lo escondió en un rincón oscuro de la mente.

Frente a ellos, varios hogares habían quedado reducidos a escombros y dentro se veía el destello irregular de las llamas, como corazones heridos.

Se apresuró a comprobar los números de las casas y dedujo que tres de las viviendas destrozadas tenían habitantes a los que ella misma había acompañado hasta el refugio. Sin embargo, la casa de la izquierda, que todavía seguía en pie, pertenecía a la señora Driscoll, la viuda de mediana edad que llevaba sin acudir al refugio dos semanas.

—La señora Driscoll —anunció Grace señalando en esa dirección.

No le hizo falta decir más. El señor Stokes echó a correr hacia la casa y entró por el umbral de la puerta, que había sido arrancada de los goznes. Grace lo siguió y esperó fuera a que regresara, como siempre le había ordenado que hiciera.

Salvo que esta vez no volvió a salir.

Entró con cautela y se lo encontró de pie en la sala de estar. Miraba algo.

—¿Señor Stokes?

Este no dijo nada.

Se situó junto a él y siguió el curso de su mirada. Tardó unos segundos en darse cuenta de que lo que estaba viendo había sido antes una persona. La señora Driscoll.

Le dio un vuelco el estómago, pero apretó el puño para mantener la compostura y añadió aquella imagen al rincón de su mente donde había encerrado los otros pensamientos, así como su miedo a lo que podría ocurrirle a la señora Weatherford en esas circunstancias.

—Señor Stokes —dijo.

Pero él no la miró.

—Señor Stokes —repitió con más fuerza.

Este volvió la cabeza hacia ella muy despacio y la miró con los ojos muy abiertos y la mirada perdida, como si estuviese sonámbulo. Una lágrima solitaria se acumuló en su párpado inferior y le resbaló por la mejilla. Parpadeó, como si le sorprendiera verla allí de pie.

—Ya no podemos hacer nada por ella —dijo Grace con un tono prosaico que no sabía si podría mantener en tales circunstancias—. Tenemos que ver si hay supervivientes a los que podamos ayudar. Voy a la casa de al lado, donde el señor Sanford. —Señaló con la cabeza hacia la pared para referirse a la casa adosada que había al otro lado de la vivienda de la señora Driscoll, con la esperanza de que el anciano no hubiera sufrido el mismo destino.

Él también había dejado de acudir al refugio. Les había pasado a muchos. Deseaban poder pasar una noche en su cama. Deseaban normalidad.

Pero no bastaba con desear que el mundo volviese a su estado anterior. Pues estaba plagado de peligros.

—¿Quiere ir usted a la casa que hay junto a la del señor Sanford? —le preguntó a su compañero.

Este asintió y salió a la calle arrastrando los pies. Lo siguió y se detuvo solo para asegurarse de que la llave del gas estuviese cerrada, para evitar una explosión.

No se volvió para mirar de nuevo a la señora Driscoll antes de marcharse.

El resto de la noche estuvo borroso y Grace se dedicó a encerrar más pensamientos en ese rincón de su mente. Se concentró en recordar la formación que había recibido para aplicar vendajes a los miembros ensangrentados de los supervivientes, y ayudar a sofocar fuegos con la bomba de mano o con arena, en el caso de que el suelo aceitoso y el olor indicaran que había sido provocado por una bomba incendiaria. Estuvo atendiendo una tarea detrás de otra hasta que salió el sol y por fin concluyó el turno de noche.

De camino a casa esa mañana, pese a su determinación, la caja de su mente donde había encerrado los pensamientos comenzó a agitarse.

Como si también fuera una bomba que se acercaba a ella con un silbido. Abrió la puerta de casa y corrió escaleras arriba justo cuando el grito de su mente quedó en silencio.

Y entonces la caja explotó.

Los horrores que había presenciado salpicaron sus pensamientos como metralla.

La pena por la señora Driscoll. El miedo a que la señora Weatherford acabase como ella. La sorpresa de saber lo cerca que había estado ella misma, Grace, de acabar hecha pedazos. La destrucción. Las espantosas lesiones. La sangre que aún manchaba su chaqueta. La muerte.

El de la señora Driscoll no era el único cuerpo que habían encontrado aquella noche.

Grace abrió el cajón de su mesilla de noche y rebuscó nerviosa entre su contenido hasta encontrar el brazalete de identidad con la pulcra caligrafía de Viv, que había escrito en la superficie ovalada su nombre y su dirección en Britton Street. Le temblaban tanto las manos que tuvo que hacer varios intentos hasta lograr ponérselo en la muñeca. Una vez allí, se deslizó hasta el suelo y se dejó arrastrar por la poderosa ola de todo aquel horror.

Tenía que lidiar con eso en ese momento, enfrentarse a aquella fuerza extraordinaria y sobrecogedora. Para poder regresar a su turno al día siguiente y volver a hacerlo todo otra vez.

QUINCE

Fue un milagro que Grace consiguiera dormir aquella mañana, pero nada más despertar los recuerdos del bombardeo seguían allí. Era como si hubiesen estado a la espera, al acecho, ocultos en las sombras de su mente hasta que recuperase la consciencia.

Los recuerdos la siguieron hasta la librería, y cada edificio bombardeado era como un alfilerazo en sus pensamientos cansados. Los edificios que veía todos los días en su rápido trayecto hasta Primrose Hill Books habían quedado reducidos a montañas de ladrillo con vigas partidas que sobresalían entre el caos. El verdulero que siempre le reservaba unas pocas pasas a la señora Weatherford cuando las tenía, el boticario que las ayudó con los gusanos cortadores, la cafetería de la esquina donde se suponía que iba a tener una cita con George. Y así muchos más. No eran las únicas pérdidas. Muchos hogares se habían quedado solo con el armazón, sin paredes, con las habitaciones al descubierto, como una macabra casa de muñecas infantil.

La gente con la que se cruzaba por la calle observaba los desperfectos con una curiosidad desganada. Pasó por delante de una pareja que caminaba cubierta de polvo y aferrada a unos bultos mugrientos, el hombre con expresión severa y la mujer con los ojos rojos de tanto llorar. Sin duda habían perdido su hogar aquella noche.

Tenían suerte de no haber perdido también la vida.

Grace entró en la librería y, nerviosa, se cubrió la mejilla derecha con un mechón de pelo suelto. Había adoptado la costumbre de llevar el cabello recogido con horquillas mientras trabajaba. Pero el rasguño de la mejilla no había podido cubrírselo con maquillaje, y sin duda el señor Evans se preocuparía.

Este levantó la mirada y entornó los párpados, desconfiando de inmediato. Grace se colocó el mechón de pelo una vez más, insegura, y entonces el librero se fijó en el brazalete que llevaba en la muñeca.

—He oído que anoche alcanzaron Clerkenwell —dijo con la mandíbula apretada.

Grace no se atrevía a mirarlo. Menos aún, cuando las lágrimas se le acumulaban en los ojos. Sería fuerte. Ella era mejor que todo aquello.

Oyó sus pasos sobre la moqueta al salir de detrás del mostrador.

—Grace —dijo suavemente—, ¿está bien?

Despacharlo con un simple «sí» habría sido más fácil, pero el cariño que percibió en su voz y su necesidad de consuelo fueron demasiado para ella. Incluso mientras negaba con la cabeza, él la rodeó con los brazos, como un padre, y la estrechó contra su pecho para ofrecerle un consuelo que no había experimentado desde que vivía su madre.

Le cayeron las lágrimas y, de su boca, salieron los detalles de lo ocurrido la noche anterior, mientras él la mantenía abrazada. Alivió el peso de su carga al compartir con él todo lo que había visto, apoyándose en su fortaleza, sin darse cuenta de lo mucho que lo había necesitado.

—Yo participé en la Gran Guerra —le dijo el señor Evans mientras ella se enjugaba las lágrimas con un pañuelo—. Nunca olvidas, pero se vuelve una parte de ti. Como una cicatriz que nadie ve.

Grace asintió ante la lógica de sus palabras y notó que se le calmaban las emociones por primera vez desde que se permitiera venirse abajo.

Quizá fueron su consuelo y su consejo los que le dieron valor aquella misma tarde, cuando por la estación de metro resonó un ataque particularmente fuerte. La cacofonía de la guerra sobre sus cabezas era incesante y llegaba con tal intensidad que resultaba imposible diferenciar un sonido de otro. De no haber tenido la mente despejada, tal vez hubiera sucumbido al pánico que se abría paso en su cabeza con cada silbido, con cada detonación que le reverberaba en el pecho. Pero aquello solo hacía que siguiera leyendo en voz aún más alta.

Más tarde supo que, a poco más de un kilómetro de allí, durante el trajín de la hora punta, habían bombardeado Charing Cross.

Aquella noche tuvo más suerte al ocultarle a la señora Weatherford su rostro magullado mientras degustaban una cena a base de ternera grasa y una mezcla de judías y zanahorias de su huerto. Sin embargo, no logró convencer a la mujer para que acudiera al refugio.

Era una discusión que mantenían casi a diario. Llegado ese punto, Grace daba por sentado que la señora Weatherford había dejado de escuchar sus razones, detalladas con esmero. Salvo que ahora sabía de buena tinta lo que podría ocurrir si una bomba caía en Britton Street.

Le hizo falta una gran fortaleza aquella noche para prepararse para su trabajo como inspectora. Le temblaban las manos al prenderse la insignia en la solapa. Al fin y al cabo, era imposible saber lo que le depararía la noche.

El señor Stokes tampoco parecía actuar con normalidad. No se molestó en abrumarla con todos sus conocimientos, ni tampoco hizo mención alguna al bombardeo de Charing Cross, sobre el que sin duda tendría detalles sangrientos y desagradables que contar.

Por una vez, se mantuvo callado.

Y, si bien Grace hubiera creído que tal cosa sería una bendición, descubrió que su silencio despertaba en su interior algo incómodo, hasta que se dio cuenta de que era preocupación.

Por el señor Stokes, nada menos.

Tras pasar varias horas escuchando los bombardeos del resto de Londres, un sonido tan habitual ya que se diluía con el fondo como una interferencia más, y al ver que su propio sector seguía en calma, Grace ya no pudo soportarlo más.

—Supongo que se habrá enterado de lo de Charing Cross —dijo al fin.

Él apretó los labios bajo la luz de la luna. Durante aquella breve pausa, a Grace le sorprendió lo bien que se le daba ahora ver en la oscuridad de las calles apagadas de Londres. Distinguía incluso un pequeño corte en la mandíbula del señor Stokes, resultado de la explosión de la noche anterior.

—Ya me he enterado —contestó él con voz grave y ronca. Tragó saliva—. Pobre gente.

Y eso fue todo. No entró en detalles sobre los cuerpos desmembrados o la destrucción envuelta en humo. Ni sobre hogares destrozados o víctimas hechas pedazos.

No volvieron a hablar en mucho rato. Hasta que pasaron por delante de la casa de la señora Driscoll. El servicio de rescate ya se había hecho cargo de los restos mortales de la viuda y se la había llevado. El señor Stokes se detuvo delante de la casa adosada, que se mantenía en pie, y se quedó mirándola durante largo rato, con las manos metidas en los bolsillos.

—No le di las gracias, señorita Bennett —murmuró agachando la cabeza—. Por lo de anoche. A mí… casi se me olvida, pero usted me recordó para qué estábamos allí.

Aquella muestra de humildad le resultó más impactante aún que su silencio de antes.

—Somos compañeros.

—Mantuvo la cabeza fría y la gente está viva gracias a usted —agregó él, entonces la miró—. Admiro su capacidad para mantenerse tan centrada.

—Sospecho —respondió ella muy despacio, sin poder evitarlo— que es porque soy mujer.

Una ligera sonrisa se dibujó en los labios del señor Stokes, que soltó una carcajada sin gracia.

—Soy un zopenco, ¿verdad?

Ella ladeó la cabeza y declinó decir nada, pues él ya sabía la respuesta.

Desde aquella noche, empezaron a llevarse bastante bien e incluso llegaron a trabar una especie de amistad entre el peligro compartido y la tragedia a los que se enfrentaban juntos.

Y era algo necesario, pues esa misma semana, una noche espesa de niebla y nervios, cayeron más bombas en su sector. Los daños fueron cuantiosos, y elevado el número de bajas. Los alemanes lanzaban sin parar sus explosivos hasta que despuntaba el día.

Cuando los jirones de sol atravesaban ya la humareda del aire, sonó la sirena del fin de la alerta. Grace caminaba de un lado a otro frente a una casa derruida, y sabía que sus ocupantes se habían refugiado en el sótano. Cabía la posibilidad, por pequeña que fuera, de que siguieran con vida.

Los hombres del equipo de salvamento y rescate llegaron en un camión maltrecho, aunque últimamente casi todos los vehículos estaban maltrechos, y se acercaron a ella con rostro sombrío. Aquellos hombres eran testigos de lo peor de los bombardeos. Eran grandes, todos ellos, con cuerpos robustos tras pasar semanas removiendo escombros, y unos ojos huecos y vacíos como las ventanas de los hogares reventados.

Les indicó dónde cavar y los ayudó en lo que pudo, llamando a voces a las personas a las que esperaba volver a ver algún día.

—Señorita Bennett —le gritó una voz aguda.

Se apartó de un montón de ladrillos y vio a un joven que corría por el camino en dirección a ella.

—Menos mal que la encuentro —le dijo, tratando de recuperar el aliento tras la carrera—. Ha caído una bomba. En casa de la señora Weatherford…

A Grace se le heló la sangre.

La señora Weatherford.

Dio la espalda al muchacho, a los hombres y a los escombros, y salió corriendo a toda velocidad por las calles en dirección a la casa. Cuando llegó, encontró la fachada intacta. Pero sabía que no debía fiarse de esas cosas. A veces bastaba con abrir una puerta para descubrir que no había nada al otro lado.

Subió corriendo los escalones de la entrada y no perdió un instante en abrir de golpe la puerta. Se quedó petrificada por la sorpresa.

Todo estaba tal y como lo había dejado: los suelos de madera impolutos bajo la alfombra desgastada, y la puerta de la cocina abierta dejaba ver al otro lado la alegre estancia amarilla y blanca.

Llamó a voces a la señora Weatherford al irrumpir en la sala de estar, que encontró vacía.

Corrió a la cocina, llenándose los pulmones de aire para volver a gritar, y estuvo a punto de darse de bruces nada menos que con la señora Weatherford.

—¡Me han dicho que había caído una bomba aquí! —exclamó Grace.

—Así es, querida —le respondió la señora Weatherford dedicándole una sonrisa cansada—. Pero no ha explotado, ¿lo ves?

Señaló hacia la ventana de la cocina, a través de la cual se veía una enorme bomba que había aterrizado justo encima del refugio Anderson, abollándolo por la parte central. Era un chisme horrible, casi tan largo como ella, con una especie de aleta que le salía de la parte trasera y una capa de tierra que recubría su feo cuerpo metálico. Dentro de dicho cuerpo, no obstante, había explosivos suficientes para reducir a escombros los hogares y devorar la piel de las personas.

A Grace le recorrió la espalda otro escalofrío.

De haber hecho explosión, la señora Weatherford habría muerto. Habría acabado hecha pedazos. Y sería ella quien se la habría encontrado.

—Ya he avisado al puesto de Precauciones Antiaéreas para que envíen a una unidad de desactivación de bombas —explicó la señora Weatherford sin mucho afán, como si no le importara. Como si no fuera consciente del peligro.

—Podría haber muerto —dijo Grace negando con la cabeza—. Si hubiera detonado, si detona, la explosión habría acabado con la casa, y usted habría…

—Pero no ha ocurrido, querida. —La señora Weatherford la condujo hacia la mesa y le sirvió una taza de té. De su delgada muñeca colgaba el pequeño brazalete que Grace le había dado recientemente, con su nombre y dirección escritos con claridad en el óvalo central.

Sin embargo, incluso aunque la señora Weatherford llevara puesto el brazalete, Grace no pensaba rendirse tan fácilmente. Tiró de ella y la sacó de la cocina.

—Podría haber… —le dijo, sin saber cómo acabar la frase—. Podría haber resultado herida…, como…

Como la señora Driscoll.

—Pero estoy bien. —La señora Weatherford suspiró, casi con pena. Pese a ello, no ofreció resistencia cuando Grace la sacó por la puerta de la entrada.

—Pero podría haber pasado —insistió, e hizo sonar su silbato para llamar la atención de unos inspectores que acababan de empezar su turno y les indicó que despejaran la zona antes de que llegase la unidad de desactivación.

Cuando por fin se hallaban a varias calles de distancia, con una taza de té tibio de la cantina financiada por el Servicio de Mujeres Voluntarias, Grace logró mitigar su pánico y mirar a los ojos a la señora Weatherford.

—Sé que la vida está siendo dura —le dijo.

La otra mujer cerró los ojos con un gesto de dolor.

—Por favor —le rogó Grace con voz grave—, he visto cosas espantosas. He sido testigo de lo que esas bombas pueden hacerles a las personas.

La señora Weatherford desvió la mirada hacia el abrigo de Grace, en el que ahora, expuesto a la luz del día, se veían manchas de tierra y de sangre.

Cosas en las que no se había fijado antes.

Había varias personas más en las inmediaciones de la cantina móvil que se hallaban en un estado similar, voluntarios, además de víctimas de los bombardeos.

—¿Sabe cómo me quedaría si la encontrara en ese estado? —La voz de Grace sonaba ronca por el esfuerzo que le costaba mantener el susurro—. No puedo… —dijo, y notó el escozor de las lágrimas en los ojos.

—Oh, Grace —dijo la señora Weatherford llevándose una mano a la boca—. Querida, lo siento mucho.

No se dijeron nada más durante las horas que transcurrieron hasta que la unidad especial fue por fin a llevarse la bomba que no había detonado.

Sin embargo, esa noche, en que no tenía que trabajar de inspectora, estaba preparándose para sumarse a la fila que se formaba a la entrada de Farringdon Station cuando la señora Weatherford, sin mediar palabra, se colocó a su lado con un pequeño fardo lleno de sus pertenencias.

Desde aquella noche en adelante, durmió en la estación de metro sin objeción alguna.

Conforme transcurría el mes de octubre, los bombardeos siguieron sucediéndose, y alcanzaron su apogeo a mediados de mes, con la luna llena y brillante. La luna de las bombas, la llamaban. Y con razón.

Bajo el aura brillante de la luna, el Támesis era como una cinta de plata que serpenteaba por entre el Londres apagado, gracias a lo cual los alemanes distinguían con claridad sus objetivos.

Murieron cientos de personas, muchas más resultaron heridas, miles se quedaron sin hogar y fueron tantos los incendios que asolaron la ciudad que los inspectores de Precauciones Antiaéreas tuvieron que ayudar a los bomberos en su inabarcable tarea.

A pesar de que a Londres estuviesen arrancándole la piel noche tras noche, y se dejara al descubierto su esqueleto, Churchill seguía intentando ocultarle información a Alemania en la medida de lo posible. Esto implicaba que el número de bajas que anunciaba en las noticias de la noche no fuese acompañado de una ubicación. Implicaba que las tiendas que habían sido bombardeadas pudieran reabrir en una nueva zona, pero sin declarar cuál había sido su ubicación anterior. Peor aún, implicaba que los fallecidos no pudieran recibir un obituario en condiciones a su debido tiempo, sino que sus nombres figuraban en una lista que se publicaba con retraso y en la que solo se indicaba el mes de la defunción.

La vida en aquella ciudad maltrecha, no obstante, siguió su curso, y sus habitantes intentaban disfrutar de cualquier pequeño placer y saborear los últimos vestigios del buen tiempo antes de sucumbir al hielo y a la nieve. Sobre todo, si los meses venideros iban a ser tan gélidos como el invierno anterior.

Y así fue como, pasado mediados de octubre, un día especialmente agradable sin apenas nubes ni lluvia, Grace decidió renunciar a dormir un poco a cambio de la posibilidad de dar un paseo en lo que quedaba de aquel día soleado. Aquella tarde no les había llegado un pedido de Simpkin Marshalls que estaban esperando, de modo que aprovechó la oportunidad.

Al sugerirle al señor Evans que podía pasarse por allí para preguntar por el motivo del retraso, este le sonrió comprensivo y le dijo que se tomara su tiempo. Y vaya si se lo tomó. Fue paseando hasta Paternoster Row, e hizo que el breve trayecto hasta allí durase algunos minutos más de los necesarios. Se percibía algo de fresco en el aire, sin duda, pero nada que los rayos del sol no pudieran contrarrestar.

Había vuelto a Paternoster Row muchas veces después de aquella fatídica primera visita. El bullicio del tráfico peatonal no había disminuido ni un ápice desde que comenzara la guerra; en todo caso, había aún más gente en busca de libros para entretenerse durante las largas noches en los refugios.

La flota de deslumbrantes autobuses rojos otrora tan predominante había sufrido pérdidas cuantiosas debido a los frecuentes bombardeos. Grace había visto muchos de ellos tirados en los arcenes de las carreteras bombardeadas, espachurrados como si fueran juguetes infantiles que ya nadie quiere. Todavía se veía pasar alguno de vez en cuando, entre los vehículos verdes, azules, marrones y blancos que habían puesto en su lugar para intentar restaurar el malogrado sistema de transporte público.

Los vendedores ambulantes seguían vendiendo su mercancía con recetas modificadas para ajustarlas al racionamiento. Y, si bien la clientela se quejaba de que la comida nunca era satisfactoria, seguían haciendo cola para comprar.

Ya conocía a todos los vendedores ambulantes, así como a los tenderos y a los editores. Entraba en las tiendas a paso sosegado, saludaba a los dueños por su nombre y examinaba sus nuevas adquisiciones, no como parte de la competencia, sino en calidad de lectora. Era maravilloso pasear por una calle dedicada a los libros, donde los amantes de la literatura pudieran reunirse y compartir su pasión con otras personas como ellos.

Y, aunque ahora entendía la insistencia de todos en que el señor Evans reubicase su librería en Paternoster Row, era incapaz de imaginarse Primrose Hill Books en un lugar que no fuese su ubicación actual, entre una hilera de casas adosadas en Hosier Lane.

Se encontraba de tan buen humor aquel día que incluso se arriesgó a visitar Pritchard & Potts, y allí vio al señor Pritchard, que se dedicaba a agitar un cordel delante de Tigre. El gato lanzaba la zarpa por el aire con una determinación obsesiva, tan empeñado en atrapar su premio que ni siquiera se volvió al oír la campanilla de la puerta. El señor Pritchard, sin embargo, dio un respingo y dejó caer el cordel, que Tigre se apresuró a cazar.

—Señorita Basset. —El señor Pritchard se aclaró la garganta y señaló al gato, enredado ahora en el cordel—. Estaba…, bueno…, intentando perfeccionar sus reflejos para ayudarle a aprender a cazar ratones.

Grace sonrió pese a su incapacidad para recordar su apellido y se dio cuenta enseguida de que lo que había dicho era mentira.

—Estoy segura de que le resulta de gran utilidad.

El señor Pritchard recorrió con sus ojos vidriosos el interior de su tienda, y Grace se dio cuenta de que sin duda estaría viendo el caos a través de la mirada de ella. Hundió la cabeza entre los hombros de su abultada chaqueta oscura y chasqueó la lengua.

—Me impresiona lo que ha hecho con la tienda del señor Evans —comentó, y se metió las manos en los bolsillos y apretó los labios hasta que se convirtieron en una línea más fina aún—. Si tiene alguna sugerencia para mí…

Primrose Hill Books estaba ya bien establecida y a suficiente distancia de Pritchard & Potts como para no considerarse competencia legítima. Por ello, Grace le ofreció al anciano algunos consejos sobre cómo publicitarse y le explicó lo importante que era tener un poco de organización. Si bien el hombre frunció el ceño ante su segunda sugerencia, sí que pareció interesado en su consejo sobre los anuncios.

Dedicó más tiempo del previsto a su visita a Pritchard & Potts. De hecho, mucho más tiempo del que jamás se hubiera creído capaz de soportar. Sin embargo, cuando regresaba a casa, más tarde, no llevaba tanta prisa como para pasar por alto el enorme letrero del escaparate de Nesbitt's Fine Reads, que anunciaba LECTURAS EN VIVO TODAS LAS TARDES.

Como las que ella misma había seguido haciendo.

A punto estuvo de carcajearse al ver aquel plagio tan descarado por parte de su austera vecina. Pero lo cierto es que ni siquiera le molestó. Al fin y al cabo, si aquello ofrecía a las personas la posibilidad de disfrutar de libros que aportaran algo de alegría en unos tiempos tan sombríos, ¿quién era ella para ofenderse?

Desde luego, las lecturas vespertinas de la señora Nesbitt no redundaron en una merma de la multitud que acudía a Primrose Hill Books. Durante los bombardeos, el andén de Farringdon Station estaba casi a rebosar de gente. Quienes, a causa de sus trabajos, no tenían la posibilidad de acudir a la tienda las tardes en las que no se producían ataques enseguida preguntaban a los demás qué era lo que se habían perdido, pues todos se apretujaban para poder escucharla bien por encima de los sonidos de la guerra.

Habían terminado de leer *Middlemarch*, por supuesto, luego habían abordado varios clásicos más, incluidos *Historia de dos ciudades* y *Emma*. Ese último, por insistencia de la señora Kittering.

Las tardes en las que no era necesario refugiarse eran las favoritas de Grace. El señor Evans le había facilitado un cojín grueso y mullido sobre el que poder acomodarse, sentada en el segundo escalón de la escalera de caracol, y allí nunca tuvo que competir con el silbido de ninguna bomba al caer. Fue una de esas tardes tranquilas y lluviosas cuando vio por primera vez al muchacho que se ponía en la parte de atrás, mientras leía *Distrito del Sur*. Aquel libro le había calado muy hondo a Grace cuando lo leyó por recomendación de George.

«Es en los libros donde podemos encontrar la mayor esperanza», había escrito con su caligrafía limpia y ordenada. Palabras que el censor no había tenido motivo para recortar. «Sigues en mis pensamientos».

La carta, al igual que todas las que le había enviado antes, tenía un gran valor para ella. Pero aquellas dos frases en particular se le habían quedado grabadas y las repetía para sus adentros varias veces al día.

En verdad, *Distrito del Sur* era un libro de lo más inspirador. Estaba ambientado en el periodo de entreguerras, cuando las comunidades se unieron. En la novela, una maestra de escuela logró llevar esperanza a un lugar donde apenas la había. Era una historia poderosa sobre personas capaces de superar los obstáculos que la vida les pusiera por delante.

Como les sucedía ahora a los británicos.

El muchacho que acudió a la lectura era alto y delgado, con una gorra calada sobre su cabellera oscura y revuelta. Llevaba una chaqueta de hombre que le colgaba sobre los hombros huesudos de adolescente y unos pantalones holgados que le bailaban alrededor de los tobillos. Prendas, todas ellas, llenas de mugre.

Se coló en la lectura una vez empezada esta y se sentó a la sombra de una imponente estantería. Sus intentos por pasar desapercibido, no obstante, tuvieron justo el efecto contrario. Grace era muy consciente de su presencia, se fijó en cómo recogió aquellas largas piernas bajo su cuerpo y se levantó la gorra, que dejó ver un rostro sucio y demacrado mientras escuchaba con atención. Permaneció en su sitio hasta llegar a la última palabra de la historia, momento en el cual se apresuró a salir de la tienda con el mismo sigilo con que había llegado, calándose de nuevo la gorra hasta las orejas.

No fue esa la única ocasión en la que lo vio. Regresó todos los días después de aquel, siempre con el mismo atuendo desaliñado, igual de sucio, y decidido a no llamar la atención.

Pero ¿cómo no fijarse en un muchacho tan necesitado?

Grace le dejaba algunas cosas de comer en el sitio que solía ocupar: una manzana o un trozo de queso; sin embargo, él ni siquiera los miraba, dando por hecho que pertenecerían a otra persona. Necesitaba ayuda. Y ella conocía a la persona idónea para prestársela.

Aguardó a sentarse con ella a la mesa aquella noche para degustar un poco de pastel Woolton, un plato de verduras, con masa de patata. La señora Weatherford había preparado esa cena varias veces desde que descubriera la receta en *The Kitchen Front*, programa que escuchaba religiosamente cada mañana tras las noticias de las ocho de la BBC.

Grace sirvió un poco más de salsa sobre la insípida masa de patata y decidió que aquel era buen momento para abordar la cuestión.

—Me preguntaba si había pensado en seguir trabajando para el servicio voluntario —comentó.

—Pues no —respondió la señora Weatherford llevándose la servilleta a los labios. Grace captó en el tono de su voz cierta amargura que ya se esperaba—. No creo que pueda serle de mucha ayuda a nadie en mi estado actual.

—A mí me ayuda muchísimo —le aseguró Grace antes de dar un gran bocado a su porción de pastel.

La señora Weatherford frunció los labios hasta dibujar algo que casi se parecía a una sonrisa.

—Bueno, tú ayudas por las dos. Debes mantenerte fuerte.

—¿Y si alguien la necesitara?

—A mí nadie me necesita.

—Yo sí —protestó Grace—. Y hay un muchacho al que le vendría bien un poco de ayuda.

—¿Un muchacho? —repitió la señora Weatherford, cansada y sin apenas paciencia.

Grace le explicó que el chico había acudido a escuchar sus lecturas y en qué estado se encontraba.

—No creo que tenga unos padres que puedan cuidar de él, y es demasiado mayor para ir a un orfanato.

—Pobre criatura —comentó la señora Weatherford recostándose en su silla.

Por desgracia había muchos niños en esa misma situación. Aunque los orfanatos se llenaban con los niños que acudían a ellos, no era infrecuente que los muchachos más mayores se aventurasen por las calles. No necesitaban a nadie, o eso creían. El estado en el que estaban, con la ropa andrajosa y las mejillas consumidas, sugería lo contrario.

—Pero ¿qué podría hacer yo por él? —dijo la señora Weatherford, y negó con la cabeza.

—Esperaba que usted supiera qué hacer —respondió Grace levantando un hombro—. No tengo ni idea de cómo podría ayudarle yo, pero creo que alguien tiene que hacer algo antes de que acabe consumiéndose. Hay demasiada gente necesitada ahora mismo como para que nadie se preocupe por un muchacho como él.

La señora Weatherford se quedó callada al oír eso. No obstante, Grace la vio entornar los ojos, que por un instante adquirieron la chispa que en otro tiempo brillaba en ellos. Aunque siguió hablando sin mucho interés, resultaba evidente que en su cabeza ya había empezado a elucubrar posibles soluciones.

Su turno de inspectora aquella noche fue difícil. Cayeron muchas bombas, una de las cuales Grace y el señor Stokes esquivaron por los pelos, y había demasiada muerte a su alrededor. Los alemanes habían empezado a implementar el uso de minas terrestres, que soltaban desde el aire en paracaídas y cuya explosión provocaba daños que llegaban a alcanzar los tres kilómetros a la redonda.

Por muchas víctimas a las que atendiera Grace, seguía quedándose afectada con cada una de ellas. Cada nombre se le quedaba grabado en el corazón, y los recuerdos se incrustaban en su cerebro. No era la única a la que le afligía ver tanta muerte. Los hombres del servicio de salvamento y rescate, que excavaban entre los escombros en busca de cadáveres o de lo que quedase de los mismos, se pasaban una petaca mientras trabajaban, incapaces de realizar sus espeluznantes tareas sin ayuda de bebidas espirituosas. Ellos tampoco se acostumbrarían nunca a lo que presenciaban.

De esta manera, cuando Grace regresó a casa aquella mañana, exhausta y alicaída, y olió el pan del horno, se le levantó el ánimo casi de inmediato. Sobre todo, porque hacía una eternidad que la señora Weatherford no horneaba nada, haciendo uso de los sacos de harina que tenía escondidos. Menos mal que los había mantenido a buen recaudo. Durante aquellos meses habían aprendido que el hecho de que algo no estuviese racionado no significaba que resultase más fácil de encontrar.

Y Grace tenía la impresión de saber quién sería el destinatario de aquella hogaza.

Por la tarde, la señora Weatherford se presentó en la librería justo antes de que diera comienzo la lectura de Grace y se entretuvo en examinar las caras de los allí presentes. El muchacho llegó justo antes de que empezara a leer y se sentó a escuchar. Cuando ella terminó el último pasaje, el chico se puso en pie, y lo mismo hizo la señora Weatherford.

Grace concedió parte de su atención al párrafo que tenía delante mientras, por el rabillo del ojo, observaba a la señora Weatherford.

La mujer se aproximó al muchacho, que seguía en su rincón apartado. Se puso rígido y la miró con los ojos muy abiertos cuando esta le ofreció el pan. Se quedó mirando la hogaza durante tanto tiempo que Grace pensó que iba a rechazar la oferta.

La señora Weatherford asintió con la cabeza y dijo algo que ella no alcanzó a oír. Luego, rápido como un gato, el chico agarró el pan, se lo guardó debajo de la chaqueta y se apresuró a salir de la librería.

La señora Weatherford miró a Grace a los ojos y le hizo un gesto de orgullo con la cabeza. Lo había logrado. Por lo menos el muchacho tendría comida durante un día.

Sin embargo, Grace la conocía bien. Habría muchos más días después de aquel. Aquella tarde, en casa, el correo no yacía en el suelo, donde solía quedarse después de que el cartero lo introdujese por la ranura. En su lugar, se había sumado al montón que había junto a la puerta, que parecía bastante más pequeño, como si por fin lo hubieran ordenado y clasificado.

En lo alto figuraba una carta de Viv para ella. Y, debajo de esa, otra de George. Una doble bendición portadora de buena fortuna, pues cuando Grace las abrió descubrió que ambas contenían un mensaje similar que le hizo gritar de alegría.

Tanto Viv como George regresarían a Londres por Navidad.

DIECISÉIS

Fue a finales de octubre cuando Grace recibió las cartas de Viv y de George en las que le decían que irían de visita a tiempo para celebrar las fiestas. Una semana más tarde, Londres experimentó su primera noche sin un solo bombardeo.

Había hecho un tiempo terrible. La lluvia arreciaba con fuerza, los truenos hacían retumbar el suelo como los rugidos de una bestia, y los relámpagos teñían de blanco el cielo nublado. Grace había estado de servicio con el señor Stokes, en previsión del ataque aéreo, que, por suerte, no se produjo. Las horas de aquel turno se habían alargado una eternidad, aburridos después de tanta conmoción y expuestos a la caída incesante de la lluvia.

A la mañana siguiente, los que se habían refugiado en la estación de metro salieron de allí con brillo en la mirada y sonrisas que indicaban que habían descansado bien. Era difícil no envidiar su noche de descanso y de ropa seca. Pero la noche siguiente, cuando Grace libraba en su trabajo de inspectora, tuvo la oportunidad de experimentarlo en sus propias carnes.

Fue maravilloso dormir toda la noche del tirón, sin el lamento perpetuo de la sirena de ataques antiaéreos.

No iba a durar, por supuesto; aun así, los bombardeos sí que se volvieron más esporádicos.

Por lo menos, aquellas noches excepcionales les ofrecieron la posibilidad de descansar y un merecido alivio después de semanas de asalto sin tregua. Aunque Farringdon Station sin duda les había salvado la vida a las muchas personas que dormían a salvo bajo tierra, entre sus paredes fortificadas, no constituía un alojamiento ideal. El suelo era duro, el té que vendían abajo costaba el doble de lo que cobraría una cafetería en el exterior, y el sonido de la gente al moverse, hablar, toser y roncar rebotaba por las paredes a todas horas. Por no mencionar los olores, de los que era mejor no hablar.

Si bien no era lo mismo que el lujo de dejarse caer en la suavidad de la propia cama, dormir una noche entera sin la interrupción de una sirena, incluso sobre el suelo duro de una estación de metro, era mejor que nada.

Con el cambio de estación, el clima en Inglaterra se volvió terrible, y Londres jamás se había alegrado tanto por ello. Con frecuencia, la niebla, la lluvia y los fuertes vientos impedían despegar a los aviones alemanes. Por desgracia, eso hacía que las noches de los ataques fueran mucho más brutales.

Los periódicos se llenaban de información sobre las zonas bombardeadas con detalles censurados, ofreciendo afirmaciones genéricas sobre la tragedia cuando no podían censurarla. Y en todo momento recordaban a los londinenses que seguían pudiendo reubicar a sus hijos en el campo sin cargo alguno.

Grace no se imaginaba lo que debía de ser para un niño soportar los constantes bombardeos. Igual que para el muchacho que acudía a sus lecturas.

Poco a poco, el adolescente fue volviéndose menos asustadizo con la señora Weatherford. La amable paciencia de la mujer le recordaba a Colin, pues trataba al niño asustado con el mismo cuidado que mostrara él con los animales heridos. Eran recuerdos como esos los que a Grace le removían una parte de sí misma que sabía que jamás se curaría.

No había nada que pudiera reemplazar a Colin.

Pero era agradable ver que la señora Weatherford iba recuperando las ganas de vivir.

Fue a mediados de diciembre cuando su perseverancia por fin dio sus frutos y el muchacho se quedó a hablar con ella después de la lectura. Grace se acercó a ellos con cautela, temiendo poder ahuyentarlo.

—Sabe que estás conmigo —le dijo la señora Weatherford, y agitó la mano para que se acercara—. Te presento a Jimmy.

El chico se quitó la gorra y agachó la cabeza, revelando el lamentable estado de su grasiento cabello, lleno de mugre. Levantó la cabeza y la miró con unos ojos azules y brillantes que parecían enormes en aquel rostro esquelético.

—Gracias por todas las lecturas que hace. Y por la comida.

A espaldas del chico, el señor Evans enarcó las cejas, como para preguntar si necesitaban su ayuda, pero Grace negó con la cabeza con discreción.

—Para nosotras es un placer ayudar —repuso la señora Weatherford—. ¿Puedo preguntar dónde están tus padres?

Jimmy cambió el peso de un pie al otro.

—Murieron.

Aunque Grace ya se esperaba esa respuesta, no pudo evitar que se le encogiera el corazón por la pena. Era un muchacho demasiado joven para encontrarse solo.

—¿Qué les pasó? —insistió la señora Weatherford.

—Salieron una noche, justo antes de un ataque aéreo —explicó el chico encogiéndose de hombros—, y nunca regresaron. Supongo que fueron las bombas —agregó con voz suave, casi infantil. Se frotó la barbilla, donde había empezado a crecerle una suave pelusilla oscura—. Nos dijeron que… —Abrió mucho los ojos ante aquel desliz—. Me dijeron que volverían enseguida y nunca regresaron.

Sin embargo, la señora Weatherford no era de las que se conformaban solo con una parte de la historia.

—¿Nos dijeron? —inquirió—. Venga, Jimmy. Sabes que no queremos hacerte daño.

Jimmy apoyó contra el suelo la punta del zapato medio roto.

—A mi hermana Sarah y a mí. —Le lanzó a Grace una mirada tímida—. A ella también le gustan sus historias. Pero me preocupa traerla, porque es muy pequeña. Aunque cuando llego a casa le cuento lo que ha leído usted.

—Ven a nuestra casa por Navidad —sugirió de pronto la señora Weatherford—. Trae a tu hermana. Tengo algo de ropa para dejaros.

La segunda parte de su comentario la dijo con ligereza, pero Grace sabía que estaba cargada de significado. No se trataba solo de «algo de ropa»; era la ropa de Colin.

—Lo pensaré —respondió el chico, mirando a su alrededor con incomodidad evidente.

—Por favor, venid —dijo la señora Weatherford y le dio la dirección—. Tomaremos un delicioso pudin de Navidad y quizá tarta de melaza.

Jimmy tragó saliva, como si ya pudiera saborear el dulzor. Asintió, murmuró unas palabras de agradecimiento y se apresuró a abandonar la tienda.

—Venga usted también, señor Evans —agregó en voz alta la señora Weatherford—. Mejor pasar la Navidad con nosotras que solo.

El señor Evans asomó la cabeza por detrás de una estantería tras la que se había recluido.

—¿Ya se está entrometiendo otra vez, señora?

—¿Ya está siendo un cascarrabias otra vez, señor? —Apretó los labios y se quedó observándolo expectante.

El hombre resopló a modo de respuesta.

—A las dos, ¿le parece bien? —preguntó la señora Weatherford en tono ligero, con un brillo en la mirada que a Grace le encantaba volver a ver.

—Está bien —respondió el señor Evans mientras desaparecía de nuevo tras la estantería—. A las dos.

Varios días más tarde, Grace tenía el día libre en la tienda y estaba acurrucada en el sofá leyendo *Cuento de Navidad*, de Charles Dickens. Había leído varias de sus obras, pero aquella la había reservado especialmente para Navidad.

Habían decorado la sala de estar, aunque no de la manera habitual. Los adornos del árbol habían perdido su brillo, pues era obligatorio tener las luces apagadas durante los apagones, y, en vez de ramas recién cortadas, tuvieron que conformarse con una guirnalda de papel de periódico pintado. Las tarjetas de felicitación también se habían visto afectadas por el racionamiento del papel y languidecían sobre la repisa de la chimenea, más pequeñas que antes y tan finas que no se mantenían en pie.

No era la clase de Navidad que había tenido de niña con su madre, pero ya nadie disfrutaba de esa clase de celebración. La mayoría de la gente ni siquiera pasaba las fiestas en Londres debido a la guerra.

Cualquiera que tuviera parientes en el campo encontraba excusas para ir a verlos. Bueno, cualquiera salvo ella.

Se vio interrumpida en las primeras páginas del libro al oír unos golpecitos en la puerta antes de que esta se abriera de golpe.

La señora Weatherford ya estaba en casa, en la cocina, preparando la comida, haciendo milagros con eso a lo que llamaban salchichas últimamente. Lo que significaba que solo podía ser la otra persona que tenía una llave de la casa.

Viv.

Grace soltó un grito de emoción y se levantó del sofá. Viv dejó caer sus bártulos y respondió del mismo modo, con una amplia sonrisa en sus labios bermellón.

Tan guapa como siempre, con su melena pelirroja llena de bucles que asomaban bajo el gorro de servicio, conseguía estar mucho más elegante con el uniforme color caqui que muchas otras con sus vestidos más estilosos.

—Grace —dijo estrechándola entre sus brazos.

El abrazo vino acompañado, como siempre, de un perfume dulce, aunque no tan fuerte como antes, mezclado además en ese momento con vestigios de lana mojada y el frío del aire de fuera.

Grace abrazó con fuerza a su queridísima amiga.

—Qué alegría volver a verte.

—Ha pasado demasiado tiempo —convino Viv colocando sus manos heladas sobre las mejillas de Grace—. Cuánto te he echado de menos, Patito.

—¿Viv? —La señora Weatherford salió por la puerta de la cocina y se quedó mirándola durante unos segundos con lágrimas en los ojos—. Ay, cuánto me alegro de verte, cielo.

—Yo también me alegro de verla —respondió Viv con una sonrisa, se acercó a ella y la abrazó durante largo rato.

Aquel gesto reiteraba su dolor compartido por la muerte de Colin, de un modo que no era capaz de transmitirse solo por carta.

La expresión agónica del rostro de la señora Weatherford contra el hombro de Viv indicaba que lo entendía a la perfección. La mujer se apartó y se enjugó las lágrimas con un pañuelo.

—Ve a ponerte cómoda y yo pondré agua a hervir. Puedes instalarte en… —Tragó saliva—. Puedes instalarte en la habitación que quieras.

Se apresuró a marcharse antes de explicar a qué se refería. Aunque no era necesaria ninguna explicación.

En la habitación de Colin.

—A mí me gustaría seguir compartiendo nuestra habitación —dijo Viv. Se quitó el gorro y lo dejó en la balda para sombreros que había junto a la puerta—. Al fin y al cabo, durante todo este tiempo he estado compartiendo habitación con otras tres mujeres en el servicio. A no ser que te hayas acostumbrado demasiado a disponer de tu propio espacio, claro está.

—Me he sentido muy sola. —Grace agarró la maleta de Viv antes de que pudiera hacerlo su amiga y la subió por las escaleras.

Una vez en su habitación compartida, dejó la maleta encima de la cama metálica en la que solía dormir Viv, que seguía inmaculada y perfectamente hecha desde que se lavaran las sábanas después de su partida.

Mientras Viv deshacía el equipaje, ambas retomaron su relación donde la habían dejado, como si no hubiera pasado nada de tiempo.

Grace le contó lo del huerto y su experiencia con los gusanos cortadores, lo que hizo reír a Viv. Le habló de la señora Weatherford, de Colin y de Jimmy, y eso la hizo llorar. También le habló de su puesto de inspectora de Precauciones Antiaéreas y de cómo era trabajar con el señor Stokes. Omitió, no obstante, los peligros del trabajo y las cosas espantosas que había presenciado.

Aunque tampoco importó, puesto que Viv la conocía demasiado bien. Tras terminar de contarle cómo habían ido las cosas por Londres, Viv se le acercó y le acarició con suavidad el brazalete de la muñeca.

—Las cosas aquí están peor de lo que pensaba —dijo—. Intenta disimularlo si quieres, pero sé lo que hacen los inspectores de Precauciones Antiaéreas. Sé que tu trabajo entraña grandes peligros.

—Cada uno hace lo que puede —repuso Grace, quien no deseaba profundizar en esos asuntos en una ocasión tan alegre como era la de volver a ver a su amiga sana y salva—. Pero ¿qué hay de ti? Cada vez que intentas contarme algo lo borran los censores, así que tengo que inventarme yo los detalles.

—¿Ah, sí? —preguntó Viv, sonriente de nuevo—. Entonces, por favor, dime a qué me dedico en la guerra.

—Eres espía —respondió Grace—. Fuiste a Francia y rescataste varias barcas llenas de hombres durante el episodio de Dunquerque, luego volaste a Alemania ataviada con una estola de visón para sonsacarle personalmente secretos al mismísimo Hitler. Hiciste tan bien tu trabajo que ahora contamos con toda la información que necesitamos y la guerra terminará pronto.

—Ojalá fuera así —dijo Viv entre risas—. En realidad, he estado trabajando como operadora de radares, aunque te cueste creerlo. —Dobló una chaqueta rosa de punto y la guardó en un cajón—. Resulta que las matemáticas se me dan mejor de lo que pensaba.

—No me sorprende —le respondió Grace con franqueza. Su amiga siempre había subestimado su propia inteligencia—. ¿Cómo es eso de trabajar con radares?

Viv se agachó delante de la cómoda de cajones.

—Es emocionante, y, a la vez, también triste. Vemos partir a los hombres que se van a Alemania a bombardear. Algunas de las mujeres están casadas con ellos. —Torció la boca como si estuviera mordiéndose la parte interna del labio.

En esa guerra sucedían muchas cosas de las que no se hablaba. Muchas cosas que se daban por sentadas en silencio.

Grace había visto suficientes aviones alemanes derribados como para saber que lo mismo que Gran Bretaña les hacía a los bombarderos alemanes, los alemanes se lo hacían también a ellos. No todos esos hombres regresaban con vida.

—Pero los salones de baile son maravillosos. —Viv se puso en pie y sacó un frasco de esmalte de uñas rojo del cajón de la mesilla, donde lo había dejado antes de marcharse al Servicio Territorial Auxiliar—. Allí los hombres hacen cola para pasarse la noche bailando, y el amanecer llega sin que te des cuenta.

Destapó el frasquito y un olor intenso y familiar inundó la habitación. Olía a las noches en la granja de Drayton, a las tardes de verano en el campo, a todas esas veces en las que tenían que retirar de la superficie lisa y brillante de las uñas las partículas de diente de león que se quedaban pegadas, todo ello cuando hablaban de irse a vivir a Londres algún día.

Grace sonrió al recordar todo aquello. Jamás habrían imaginado que acabarían allí, ella trabajando de inspectora de Precauciones Antiaéreas, además de como empleada en una librería, y Viv como operadora de radares en el Servicio Territorial Auxiliar.

—Los hombres siempre han hecho cola para bailar contigo —bromeó Grace.

—No de esta forma. —Viv se pasó el pincel por la uña del pulgar y dibujó una franja rojo cereza en el centro—. ¿Alguna vez vas al West End?

El West End de Londres, donde los hoteles abrían sus sótanos como salones de baile durante toda la noche. Era fácil llegar allí, pero no volver a casa, pues las estaciones de metro cerraban de noche para hacer las veces de refugio y muchos taxis se negaban a circular entre las bombas. Como resultado, muchas de las personas que acudían a los salones de baile llevaban ropa de recambio y pagaban una tarifa que incluía la entrada al salón, una noche de hotel y un desayuno rápido a la mañana siguiente.

—Creo que me conoces lo suficiente para saber que no —respondió, se sentó en la cama y recogió las piernas.

Viv estudió con atención una uña recién pintada, después desvió la mirada hacia Grace y se rio.

—Pues tenemos que ir. Todo el mundo habla de lo divertido que es el West End de Londres por las noches. Créeme, te va a encantar.

Grace tenía claro que si tuviera que ir sola no le gustaría lo más mínimo. Aunque tampoco es que tuviese las noches libres. Pero, con Viv, alcanzaba a ver la posibilidad de pasárselo bien.

—Pues vayamos —acordó.

—Te lo pasarás de maravilla, ya verás —respondió Viv, radiante.

No se equivocaba. La noche siguiente, Grace se encontró en el Grosvenor House Hotel para asistir a uno de los bailes de cóctel que se celebraban por dos chelines. Se habían puesto sus mejores galas para bailar; Viv lucía un vestido rojo brillante con falda plisada que hacía juego con el color de las uñas y de los labios, mientras que ella había tomado prestado uno de los vestidos de su amiga, en un tono azul claro, con mangas dobladas. Se enfundaron unos abrigos bien gruesos para protegerse del frío gélido de diciembre y tomaron un taxi hasta Park Street. El Grosvenor tenía un montón de sacos de arena apilados en torno a su perímetro y las ventanas tapadas con cortinas frente a la oscuridad del cielo.

Depositaron sus bolsas de viaje en el mostrador de recepción y se dejaron guiar hasta el Gran Salón, donde el ritmo del *jazz* reverberaba en los suelos relucientes y en los altos techos. La gente que estaba en la parte delantera del salón bailaba en la pista de baile, piernas enfundadas en medias que se agitaban bailando el *jitterbug* y damas que meneaban las caderas con tal entusiasmo que se les llegaban a ver las bragas cuando las faldas levantaban el vuelo.

Grace notaba la emoción que recorría su cuerpo y lograba disipar ese agotamiento permanente que se había instalado en ella a lo largo de los últimos meses.

Viv pidió dos cócteles French 75 y respondió con una sonrisa a la mirada inquisitiva de Grace.

—Es mi favorito —gritó por encima de la alegre música—. Dicen que te pega más fuerte que un cañón francés de 75 milímetros. Y eso significa que conseguirá que salgas a bailar, Patito.

Los cócteles llegaron servidos en vasos altos con burbujas que ascendían por las paredes de cristal. La combinación era ácida y dulce, con un burbujeo que le hacía cosquillas en la lengua y le provocó un calor que se extendió por todo su cuerpo. No le hizo falta más que tomarse uno para olvidar sus inhibiciones y acercarse al grupo de música, que se dejaba la piel sobre el escenario.

Grace y Viv se pasaron la noche bailando, con soldados, con hombres cuyos trabajos les impedían ser llamados a filas, e incluso la una con la otra. Para cuando terminó la velada, a Grace le dolían las mejillas de tanto reírse y notaba en las venas el hormigueo electrizante de la noche, de las copas y de la alegría del baile.

Era la primera vez desde el comienzo del Blitz, forma en que denominaban los periódicos al interminable bombardeo alemán sobre Londres, que había sido capaz de dejar todo eso a un lado. No se acordó ni una sola vez de las bombas, de la destrucción que causaban, ni tampoco del hecho de que, por mucho que se esforzara, jamás podría enmendar el mundo.

Estaba viva.

Era joven.

Y se lo estaba pasando bien.

Así era como habría tenido que ser la vida en Londres para ellas: una celebración de la juventud, de la felicidad y de todo aquello que había ido dejando de lado durante demasiado tiempo.

* * *

La efervescencia del evento le provocó una sonrisa que seguía dibujada en sus labios a la mañana siguiente, después de arreglarse, abandonar el Grosvenor y emerger a un mundo de remolinos de nieve y humo.

A plena luz del día, Grace recibió el olor familiar de la guerra como un puñetazo en el estómago y notó que toda la alegría se esfumaba de pronto. Más allá del inmaculado camino de entrada al hotel, la calle estaba cubierta de escombros y de trozos de cristal. En los edificios circundantes ardían todavía varios fuegos, y el olor a aceite que impregnaba el aire hacía pensar en bombas incendiarias.

Fue entonces cuando se dio cuenta de que las motas que danzaban por el aire formando remolinos no eran copos de nieve, sino ceniza.

—¿Quieren que les pida un taxi? —les ofreció uno de los mozos del hotel.

—¿Cómo ha podido ocurrir esto mientras estábamos dentro? —preguntó Grace con los labios entumecidos—. No he oído nada.

—Por los sacos de arena —explicó el mozo, sacando pecho con orgullo—. Tenemos tantos que tapan por completo el ruido de las bombas.

Grace notó en las venas un escalofrío que nada tenía que ver con el viento gélido de la calle. No las habían informado de ningún ataque aéreo. Era muy fácil imaginar los destrozos que habría causado una bomba en un salón enorme lleno de gente. Todo el mundo bailando, divirtiéndose, distraído. Se le erizó el vello de la nuca.

Aquella certeza fue sustituida de inmediato por el peso de la culpa.

Mientras los residentes de la zona eran bombardeados, perdían sus hogares y sus vidas, mientras los voluntarios trabajaban toda la noche para salvar a todo el que pudieran, ella se había dedicado a bailar.

Se vio atenazada por el dolor. Podría haber estado allí fuera, ayudando. Podría haber ofrecido primeros auxilios, consuelo, consejo a los equipos de rescate acerca de los lugares donde podría haber gente que necesitara ayuda. Podría haber empleado una bomba de mano para sofocar las llamas. Podría haber…

—Venga —le dijo Viv, y enlazó su brazo con el de ella—, vamos a la estación.

—Podría haber ayudado —contestó, dejándose guiar por su amiga, ajena a las palabras del mozo del hotel, que les advertía que caminaran con cuidado.

—Podrías haber muerto —repuso Viv, con una dureza que jamás le había oído antes.

A decir verdad, podrían haber muerto todos. Los muros gruesos y los sacos de arena no hacían gran cosa. Ni siquiera bajo tierra. Había oído hablar de muchos refugios cuyos ocupantes se creían a salvo y habían acabado bombardeados o sepultados por los escombros.

Y en el hotel ni siquiera los habían informado del ataque.

Notó el crujido de los cristales rotos bajo sus pies y una vaharada de calor procedente de un montón de ladrillos en cuyo interior ardían las llamas.

—¿Sales a la calle cuando esto pasa? —preguntó Viv.

—Claro que sí —respondió Grace con el ceño fruncido—. Anoche debería haber salido.

—No. —Viv se detuvo frente a ella y la miró a los ojos—. Te matas a trabajar. Necesitas distraerte, al menos por una noche, y me alegra que lo hayas hecho. —Miró a su alrededor horrorizada antes de volver a centrar su atención en ella—. Dios mío, la de cosas que debes de haber visto.

Entonces la abrazó con fuerza y Grace percibió el aroma de la vieja Viv, un perfume dulce y floral que eclipsaba el olor acre que impregnaba el aire.

—Eres muy valiente —le susurró—. Muchísimo.

«Valiente».

Aquella palabra la pilló desprevenida. No era valiente. Simplemente hacía lo que haría cualquier inspector de Precauciones Antiaéreas, lo que le habían enseñado a hacer. De todas las palabras que podría haber utilizado para describirse a sí misma, la última habría sido esa.

Cuando Viv se apartó de ella, se secó las lágrimas que se le habían acumulado en la parte inferior de los ojos, levantó la mirada y pestañeó al tiempo que soltaba una carcajada amarga.

—Si sigo así, se me va a echar a perder el maquillaje. Venga, vamos a casa para que puedas descansar un poco antes de esta tarde.

A Grace se le ruborizaron las mejillas al recordarlo. George pasaría a recogerla esa tarde para su cita. Había pasado más de un año desde la última vez que lo viera.

Varios hombres con los que había bailado la noche anterior le habían pedido que cenara con ellos, o que les escribiera. Algunos incluso se habían atrevido a pedirle que les diera un beso, declarando que los de ella serían los últimos labios que besarían. Ella los había rechazado a todos, aunque con toda la suavidad posible, y se había cuidado de no bailar con ninguno más de una vez, por miedo a que confundieran su interés por ellos.

Aquella tarde, tras una breve siesta y muchas alharacas por parte de Viv respecto a qué conjunto ponerse, habían optado por un vestido ceñido rojo cereza, confeccionado con una seda que a Grace le parecía demasiado elegante, pero que Viv insistía en que le quedaba de maravilla. Lo acompañó de unos zapatos de tacón a juego y un bolso negro con ribetes rojos. Llevaba el pelo peinado a la última moda, cortesía de Viv, con bucles invertidos recogidos hacia atrás.

Viv incluso logró convencerla para que se pintara los labios de rojo, lo cual hubo de reconocer que le sentaba bien con el vestido. Era el atuendo más atrevido que se había puesto en la vida, y le hacía sentirse tan delicada como la seda de su último par de medias.

—Creo que se va a enamorar nada más verte —le dijo Viv enarcando sus cejas depiladas a la perfección.

Grace se sonrojó al verse en el espejo.

—Sobre todo si te sonrojas de ese modo. —Viv dio palmas de alegría antes de que bajaran juntas las escaleras.

La señora Weatherford, que estaba esperándolas junto a la puerta, se llevó la mano al pecho.

—Ay, Grace.

Grace volvió a ruborizarse, al temer que la señora Weatherford declarase que le parecía excesivo. Desde luego era mucho más llamativo de lo que solía vestir, con tanto rojo, y además un vestido de seda, nada menos.

—Estás preciosa, querida. —Movió la cabeza y dejó escapar el aliento—. Si tu madre pudiera verte ahora…

Antes de que Grace pudiera responder, sonó el timbre y estuvo a punto de tropezar en el último escalón.

George y ella habían acordado cenar temprano para asegurarse de que no los interrumpieran los ataques aéreos y de que ella pudiera llegar a tiempo esa noche a su turno de inspectora. Al mirar el reloj confirmó que llegaba un minuto antes de tiempo.

La boca de la señora Weatherford formó una *O* en señal de sorpresa y se echó a un lado para que Grace pudiera abrir la puerta. Esta tuvo que hacer un esfuerzo por no arrancar el picaporte y, en su lugar, se obligó a abrir la puerta más despacio de lo que en realidad quería.

Al otro lado se encontraba George. El hombre al que llevaba meses escribiendo cartas en las que detallaba cada aspecto de su vida, con quien había compartido sus pensamientos más íntimos. El hombre que le había descubierto el universo de la lectura.

Y ahora, por primera vez en más de un año, por fin volvía a verlo.

DIECISIETE

A Grace se le aceleró el pulso cuando su mirada se topó con los impresionantes ojos verdes de George Anderson.

Después de tantos meses, allí estaba, en persona, con su oscuro cabello peinado a la perfección con la raya a un lado, y su uniforme azul impoluto de la Real Fuerza Aérea, con los brazos enlazados a la espalda, como un soldado en posición de descanso. Se quedó con la boca abierta al verla, pero no pronunció una sola palabra.

Tragó saliva, se aclaró la garganta y entonces dijo:

—Señorita Bennett…, Grace…, estás… —Negó con la cabeza como si intentara encontrar la palabra adecuada.

Grace nunca había visto que se quedara sin palabras. En sus conversaciones anteriores, siempre se había mostrado sofisticado y seguro de sí mismo. El hecho de haber sido capaz de desconcertarlo le produjo un placer innegable.

—Despampanante —dijo al fin con una sonrisa torcida—. Estás despampanante.

Sacó los brazos de detrás de la espalda y le ofreció un libro. La cubierta de color morado llevaba grabada en relieve la imagen dorada de un hombre de pie sobre un barril entre un grupo de personas, con el título escrito en dorado en la parte de arriba. *La feria de las vanidades.*

—Habría venido con flores, pero parece que las han sustituido todas por repollos. —Ladeó el libro como si lo estuviese reconsiderando—. Así que te he traído lo siguiente mejor. Pensé que te gustaría, y en tus cartas no has mencionado que lo hubieras leído.

—No lo he hecho. —Grace aceptó el libro y de pronto se sintió tímida ante aquel hombre con quien había compartido tanto de sí misma—. Y prefiero esto a las flores.

Grace se volvió hacia el interior de la casa para dejar el libro sobre la mesita que había junto a la puerta y se encontró a la señora Weatherford y a Viv observándola con las cejas enarcadas y una sonrisa de expectación. Soltó una carcajada al verlas.

—Deja que te presente a mis mejores amigas, la señora Weatherford y Viv.

George entró en la casa y se presentó primero a Viv, que lo saludó educadamente y después, cuando este se volvió hacia la señora Weatherford, se abanicó el rostro con la boca abierta en señal de valoración.

Por su parte, la señora Weatherford soltó una risita nerviosa y se ruborizó mientras charlaba con él sobre su regreso a Londres y le preguntaba por su familia, que vivía en Kent.

Hechas las presentaciones, George regresó junto a Grace y le tendió el brazo. La condujo a la calle y, juntos, caminaron hasta un taxi que estaba detenido junto a la acera.

Los nervios que habían precedido a su llegada se convirtieron ahora en una felicidad electrizante. Era agradable saber que conocían ambos sus mutuos pensamientos y cavilaciones más íntimas. Al fin y al cabo, era mucho más fácil abrirse a alguien por escrito que de viva voz, y aquello había establecido entre ellos un vínculo innegable.

Aunque fuera su primera cita propiamente dicha, se conocían el uno al otro. Es más: se entendían.

Él le abrió la puerta para dejarla entrar antes de sentarse junto a ella en el interior del taxi. El aroma de su jabón para el afeitado impregnó el aire del pequeño cubículo, un olor familiar que Grace recordaba de las veces que se habían visto en la librería, tanto tiempo atrás.

—Quiero que me lo cuentes todo sobre tus lecturas de libros en la tienda —le dijo.

Grace le habló de la gente que acudía y de las historias que leía, y él la escuchó con una sonrisa en los labios. Entretanto, el taxi avanzaba por las calles, tomando algún desvío ocasional para evitar los cráteres formados por las bombas.

Había imaginado que cenarían en algún establecimiento pequeño, algo como el Kardomah Café, cuyas capas de sacos de arena lo convertían en un lugar seguro, parecido a un refugio antiaéreo. De tal manera que, cuando se detuvieron delante de la entrada de varios arcos del Ritz, se le quedó la boca seca por la sorpresa.

Jamás había estado en un lugar tan elegante, y solo había contemplado tal posibilidad en su imaginación, charlando con Viv a altas horas de la noche, cuando estaban atrapadas aún en su monótona vida de Drayton.

—Pensaba que… —tartamudeó—. Pensaba que iríamos a una cafetería.

—Si solo tengo la oportunidad de salir contigo una vez durante mi permiso de tres días —respondió él con una sonrisa—, quiero que sea memorable. —Salió del taxi y le ofreció la mano—. Si te parece bien.

Grace apoyó los dedos en la palma cálida de su mano y permitió que la ayudara a salir.

—Desde luego —dijo.

George le colocó la mano en el hueco del codo mientras los empleados del hotel les abrían las puertas para darles la bienvenida al esplendor del Ritz. Los condujeron al comedor, donde había muchas mesas puestas para dos, con mantelería de lino y sillas acolchadas.

Por muy impresionante que hubiera anticipado que sería, la realidad era muchísimo más impresionante.

No había solo una lámpara de araña, sino varias. Estaban todas entrelazadas por el techo, que tenía forma ovalada, mediante guirnaldas y parecían joyas de un enorme collar colgante. Cada centímetro de la estancia rebosaba de opulencia, desde la moqueta con patrón de volutas, mullida bajo sus pies, hasta las paredes y los techos pintados.

Era como si se hubieran colado en un rincón de Londres donde la guerra no existía. Donde la gente vestía ropas que no eran cómodas para correr a un refugio antibombas o caminar por calles cubiertas de escombros. Donde el aroma de la comida que flotaba en el aire prometía lujos como azúcar y carne de calidad. En algún lugar, apartado de la vista, los dedos de un pianista volaban sin esfuerzo sobre las teclas, y producía una melodía delicada que le hizo pensar en veranos y risas.

Presidiendo la sala había un majestuoso árbol de Navidad en el que no se veía ni un solo periódico pintado entre sus deslumbrantes adornos.

Los acompañaron hasta una mesa para dos situada en el rincón, sobre la que lucía un jarrón con lo que parecían ser dalias.

—Y yo que lo único que he encontrado son repollos —comentó George al ver las flores.

Grace soltó una carcajada y dejó escapar así la emoción desbocada que recorría su cuerpo.

—No eres el Ritz.

Llegó el camarero y les ofreció la carta. En lo alto, escrito con una caligrafía refinada, figuraba «Le Woolton Pie». Grace sonrió al imaginarse la cara de la señora Weatherford cuando se enterase de que en el Ritz servían pastel Woolton con un nombre elegante.

Grace optó por prescindir de Le Woolton Pie y, en su lugar, escogió un asado de ternera que parecía suculento y tierno, algo distinto por completo de lo que solían conseguir habitualmente en la carnicería, que siempre tenía más grasa que carne.

George pidió lo mismo y una ensalada de zanahoria de primero.

—¿Ensalada de zanahoria? —preguntó Grace enarcando mucho las cejas—. ¿Es cierto que te ayudan a ver en la oscuridad?

—Eso dice el Gobierno —respondió él, y le guiñó un ojo.

Últimamente habían publicado varios carteles que incentivaban el consumo de zanahorias y garantizaban su capacidad para ayudar a la gente a ver en la oscuridad. Sobre todo, a los pilotos.

—¿Y tú qué opinas? —Aunque le hizo la pregunta en broma, sentía verdadera curiosidad.

Al fin y al cabo, había estado comiendo más zanahorias que de costumbre y apenas había notado diferencia alguna cuando salía a patrullar durante los apagones.

—Funciona lo suficiente como para que los alemanes hayan empezado a darles zanahorias también a sus pilotos.

—¿En serio?

George se rio y ella se dio cuenta de que estaba esquivando su pregunta de forma intencionada. Era algo que solía hacer cuando salía el tema de su papel en la guerra. Cuando le había preguntado si había estado en Francia, él le había respondido con una sola palabra: Dunquerque. Al ver la mirada esquiva en su rostro, e imaginando las cosas que debía de haber visto, Grace decidió no seguir preguntándole.

Estaba destinado en Acklington, Escocia, con el Grupo 13 como piloto de combate, y pilotaba un Hawker Hurricane. Además, había estado en Dunquerque. Al margen de esa escasa información, ella no sabía mucho más. Con lo delicado que era el asunto de compartir detalles sobre la guerra, sobre todo en lo tocante a la Real Fuerza Aérea, Grace era muy consciente de que había muchas cosas que no podían decirse.

A fin de cuentas, «irse de la lengua puede hundir barcos», «sé bueno y no digas ni mu»[*], y todos esos eslóganes propagandísticos que empleaba el Gobierno para animar a la gente a guardar silencio y no revelar secretos al enemigo.

—Pero, por favor, dime cómo sabías que me iba a encantar *El conde de Montecristo* —le pidió.

Aquel era un tema del que George podía hablar libremente, como constató el brillo de sus preciosos ojos verdes.

—A todo el mundo el encanta *El conde de Montecristo*.

—Parece que a ti te gustó especialmente… —Dejó la frase inacabada y dio un sorbo a su copa de vino, con la esperanza de que él le contase la historia que se escondía tras su viejo libro.

—Me lo regaló mi abuelo —respondió él con una sonrisa cargada de ternura—. Todos los años, cuando yo era pequeño, tomábamos el tren a Dorset para alojarnos en su casita de campo. Está en uno de los acantilados, mirando al mar. Allí tiene una biblioteca enorme. —Separó las manos para reflejar su inmensidad—. Ocupa la mitad de la casa y está llena de libros clásicos. Pero ese siempre fue mi favorito. Cuando empecé la universidad, ya no podía ir de visita, así que mi abuelo me lo envió por correo.

—Dorset —murmuró Grace, se recostó en su silla y sonrió con mirada soñadora—. He oído que es precioso.

—Lo es. —George cerró los dedos en torno a su copa de vino y ladeó la cabeza en actitud meditabunda—. Lo echo de menos. El olor del océano en el viento, que me revolvía la ropa y el pelo cada vez que me

---

[*] En el original: *loose lips sink ships* y *be like dad and keep mum*, eslóganes difundidos por el Ministerio de Información Británico durante la Segunda Guerra Mundial.

acercaba al borde del acantilado. Cuando hacía buen tiempo, bajábamos a la playa, donde la arena está caliente y el agua helada.

Grace se imaginó a sí misma allí en aquel momento, visualizó la fuerza de la brisa costera en su propia ropa y en su melena.

—Suena de maravilla.

—A lo mejor tendrías que ir algún día. —Levantó la copa hacia ella para brindar en silencio y dio un trago al vino.

Apareció el camarero con la cena más fastuosa que a Grace le habían servido jamás. Mientras comían, le contó a George cómo había cambiado la vida en Londres y él le habló de otros dos pilotos de quienes se había hecho amigo en Escocia, compartiendo con ella los escasos aspectos de su vida que le estaba permitido.

Grace miró hacia el ventanal tapado por la cortina que había junto a su mesa.

—Estando aquí sentados, ni siquiera parece que haya una guerra ahí fuera —comentó.

—Podríamos imaginar que no la hay, si te parece bien —le sugirió George tras mirar a su alrededor.

—¿Imaginar? —repitió ella con una sonrisa.

No había jugado a imaginar desde que era niña. Le parecía tan absurdo y poco práctico que, de inmediato, despertó su interés.

—Pues claro. —George dio un trago al vino y ladeó la cabeza mientras reflexionaba—. Como si la guerra nunca hubiera ocurrido. Tú trabajas en una librería, eres una preciosa dependienta con la mente despierta y pasión por los buenos libros.

Grace no pudo evitar soltar una carcajada.

—Y tú eres un ingeniero encantador aficionado a la literatura que tiene un magnífico sentido del humor y siempre sabe qué decir.

George soltó una risotada que confirió a su sonrisa un aspecto casi infantil.

—Me parece bien. Mañana haremos planes para ir a pasear por las calles mientras cae la nieve a nuestro alrededor como si fueran plumas, y escucharemos cantar villancicos en Hyde Park. Te traeré un ramo de flores. —Enarcó una ceja y contempló el pequeño jarrón de dalias rojas y moradas que había sobre la mesa—. Creo que compraré rosas.

—Y buscaremos un teatro donde representen *Cuento de Navidad* —agregó ella.

—Me encanta ese libro. —George hizo una pausa cuando el camarero se acercó para asegurarse de que no les faltara nada—. Quizá sea un poco infantil, pero lo leo todos los años en esta época. De hecho, ahora mismo lo tengo a medias.

—¡Yo también! —confesó Grace—. Estaba reservándolo para justo antes de Navidad.

—Charles Dickens siempre escribe historias muy detalladas y memorables.

Charles Dickens era también uno de los autores favoritos de Grace, y solo con oír su nombre se inclinó hacia delante sobre su asiento.

—¿Has leído ya *Los papeles póstumos del club Pickwick*?

—Seguro que lo he leído —respondió él entornando los ojos—, pero hace siglos. No lo recuerdo.

—Pues tienes que volver a leerlo. —Entusiasmada, Grace se inclinó más hacia él—. El señor Pickwick y varios de sus compañeros, los pickwickianos, se van de viaje por la campiña inglesa. Es una gran aventura con muchas risas, como cuando… —Se llevó los dedos a los labios para no contar la escena en la que estaba pensando—. No quiero estropeártelo. Tendrás que leerlo y así podrás volver a sorprenderte.

—Dalo por hecho —le dijo él, sonriéndole con todo el rostro mientras la miraba con chispas en los ojos—. En mi próxima carta me aseguraré de contarte mis pasajes favoritos.

Su conversación se prolongó, entre descripciones de los libros que habían leído y reminiscencias de todas las cosas que habían compartido en sus cartas, explayándose más en detalles que eran demasiado elaborados para el papel.

En tan buena compañía, en un entorno tan idílico, resultaba muy fácil ignorar los bombardeos; olvidarse de las exiguas comidas del racionamiento mientras disfrutaba de una deliciosa ternera acompañada de una salsa aromática y reconfortante; soñar con un mundo distinto mientras escuchaba hablar a George.

Su cita terminó demasiado pronto, pues esa noche ella tenía turno en su puesto de inspectora, y George debía tomar uno de los últimos metros para volver a Kent y pasar la Navidad en Canterbury con sus padres.

Mientras regresaban a casa en el taxi, el ritmo de la conversación decayó hasta instalarse entre ellos un agradable silencio, como si ambos estuvieran disfrutando de aquella conexión mutua una última vez hasta que volvieran a verse. George la ayudó a bajar del vehículo y la acompañó hasta la puerta, donde el efecto del apagón envolvía los escalones de la entrada con un manto de intimidad.

Grace se detuvo junto a la puerta, a poco más de medio paso de él. Era lo más cerca que habían estado en toda la noche, salvo cuando iban sentados en el interior del taxi. Se dejó embriagar por su aroma a limpio y trató de atesorar en su mente para siempre cada segundo de aquella velada mágica.

—Gracias por una velada maravillosa —le dijo, con voz más susurrante que de costumbre. Aunque cómo iba a hablar con normalidad si apenas podía respirar.

—Confieso que llevaba muchos meses pensando en esta noche —replicó George y le tocó la mano. Fue un gesto suave en la oscuridad, seguido del movimiento intencionado de sus dedos cálidos al cerrarse en torno a los suyos.

Se le erizó la piel a causa de lo inesperado, como ese momento eléctrico que se palpa en el aire antes de una tormenta de rayos.

—Yo también.

—He disfrutado mucho con nuestras cartas —le dijo él en voz baja e íntima—. No obstante, sé que la guerra es dura. Si prefirieses seguir disponible para algún otro hombre que viva en Londres…

—No —se apresuró a responder ella.

Los dos se rieron, tímidos y nerviosos.

—Ansío cada carta que me escribes —confesó Grace mientras le acariciaba con el pulgar el dorso de la mano, explorando una cercanía recién descubierta—. Y, cada vez que me sucede algo curioso o divertido, Viv y tú sois los primeros con quienes pienso que me gustaría compartirlo en mi próxima carta.

—No tengo ningún derecho a pedirte que me esperes. —George recorrió la escasa distancia que los separaba y ella notó que el aire se volvía casi demasiado denso para respirarlo—. No sabemos cuánto tiempo se prolongará esta guerra.

—Merece la pena esperar por ti, George Anderson —le dijo con el pulso desbocado.

Él levantó la mano que tenía libre, le acarició con suavidad la mejilla izquierda y acercó su boca a la de ella. Fue un beso dulce y tierno que le dejó la mente en blanco.

No se mostró tan insistente como Simon Jones en Drayton, de lo cual se alegró.

George no era esa clase de hombre. Era alguien considerado y respetuoso que se dejaba el corazón en todo lo que hacía. Aunque el beso fue casto y breve, la tocó en un lugar profundo que ella supo que le pertenecería a él para siempre.

—Buenas noches, mi preciosa Grace. —Deslizó el dedo índice por su barbilla y lo dejó allí unos instantes antes de apartarlo—. Estoy deseando leer tu próxima carta. Prométeme que tendrás cuidado.

—Solo si tú me lo prometes también —respondió mirándolo a los ojos, perdida ya en sus profundidades—. Ya estoy deseando que regreses.

George le dedicó una sonrisa que dejó entrever sus dientes blancos en la oscuridad. Cuando Grace cruzó el umbral de la puerta, Viv y la señora Weatherford se sobresaltaron. Se hallaban sospechosamente cerca de la entrada.

La señora Weatherford miró al techo con disimulo mientras ella cerraba la puerta.

—¿Estáis tomando el té en la entrada? —bromeó.

—Ay, déjalo ya —le respondió Viv a la vez que agitaba la mano—. Sabes de sobra que estábamos intentando escucharos. Ha sido muy desconsiderado por vuestra parte hablar tan bajo que no hemos podido oír ni una sola palabra.

Fuera se oyó alejarse el motor del taxi que se llevaba a George. A saber cuándo volverían a verse… Con suerte, pasarían meses.

Se llevó los dedos a la boca y notó el agradable calor que habían dejado allí sus labios. Lo esperaría encantada durante todos esos meses. Años incluso, si fuera necesario.

No había otro hombre como George Anderson.

—Pero, bueno —dijo la señora Weatherford con un resoplido de impaciencia—, cuéntanos de una vez.

En vista de que la mujer estaba más animada de lo que Grace la había visto desde que Colin se marchara a la guerra, no pudo evitar compartir con ellas todos los detalles. Bueno, casi todos. Aquel beso se lo quedó guardado cerca del corazón. Para ella y solo para ella.

A la Navidad le faltaron muchos de los placeres de los que Grace había disfrutado en Londres el año anterior. Los cantantes de villancicos no podían salir por las calles debido a los bombardeos constantes. De todos los teatros que había antes, esas Navidades había muy pocos abiertos y estaban muy lejos; muchos de ellos habían quedado inutilizables por los daños sufridos.

Milagrosamente, Grace y Viv consiguieron entradas para una comedia musical en Nochebuena, una representación festiva que les recordó a su infancia, aunque la producción era mucho mejor que la que habían visto en Drayton. El día de Navidad, la señora Weatherford, como siempre, siguió las normas para ahorrar combustible y llenó el horno de recipientes en un intento por cocinarlo todo a la vez, lo cual fue todo un logro, teniendo en cuenta el festín que había preparado.

Como todo lo que hacía la señora Weatherford en lo relativo al racionamiento en la cocina, consiguió hacer auténticas maravillas. El Gobierno había duplicado sus raciones de té y de azúcar de cara a las Navidades, y la mujer hizo buen uso de ello, y además tenía sus reservas habituales.

Preparó tarta de melaza, pudin de higos y pastel de Navidad, aunque a ese último le faltaban casi todas las frutas deshidratadas que solían caracterizar el postre. Todo ello adornado con trozos de acebo escarchado, lo que se conseguía impregnando las hojas verdes en sales de Epsom, una sugerencia festiva por cortesía del Ministerio de Alimentación.

Aunque la señora Weatherford seguía, en apariencia, de buen humor, Grace percibía las grietas en aquella alegría forzada. Sucedía en momentos en los que creía que nadie la veía, cuando la sonrisa languidecía en sus labios y una mirada de dolor teñía sus rasgos con un gesto agónico.

Grace conocía bien ese dolor.

El dolor de la pérdida.

Por Colin.

Se notaba su ausencia como si les hubieran arrancado un brazo. No, como si les hubieran arrancado el corazón.

217

Su sonrisa, su amabilidad, su luz… Las Navidades jamás volverían a ser iguales sin él. Y eso no cambiaría, por muchas hojas de acebo escarchadas que tuvieran, y por muchas guirnaldas de papel de periódico que confeccionaran.

Aunque habían acordado no hacerse regalos ese año a tenor del ahorro impuesto por la guerra, todas tuvieron un pequeño detalle para con las otras. La señora Weatherford les había comprado a Viv y a ella jabones aromáticos. Viv había tejido unas cálidas bufandas para ambas, y Grace había conseguido comprarles un poco de chocolate. Iba envuelto en papel encerado, pues el aluminio ahora se necesitaba para los materiales, y el chocolate era más harinoso y menos dulce que antes. Pero, al ver sus caras de ilusión al abrir los regalos, Grace se dio cuenta de que el chocolate siempre sería chocolate, sin importar su calidad.

La comida estuvo tan deliciosa como bien presentada, y la incorporación del azúcar aportó un toque mágico en aquella época de tantas restricciones. El señor Evans acudió con una botella de vino que había estado reservando para tal ocasión, y la señora Weatherford y él se pasaron buena parte de la velada discutiendo entre ellos como hermanos, los dos con buena disposición y buen humor.

Jimmy y su hermana, sin embargo, no los acompañaron, y su ausencia se hizo notar. Sobre todo, por parte de la señora Weatherford. El paquete que había bajo el árbol sin luces con la antigua ropa de Colin, arreglada para ajustarse a la escuálida figura de Jimmy, se quedó sin abrir, allí donde estaba, junto con otro paquete con vestidos de niña y un abrigo que Viv había confeccionado para la hermana del chico.

Al día siguiente Viv debía regresar a Caister. Aquella triste certeza enturbió como ceniza la alegría fugaz que la Navidad había traído consigo y dejó un ambiente en la casa más oscuro y solitario que nunca antes.

A la señora Weatherford la afectó especialmente la marcha de Viv, pues era como si volviera a perder a Colin. La única vez que se aventuró a salir de casa fue el día después de San Esteban, cuando acudió a la lectura vespertina de Grace en Primrose Hill Books con una gran caja con restos del pastel de Navidad, varios panecillos y los regalos de los niños.

Jimmy acudió a la lectura, si bien se mostró un poco avergonzado al ver a la señora Weatherford, pero no huyó de ella ni de Grace cuando concluyó el acto.

—Nos dieron de comer en el centro de descanso —explicó con cara de arrepentimiento tras quitarse la gorra—. No quería quedarme con sus raciones.

La consideración del muchacho, en un mundo devastado donde no tenía nada y ellas tenían tanto en comparación, le llegó a Grace al alma.

—No hace falta que te preocupes por nosotras —le dijo.

—Teníamos mucha más comida de la que podíamos consumir —agregó la señora Weatherford, dejó la caja frente a él y levantó la tapa.

Había dispuesto los postres navideños en un gran cuenco de cristal colocado cuidadosamente junto a los regalos envueltos para Jimmy y su hermana.

El chico levantó la mirada, sorprendido.

—Pero si esto es demasiado —dijo.

—Lo hice para vosotros —respondió la mujer restándole importancia con un gesto de la mano—, y no os lo pudisteis comer.

—Abre el paquete más grande —le animó Grace, que sabía lo mucho que significaría para la señora Weatherford verle desenvolver el regalo.

Jimmy vaciló solo unos segundos antes de sacar el paquete de la caja. No rasgó el papel, como, en cambio, suelen hacer los niños. En su lugar, desató el cordel con el que iba anudado, se lo enrolló con cuidado en la mano y luego lo dejó dentro de la caja. Solo entonces retiró con delicadeza el papel, a fin de no romperlo.

Era el cuidado que mostraba alguien que no tenía nada, alguien que sabía que tal vez más tarde necesitase esos materiales. El regalo no consistía solo en el artículo que había dentro, sino también en el envoltorio.

Se quedó largo rato mirando las prendas de ropa. Tres camisas de botones, tres pares de pantalones, dos jerséis y un abrigo.

De pronto se sorbió la nariz y, al mismo tiempo, se la limpió con la manga sucia de la chaqueta.

—Es demasiado —dijo con la voz rasgada. Las miró con los ojos anegados de lágrimas y apretó los labios.

—Está lejos de ser suficiente —repuso la señora Weatherford diciendo que no con la cabeza.

Aquella tarde, la mujer se sacudió el resto de su pena y regresó al Servicio de Mujeres Voluntarias a retomar su tarea. Esta vez centró sus esfuerzos en los niños que habían quedado huérfanos por los bombardeos de Londres. Acometió la labor con brío y determinación, lo que para Grace supuso un milagro navideño como pocos había visto.

Dos noches más tarde, estaba preparándose para comenzar otro turno de noche con el señor Stokes cuando el quejido de la sirena antiaérea interrumpió la calma. Fue un sonido que casi la sobresaltó. Las noches transcurridas desde Nochebuena habían estado tranquilas en Londres, una especie de alto el fuego tácito. El cielo poblado de nubes indicaba que la noche no era ideal para un bombardeo, menos aún a una hora tan temprana.

Pese a que solo pasaban escasos minutos de las seis, Grace condujo a la señora Weatherford hasta Farringdon Station para que se sumase a la fila de personas que aguardaba para entrar y después corrió al puesto del Servicio de Precauciones Antiaéreas. A fin de cuentas, no tenía sentido quedarse en el refugio menos de una hora, sobre todo porque algún emprendedor oportunista podría hacerse con su sitio en el suelo de la estación e intentar vendérselo después a algún rezagado por dos chelines.

Cuando llegó al puesto, el señor Stokes ya estaba allí, pues evidentemente había tenido la misma idea. Sonrió satisfecho al verla y apretó los labios bajo el bigote.

—Esta noche los aviones alemanes llegan pronto —anunció.

—Habría sido un detalle que al menos esperasen a que comenzase nuestro turno —respondió Grace, mientras se abrochaba el casco bajo la barbilla con la tira de cuero.

El señor Stokes le dio la razón con un gruñido.

En el exterior, la vibración de los aviones al pasar reverberaba con tal intensidad que Grace sentía el zumbido de los motores a través de las suelas de los zapatos.

Aquella noche iba a ser difícil.

Abandonó la seguridad del puesto rodeado de sacos de arena y se aventuró en el clima frío y húmedo de finales de diciembre. Sin embargo, no fue oscuridad lo que vieron sus ojos, sino un brillo anaranjado a lo lejos, procedente de una zona cercana de Londres que estaba en llamas. Cerca del Támesis. Junto a la Catedral de St. Paul.

Los aviones atronaron sobre sus cabezas y vaciaron sus panzas para golpear una zona a pocas calles de distancia. Conforme caían aquellos objetos, iban expulsando pequeños cilindros, y Grace captó entonces un sonido que le era familiar. Un silbido, seguido del golpeteo producido por esos palos al atravesar los tejados y caer sobre el pavimento, escupiendo llamas al impactar.

—¡Bombas incendiarias! —le gritó al señor Stokes mientras se colgaba el tubo de la bomba de mano por encima del hombro.

No le hizo falta mirar atrás para saber que la seguía de cerca. Ambos sabían que contaban con escasos minutos antes de que los múltiples incendios escaparan a su control.

Dos calles más adelante, se toparon con la primera bomba incendiaria, que expulsaba chispas blancas al tiempo que vaciaba sus intestinos de magnesio. Ahora casi todos los hogares contaban, delante de su puerta, con un cubo de agua o de arena o incluso sacos de arena preparados con antelación para tal efecto. Grace agarró un saco de arena, se lo colocó delante de la cara para protegerse y lo dejó caer sobre el resplandor luminoso. Conforme el saco ardiera, derramaría la arena de su interior, lo que sofocaría las chispas antes de que pudieran causar algún daño. No había necesidad de esperar a ver si surtía efecto. Menos aún, cuando había tantos otros que atender.

—¡Señorita Bennett! —gritó el señor Stokes. Ya tenía el pie sobre el estribo de la bomba junto al cubo de agua y la manguera extendida hacia ella.

Grace la agarró y salió corriendo hacia la casa más cercana, donde había varios arbustos en llamas, apretó el interruptor de la boquilla para cambiar de chorro a espray y esperó a que se extinguiera el fuego.

Como siempre, debían llevar cuidado para evitar el magnesio, que explotaría al contacto con el agua. Aquello solo suponía un problema al inicio del fuego, cuando la bomba incendiaria expulsaba sus chispas de un blanco verdoso brillante, mas un problema que podía ser fatal.

Fueron repitiendo las mismas acciones a lo largo de la calle: sofocaban fuegos con sacos de arena y agua, y se turnaban con la bomba de agua por miedo a que uno de los dos se cansara demasiado rápido. Por fin lograron tener todos los incendios bajo control. Jadeantes, se apoyaron contra la pared de un edificio cuyo incendio acababan de sofocar, cansados y acalorados pese al frío de finales de diciembre, pero victoriosos.

Otra ráfaga de aviones sobrevoló el cielo.

Un silbido.

Y a Grace se le cayó el alma a los pies.

Plof.

La primera bomba incendiaria golpeó el pavimento a escasos metros de donde se encontraban y comenzó a expulsar chispas con un siseo.

Plof.

Un segundo artefacto impactó contra el suelo casi al instante.

Ya no era posible identificar las bombas individualmente, pues eran muchísimas las que golpeteaban a su alrededor, como si fueran horquillas que caen de un bote.

De pronto, Grace y el señor Stokes se vieron enfrentados de nuevo a una oleada de llamas de magnesio que iluminaban la calle como si estuvieran a plena luz del día. Doblaron la esquina de la manzana mientras combatían el fuego y Grace se dio cuenta de que estaban en Aldersgate Street, cerca de la estación de bomberos. Salvo que esta también estaba en llamas, y los bomberos se encontraban frente a sus muros echando agua de un depósito con ruedas.

A lo lejos, hacia la desembocadura del río, se oyó otro zumbido familiar. Otro silbido. Y así prosiguió la lluvia de bombas incendiarias sobre la ciudad de Londres.

Los bomberos que luchaban por controlar el incendio de su propia estación les resultarían de poca ayuda. No les quedaba más remedio que combatir.

Sin importar lo larga que pudiera ser esa batalla.

Grace y el señor Stokes lograron sofocar los incendios de su sector a medida que las llamaradas junto al río se volvían más intensas.

Habían pasado por delante de Primrose Hill Books en varias ocasiones para asegurarse de que siguiera a salvo y habían confirmado que así era. El señor Evans había adoptado la costumbre de acompañar a la señora Weatherford en Farringdon Station. Al menos Grace estaba tranquila sabiendo que se hallaban los dos a salvo.

Mientras el cielo se teñía de naranja y rojo, la librería seguía protegida entre las sombras del apagón. Fue en una de esas revisiones rutinarias cuando se toparon con un bombero que llegaba con la cara manchada de hollín y brillante por el sudor.

—Si su sector está despejado, necesitamos ayuda. —Aceleró el paso hasta echar a correr, al tiempo que señalaba hacia lo lejos—. En Paternoster Square. Traigan todo lo que tengan.

DIECIOCHO

Un escalofrío le recorrió la columna pese al calor provocado por el esfuerzo. ¿Qué sería del distrito de libreros de Paternoster Row, que conectaba con la plaza? ¿Qué sería de Simpkin Marshalls, que le suministraba todos los libros a la tienda? ¿Qué sería de las imprentas y editoriales y el resto de los comercios?

Grace y el señor Stokes no perdieron tiempo. Armados con su bomba de mano y un cubo vacío, siguieron al bombero a la carrera durante varias manzanas. Las llamaradas se hacían más visibles a cada paso y brillaban como si se tratara de un recio infierno, con bomberos por todas partes, que intentaban combatir el fuego con chorros de agua desde sus carromatos tirados por taxis.

El sonido atronador de las ametralladoras que disparaban a los alemanes se intensificó también, junto con el silbido de las bombas al caer y las inevitables explosiones posteriores.

Cuanto más se acercaban Grace y el señor Stokes a Paternoster Square, más caliente se volvía el aire, hasta que la sensación fue la de intentar respirar dentro de un horno.

—Grace, tenemos que parar —le dijo el señor Stokes, jadeando a su lado, y se dobló hacia delante para recuperar el aliento.

Dijo algo más, pero cerca de allí se oyó el silbido de una bomba, después hubo un silencio durante un instante y luego la detonación ensordecedora que hizo vibrar el suelo bajo sus pies.

—No podemos pararnos ahora —respondió ella, y aceleró el paso, corriendo a toda velocidad, hasta que dobló la esquina de Paternoster Row y se detuvo en seco.

Donde antes los hombres santos bendecían las calles, se había desatado el infierno.

Columnas de humo brotaban de las llamas y las páginas carbonizadas se dispersaban por la calle cubierta de desechos como plumas de alas despedazadas.

La calle había adquirido un brillo rojizo como resultado del incendio, pero aun así había varios edificios que permanecían intactos, muy probablemente aquellos cuyos dueños contrataban a vigías contraincendios en lo alto de sus tejados. Aunque eran pocos y estaban muy alejados.

Las tiendas llenas de libros secos eran como yesca a la espera de una cerilla. En casi todas se veía el fuego avanzar por sus tejados de pizarra, devorar caprichosamente sus carísimos interiores de madera y emerger de las ventanas reventadas, ennegreciendo con el hollín las fachadas pintadas.

Simpkin Marshalls, que solía publicitar sus existencias de millones de libros, ardía como una pira funeraria.

El edificio que Grace tenía a su derecha brillaba con intensidad, como si ardiera desde dentro. En su interior, las llamas acariciaban las estanterías llenas de libros, devorando con avaricia hileras enteras de lomos bien ordenados.

El edificio parecía palpitar, como si fuera una bestia que respirase, decidida a devorarlo todo a su paso.

Alguien la llamó a voces y la bestia en forma de edificio emitió un rugido, poderoso y terrorífico.

Grace no podía moverse. No podía apartar la mirada de la imagen dantesca que tenía ante sus ojos. Tantos libros. Millones de libros. Reducidos a ceniza.

Algo sólido chocó contra ella y la tiró al suelo. Cayó con fuerza y se notó envuelta por una ráfaga de calor ardiente. Notó el escozor de la arena y del polvo en las mejillas y en el dorso de las manos.

Asombrada y desubicada por unos instantes, levantó la mirada y vio que el señor Stokes la cubría con su cuerpo. El edificio en llamas era ahora una montaña de escombros y ladrillos encendidos.

—¿Está herida? —le gritó el señor Stokes por encima de la cacofonía provocada por la guerra.

Grace negó con la cabeza y respondió:

—Tenemos que encontrar agua.

—Tenemos que encontrar supervivientes —repuso él mirando a su alrededor con tristeza.

Tenía razón, claro. El fuego era demasiado grande para poder contenerlo. A su alrededor, los bomberos estaban vaciando sus tanques sobre las llamas sin ningún resultado.

Pritchard & Potts se encontraba a pocos establecimientos de distancia de donde estaba Grace, y era uno de los pocos que se habían librado de las llamas, aunque parecía faltarle un trozo de la fachada, a causa de una explosión que había alcanzado su flanco derecho y había demolido la tienda de al lado.

Por suerte, no habría mucha gente en los edificios de Paternoster Square, pues la mayoría se había marchado al campo, con intención de regresar con el nuevo año. Pero algunos no tenían a dónde ir.

Como era el caso del señor Pritchard.

Sin duda él estaría en su piso, situado en la planta de arriba de Pritchard & Potts. Máxime cuando, con tanta frecuencia, había condenado los refugios públicos, quejándose de aquellos que ensuciaban el suelo de las estaciones de metro y de los edificios tapiados con ladrillos.

Grace corrió a la tienda y se encontró con que le faltaba la puerta, que había reventado por el impacto de la bomba. En su interior, la librería estaba a oscuras, iluminada solo por el brillo de las llamas que se colaban por las ventanas sin cristales. Los libros se habían caído de las estanterías y cubrían el suelo, desplegados y rotos como pájaros muertos.

Se oyó un silbido en el exterior, seguido de un fuerte golpe que hizo estremecerse toda la estructura. Se desprendieron trozos de yeso del techo, y varios libros más cayeron de las estanterías.

—¡Señor Pritchard! —gritó.

El viejo librero no respondió.

No había tiempo para el decoro. Encontró la puerta que conducía a su piso y no se molestó en llamar antes de subir corriendo las escaleras. Mientras lo hacía, el edificio parecía oscilar ligeramente sobre sus dañados cimientos.

Ayudada por la luz anaranjada y titilante del exterior, escudriñó la vivienda, que se hallaba en un estado tan lamentable como la tienda de abajo. El corazón le dio un vuelco al ver lo que parecía ser una pierna escuálida que asomaba por debajo de una vitrina tirada en el suelo.

—Señor Pritchard —repitió.

Al no obtener respuesta, se arrodilló junto a la vitrina y confirmó que, en efecto, se trataba del anciano. Trató de empujar el mueble, pero no lo logró. Cayó una bomba cerca de allí y el edificio se estremeció como si fuera a derrumbarse.

Bien podría hacerlo.

Pero el armario no importaba, sobre todo después de que tratara de encontrarle el pulso al señor Pritchard en la muñeca flácida y esquelética. No habría salvación para el señor Pritchard.

Ya estaba muerto.

Explotó otra bomba, esta con tanta fuerza que Grace estuvo a punto de perder el equilibrio. Fue entonces cuando oyó un maullido débil y lastimero.

Corrió con dificultad hacia el lugar de donde procedía el sonido, miró debajo del sofá y encontró a Tigre muy asustado. Lo tomó en brazos a tal velocidad que el animal ni siquiera se molestó en resistirse. En su lugar, se aferró a ella mientras salía corriendo del edificio.

En el exterior, el señor Stokes se encontraba de pie en mitad de la calle, con incendios a ambos lados. Los bomberos apuntaban con sus mangueras a las llamas, con los uniformes empapados por el agua que se escapaba por los lados de las boquillas de latón, pero aun así no se movían de donde estaban.

El señor Stokes miró a Tigre y no dijo nada.

—¿Algún otro superviviente? —preguntó.

A Grace se le cruzó por la mente la imagen del señor Pritchard atrapado sin vida bajo el armario. Apretó a Tigre con más fuerza contra su pecho y negó con la cabeza.

Se levantó viento por el angosto callejón, lo que avivó las llamas e hizo que salieran chispas disparadas en todas direcciones. El calor a su alrededor se volvió más intenso, tanto que Grace sintió como si su médula ósea se fundiera como la cera.

Cuando era pequeña, le gustaban mucho las ascuas encendidas de la chimenea, le parecían preciosas, como hadas del fuego. Sin embargo, aquella situación no tenía nada de preciosa ni de mágica. Las llamas se mostraban crueles en su codicia, implacables en su destrucción.

—Tenemos que marcharnos. —Al señor Stokes le brillaba la cara por el sudor y miraba sin cesar los incendios que seguían activos—. No debemos derrochar agua. Aquí ya no podemos hacer nada.

Grace se llevó a Tigre con ellos, pues no había otro lugar donde dejarlo, y lo depositó en la Catedral de St. Paul, que hasta ese momento, por suerte, permanecía ajena a las llamas. Una de las parroquianas que se refugiaban allí se ofreció a cuidar del gato por ella y estrechó entre sus brazos al pequeño y asustado felino.

A continuación, Grace y el señor Stokes regresaron a las calles en llamas. Los aviones seguían allí arriba, invisibles debido a los penachos de humo, aunque se percibía el zumbido de sus motores, el sonido de las bombas al caer y el enloquecedor plof, plof, plof de los artefactos incendiarios.

Había un bombero en pie ante un edificio en llamas, con la manguera vacía.

—Han bombardeado la toma principal —les dijo cuando se acercaron para ayudar.

—¿Y qué hay de las reservas del Támesis? —preguntó el señor Stokes.

Las reservas de agua eran una medida de seguridad en caso de que los bombardeos dañaran la toma principal de agua que daba caudal a las bocas de incendios. El Támesis podría usarse entonces como fuente de agua.

El hombre no se volvió, sino que siguió contemplando el fuego que devoraba el edificio, con un brillo de impotencia en la mirada.

—La marea está demasiado baja.

—¿Quiere decir que…? —preguntó Grace, que notaba el escozor de la piel provocado por el intenso calor.

—No hay agua —repuso el hombre, y agachó la cabeza en actitud de derrota—. No nos queda otro remedio que dejar que estos incendios se extingan por sí solos.

Y eso fue lo que hicieron. Mientras Grace y el señor Stokes seguían tratando de ayudar a cualquier persona que hubiera sobrevivido, los bomberos no pudieron hacer otra cosa más que ver cómo las llamas consumían un edificio detrás de otro con una codicia insaciable, saltando de uno a otro como ya lo hicieran casi trescientos años antes durante el Gran Incendio de Londres. Aquel infierno había dejado el centro de Londres reducido a cenizas entonces, y parecía que iba a volver a suceder lo mismo.

Grace se estremeció al recordar las escenas que había leído en *Old St. Paul's*, de William Harrison Ainsworth, cuando el gran incendio devoró Londres. Salvo que ella no podía detenerlo, como había hecho el personaje principal.

Siguieron rescatando a los que podían conforme avanzaba la noche más larga de su vida. A lo largo de todas aquellas horas, Grace hizo uso de una reserva de energía que no sabía que tuviera dentro de sí, menos aún con lo fatigada que estaba.

Tras lo que le pareció una eternidad, llegó la mañana y trajo consigo el fin de las largas horas de bombardeos y los interminables lanzamientos de artefactos incendiarios. Un denso manto de humo cubría aún los edificios en ruinas que crepitaban bajo las llamas de unos incendios que no pudieron extinguirse.

Exhausta y derrotada ante tanta destrucción, Grace regresó a St. Paul con la esperanza de poder recoger a Tigre. Se sintió atenazada por el pánico mientras caminaba hacia la catedral a través del humo, demasiado denso para alcanzar a ver si la vieja iglesia aún seguía en pie.

Contuvo la respiración, con la esperanza de que no hubiera caído también presa del ataque, como le había sucedido al resto de Paternoster Square.

Se levantó de pronto una ráfaga de viento, cuyo inesperado frescor supuso un contraste frente al calor de las llamas y de los ladrillos encendidos. Las columnas de humo se agitaron y se dispersaron hasta dejar entrever un pedazo de cielo en el que, milagrosamente, se alzaba intacta la cúpula de la Catedral de St. Paul.

Durante el primer Gran Incendio, la catedral se había mantenido en pie tres días enteros antes de venirse abajo. La habían reconstruido y aún seguía alzada. Pero era mucho más que un simple edificio. Era un lugar de oración, un auxilio para almas perdidas.

Era un símbolo de que, en medio del infierno, había prevalecido el bien.

Era una muestra del espíritu de los británicos, quienes, incluso enfrentados a tanta desolación y pérdida, también se habían mantenido erguidos.

—Londres puede con todo —dijo el señor Stokes con voz grave junto a ella.

Era evidente que aquella imagen etérea había despertado en él un arranque de patriotismo que le hizo repetir el mismo eslogan que había estado utilizando el Gobierno desde el inicio de los bombardeos sobre la ciudad.

Más sorprendente aún era que Tigre se hubiese quedado allí quieto, envuelto ahora en una fina manta y durmiendo plácidamente al final de uno de los bancos. Grace agarró aquel fardo azul claro entre sus manos ennegrecidas por el hollín y Tigre parpadeó con sus ojos ambarinos al despertar de su sueño.

Nada más estrecharlo contra su pecho, el animal se acurrucó y se agarró a ella con las uñas. Con él a salvo, permitió que el señor Stokes la acompañara de vuelta a Britton Street, demasiado cansada para insistir en que él necesitaba dormir tanto como ella. Sin importarles el cansancio, y aunque no lo habían hablado, tomaron el camino más largo para pasar por delante de Primrose Hill Books, que seguía protegida y a salvo entre el resto de los edificios.

Agradeció que la tienda siguiera intacta, sobre todo después de que tantos otros hubieran perdido sus negocios.

Sin duda el señor Evans estaría de vuelta en su piso, situado encima de la tienda, después de que sonara aquella mañana la sirena que indicaba el fin de la alerta.

No todo el mundo tuvo tanta suerte. En su sector, en Islington, muchos hogares habían sufrido daños en el tejado a causa de los artefactos incendiarios, y otros tantos establecimientos habían sido bombardeados. Sin embargo, aquella destrucción no se aproximaba en absoluto a la devastación acaecida en Paternoster Row.

Ahora, lejos de aquel infierno en llamas, el aire era más fresco, y Grace sintió un escalofrío por la espalda.

El señor Stokes se limitó a despedirse con un gesto de cabeza cuando llegaron a casa de la joven, antes de darse la vuelta y alejarse lentamente en dirección a su hogar, situado en Clerkenwell Road. La señora

Weatherford abrió la puerta antes de que Grace hubiera terminado de subir los escalones de la entrada.

—Grace —dijo, llevándose una mano al cuello como si le costara trabajo respirar—. Gracias a Dios que estás a salvo, mi niña. Pasa, pasa.

Grace estaba tan cansada que apenas logró terminar de subir el resto de los peldaños y entrar en la casa. Le quemaba la garganta después de pasarse horas respirando aire caliente y notaba como si tuviera el pecho obstruido por el hollín.

—He oído que ha sido horrible —dijo la señora Weatherford tras cerrar la puerta, y empezó a revolotear con impaciencia a su alrededor—. ¿Lo ha sido? No, no me respondas. Solo con mirarte ya sé que sí. Pobre criatura. Gracias a Dios que estás a salvo, en casa. ¿Quieres un poquito de té? ¿Algo de comer? ¿Necesitas algo, lo que sea? —De pronto se detuvo en mitad de sus atribuladas preguntas y reparó en el fardo que llevaba Grace entre los brazos.

Hacía tanto frío en la calle que la niebla parecía cuajada de esquirlas de hielo. Una vez lejos del infierno del centro de Londres, Grace había tapado a Tigre con la manta para asegurarse de que conservara el calor. Ahora, ya en casa, retiró un trozo de la tela y le mostró al gato medio dormido, que había vivido una noche tan terrible como todos ellos.

La señora Weatherford se llevó los dedos a los labios.

—Este no será… ¿De verdad es…?

—Tigre —confirmó Grace con un nudo en la garganta.

La señora Weatherford le acarició la mejilla a Grace en un gesto tácito de consuelo y después deslizó la mano hasta la cabeza del gatito.

—Tú fuiste la última… —dijo con la voz entrecortada—. Fuiste la última criatura herida a la que rescató Colin. —De pronto cayó en la cuenta y volvió a mirar a Grace—. ¿Y el señor Pritchard?

Grace hizo un gesto negativo con la cabeza. Se había asegurado de que los equipos de rescate supieran la ubicación del domicilio del señor Pritchard para que se encargaran debidamente de sus restos mortales.

—He pensado que Tigre podría quedarse aquí con usted —le dijo con la voz ronca—. Creo que está muy asustado y le vendría bien alguien a quien querer.

—Yo siento exactamente lo mismo, pequeño Tigre —respondió la mujer con un suspiro largo y tembloroso, antes de quitarle el animal de entre los brazos, con la manta y todo.

Después Grace se dio un baño y dejó el pequeño cuarto de baño lleno de manchas negras de hollín, pero estaba demasiado cansada para preocuparse por ello. Aunque pensaba limpiarlo cuando se despertara, para entonces ya estaba limpio, casi resplandeciente, y se percibía en el aire el aroma delator del jabón carbólico.

En la planta de abajo se encontró con la señora Weatherford, que restó importancia a sus palabras de agradecimiento con un gesto de la mano mientras acariciaba a Tigre. En cuanto al gato, también parecía encontrarse a gusto con ella mientras se estiraba para frotar la cara contra la suya. Para regocijo de la mujer.

Tras una comida rápida a base de estofado de conejo y verduras, Grace salió de casa para emprender el camino a la librería. Al fin y al cabo, la vida seguía y ella tenía un trabajo que desempeñar.

Se percibía un frío en el aire húmedo que le hizo contener la respiración cuando le golpeó en la cara. El viento trasladaba también el olor acre de los incendios, recordándole todo lo sucedido la noche anterior.

—Es usted —dijo una voz cortante desde los escalones de la entrada de la puerta de al lado.

Grace parpadeó frente al frío y vio a la señora Nesbitt de pie muy rígida junto a la barandilla de su casa. Llevaba el impermeable, por lo general impoluto, manchado de hollín y tenía los ojos enrojecidos.

Levantó la cabeza para inclinar su mirada sobre su afilada nariz.

—Acabo de estar en mi tienda. O en lo que queda de ella.

Aquella imagen debía de haber sido devastadora. Grace se volvió hacia la señora Nesbitt y le habló con una empatía sincera.

—Lo siento muchísimo.

—Claro que debería sentirlo —le espetó la otra.

Grace debería estar acostumbrada ya a los comentarios hirientes de la señora Nesbitt, pero sus palabras siempre conseguían dejarle huella.

—Perdón, ¿cómo dice?

—Anoche estuvo usted allí —continuó la señora Nesbitt tirando dedo a dedo de sus guantes para quitárselos con gesto rabioso—. Podría haber hecho algo más. De no ser por las existencias que guardo aquí en mi casa, me habría quedado sin nada. Nada en absoluto. —Terminó de quitarse los guantes e hizo con ellos un gurruño en la palma desnuda de la mano—. No hay excusa para que tantos comercios hayan ardido de tal forma. Ninguna excusa.

Grace estuvo tentada de defender sus actos y los de los numerosos voluntarios que habían luchado contra el fuego la noche anterior. Habían lanzado demasiados artefactos incendiarios. Habían dañado las tomas principales de agua, y el Támesis llevaba el nivel de agua más bajo de todo el año. Pese a ello, no le debía ninguna justificación a aquella mujer. Menos aún, cuando tanto Grace como todos los demás se habían esforzado al máximo.

La rabia que sintió entonces le hizo olvidarse del aire frío que la rodeaba.

En el noticiario de aquella mañana habían dicho que más de una docena de bomberos habían muerto durante la noche y más de doscientos habían resultado heridos. Hombres valientes cuyas familias jamás volverían a verlos, jamás volverían a decirles que los querían.

—Es una suerte para usted que tantas personas perdieran la vida anoche combatiendo los incendios —le replicó Grace con dureza—. Ahora hay vacantes para que ocupe usted su lugar, en vista de que los demás somos unos ineptos.

—Será insolente… —le soltó la señora Nesbitt con las mejillas encendidas.

Sin embargo, Grace ya había seguido bajando el resto de los escalones y no se molestó en seguir escuchándola, sobre todo porque le resultaba muy tentador acercarse a ella y darle un buen bofetón en aquella cara huesuda que tenía.

Le salía vaho de la boca con cada bocanada de aire, y caminaba tan deprisa que le quemaban los músculos de las piernas. Primrose Hill Books surgió ante ella sin apenas darse cuenta de lo rápido que había recorrido el camino.

Empujó la puerta con más fuerza de lo que pretendía.

El señor Evans levantó la cabeza nada más oírla entrar.

—Señorita Bennett.

—Esa mujer —declaró ella con toda la vehemencia que había estado acumulando durante el trayecto—. Esa mujer asquerosa.

—Ahora mismo no hay nadie en la tienda —respondió él. Salió de detrás del mostrador, cruzó los brazos y los dejó apoyados sobre la barriga—. Dígame qué ha ocurrido.

Grace le contó lo que le había dicho la señora Nesbitt y lo ocurrido la noche anterior, aunque le tembló la voz cuando tuvo que informarle del fallecimiento del señor Pritchard.

El señor Evans dejó escapar el aire por la nariz, con la mirada perdida.

—Nunca le vio el sentido a acudir al refugio. Por desgracia, muchos comparten esa misma opinión —comentó negando con la cabeza lentamente—. Pobre hombre. Gracias por hacerse cargo de Tigre.

—Creo que la señora Weatherford está contenta de quedarse con él.

—Me parece que le vendrá bien —convino el señor Evans con algo que recordaba a una sonrisa—. Y, en cuanto a la señora Nesbitt…

Solo con oír su nombre, Grace volvió a encenderse con una furia renovada.

—Creo que la señora Nesbitt se siente tan dolida por lo que le ha ocurrido a su tienda que quería echar pestes contra la primera persona que viera —explicó el librero y ladeó la cabeza a modo de disculpa—. Y esa ha resultado ser usted.

—No hacía falta que fuera tan cruel. —Grace sabía que estaba siendo una quisquillosa, pero aquella mujer era realmente odiosa.

—Si no recuerdo mal, hace poco ha leído usted *Cuento de Navidad* —le dijo el señor Evans ajustándose sus gruesas lentes.

Grace le dijo que sí con la cabeza.

—Y ya vio que la infancia desdichada de Ebenezer le había hecho ser así. Imagine lo que sentiría él si su negocio se viese reducido a cenizas.

Desde luego comparar a la señora Nesbitt con Ebenezer Scrooge resultaba de lo más apropiado. Una comparación que a ella no se le había ocurrido hasta ese momento. Pero era cierto que la rabia podía emplearse para disimular el dolor, sobre todo cuando el dolor era una emoción tan susceptible.

Incluso el propio señor Evans había empleado su mal carácter para aplacar el recuerdo de su hija cuando Grace había empezado a trabajar para él en la librería.

A saber lo que habría experimentado la señora Nesbitt a lo largo de su vida para acabar convirtiéndose en una mujer tan severa y amargada.

Era una nueva forma de verlo que Grace nunca se había parado a contemplar.

—Gracias —respondió—. No lo había pensado de ese modo.

El señor Evans le dio una palmada cariñosa en la mejilla, como haría un padre.

—Tiene usted buen corazón, Grace Bennett.

—Y usted es un maestro excelente.

Estuvo pensando en aquella conversación durante el día mientras trabajaba. Le hizo revaluar a su propio tío. La mezquindad de una persona no era algo innato, sino que se generaba con el tiempo. Tal vez su tío hubiera soportado sufrimientos que le habían convertido en una persona cruel.

De pronto lo vio de un modo diferente. No con rabia, sino con compasión. Y con la certeza de que sus maltratos no tenían que ver con ella, sino más bien con él mismo.

Meditaba sobre todo aquello mientras contemplaba la estantería vacía que tenía delante, que habían despejado el día anterior para dejar hueco al nuevo pedido que debían recibir aquel día de Simpkin Marshalls. Un pedido que ya no se entregaría.

De pronto se le ocurrió una idea.

—Me pregunto si… —dijo en voz alta—. Si podríamos destinar una pequeña porción de la tienda para los libreros del bombardeo de Paternoster Row.

El señor Evans, que estaba embebido en un libro a pocos pasos de distancia, levantó la cabeza y la miró por encima de la montura de sus gafas.

—¿Cómo es eso? —preguntó.

—Podríamos ofrecer espacio a cualquiera de las tiendas que tengan libros que no se hayan quemado y llevar un registro para saber a qué librería pertenecen cuando se vendan. —Al fin y al cabo, el señor Evans y ella habían conseguido convertir su contabilidad en un arte preciso—. De ese modo, los dueños podrían seguir generando beneficios de al menos parte de sus existencias.

—Quizá sea una tarea algo complicada —vaciló el señor Evans.

—¿Duda de mí?

—Jamás —respondió él con una sonrisa—. Utilice todas las estanterías que necesite.

Aquella tarde le permitió salir antes para ver cómo acometer la misión de ponerse en contacto con los dueños de las librerías de Paternoster Row. Sería la primera vez que vería el epicentro de los libreros desde los incendios de la noche anterior, y su miedo iba en aumento a cada edificio destruido por el que pasaba. El olor a humo precedió su llegada, y el estómago se le encogió al pensar en lo que iban a ver sus ojos.

DIECINUEVE

Prácticamente no quedaba nada de lo que fue Paternoster Row. Sus restos yacían bajo un manto de humo, con algunos fuegos que todavía ardían entre los escombros. La calle, otrora bulliciosa, estaba casi destruida. Los edificios que antes se alzaban imponentes a cada lado ahora no eran más que ladrillos y polvo, mientras que algunos muros huérfanos se elevaban en vano con marcos vacíos donde antes había ventanas.

Grace se aproximó a un hombre vestido de traje que caminaba de un lado a otro frente a una parcela de terreno donde antes se levantaba una elegante tienda que tenía un letrero con una bonita tipografía verde y pajaritos de papel de periódico colgados en sus escaparates.

—¿Es usted el dueño de Smith's?

El hombre la miró con una expresión de aturdimiento que Grace ya se había acostumbrado a ver en su trabajo de inspectora de Precauciones Antiaéreas. Asintió de forma casi imperceptible.

—Smith's era una tienda preciosa. Lo siento mucho. —Se acercó a él con delicadeza—. Trabajo para Primrose Hill Books, en Hosier Lane. —Contempló la devastación de lo que debió de ser el sustento de aquel hombre—. Estamos destinando parte de nuestro espacio para ayudar a las librerías afectadas por el bombardeo. Usted podría… —Notó un nudo de emoción en la garganta—. Usted podría traernos parte de sus existencias y nos aseguraremos de que reciba los beneficios cuando se vendan.

Le entregó una pequeña tarjeta en la que había escrito la información de la librería.

El hombre la aceptó sin mediar palabra y se quedó mirándola.

—Lo siento mucho —repitió Grace, y volvió a sentirse impotente, cosa que odiaba—. Ojalá pudiera hacer algo más.

—Gracias —respondió el hombre con voz suave y desvió su triste mirada hacia los escombros de su establecimiento.

Grace vio solo a una persona más, a la que le hizo el mismo ofrecimiento y de la que recibió la misma respuesta perpleja.

Aunque tampoco importaba mucho. Probablemente no hubiese sobrevivido ningún libro.

Desalentada, dejó atrás los restos del distrito de libreros de Londres y se dirigió a casa para entregarse a la fatiga que le escocía en los ojos como si fuera tierra. De camino a Britton Street, no obstante, se dio cuenta de que precisamente conocía a la dueña de una librería que tenía un suministro de libros que no se había visto afectado por las llamaradas de la noche anterior.

La señora Nesbitt.

Comenzó a librarse una batalla en su cabeza, con un bando que defendía que aquello sería lo correcto, mientras que el otro se alimentaba del rencor provocado por las hirientes palabras de la señora Nesbitt y deseaba responder con más rencor. Justo como había hecho la propia señora Nesbitt.

Fue aquel último pensamiento el que la hizo decidirse. Pues nunca se permitiría ser tan vengativa. Ni siquiera con individuos como la señora Nesbitt.

Estaba ya subiendo los escalones que conducían a casa de la señora Nesbitt cuando la llamó una voz familiar.

—Grace, ¿te has confundido? —preguntó la señora Weatherford—. Todavía no hemos empezado con el apagón y te has equivocado de casa. Tienes que dormir más, querida.

Llevaba puesto el uniforme verde grisáceo del Servicio de Mujeres Voluntarias, lo que indicaba que probablemente acabase de llegar de una reunión. Tenía las mejillas sonrojadas y un brillo de alegría en la mirada.

Grace bajó los escalones y le explicó con rapidez el asunto que pretendía tratar con la señora Nesbitt. La señora Weatherford irguió la espalda y estiró los hombros.

—Entonces iré contigo —dijo y, antes de que Grace pudiera negarse, la mandó callar—. No permitiré que te enfrentes a esa bestia tú sola, menos aún, cuando acudes a verla con tanta bondad.

Y de ese modo Grace y la señora Weatherford tocaron a la puerta de la señora Nesbitt con el llamador de latón.

La mujer las recibió con una mirada tan cálida como el gélido día.

—Su casa es la de al lado —murmuró con una ceja levantada—. ¿O se les ha olvidado?

—Hemos venido a verla —explicó Grace.

—Y nos vendría bien un poco de té —agregó la señora Weatherford frotándose las manos frías, como preguntándole a su vecina, de manera poco sutil, dónde estaban sus modales para con los invitados—. Aquí fuera nos van a salir sabañones.

La señora Nesbitt suspiró y abrió la puerta del todo.

—Adelante, pondré agua a hervir.

Las condujo hasta la sala de estar, que tenía un sofá de terciopelo azul que parecía recién comprado. La estancia poseía una belleza austera, como un museo lleno de objetos frágiles que no estaba permitido tocar. Todo estaba limpio y ordenado, desde la mesita auxiliar impoluta hasta las muchas figuritas y fotos dispersas de quien parecía ser la señora Nesbitt en su juventud.

Grace y la señora Weatherford se sentaron con cierta incomodidad al borde del pulcro sofá, con miedo a dejar la marca en el terciopelo si se recostaban. La señora Nesbitt regresó varios minutos más tarde con una bandeja de té y les ofreció una taza de porcelana china tan fina que Grace podía ver a través de ella la luz que entraba por la ventana de atrás.

—¿Qué puedo hacer por ustedes? —preguntó la señora Nesbitt—. Además de mermar mis raciones de té y azúcar en un intento por ser hospitalaria.

Grace desvió la mano del azucarero y agarró su taza. Había optado por beberse el té sin nada.

—Nos gustaría ofrecerle un hueco en Primrose Hill Books para vender sus libros. Recibirá sus beneficios, por supuesto, y nos aseguraremos de que la gente sepa que los libros son de su tienda.

—¿Habla en serio? —preguntó la señora Nesbitt al tiempo que enarcaba las cejas.

—Sí. —Grace dio un sorbo al té.

Estaba flojo, por supuesto. Lo más probable era que las hojas ya se hubieran usado un par de veces. Solo lo mejor para sus visitas no deseadas.

Para su sorpresa, a la señora Nesbitt se le llenaron los ojos de lágrimas y apartó la mirada.

—Esto es lo que merezco por no haber amado nunca al señor Nesbitt. —Se enjugó las lágrimas con un pañuelo de encaje que parecía más de decoración que otra cosa—. Solo me casé con él por la librería, para que mi padre por fin se fijara en mí. Para... —Se detuvo y las miró como si fueran intrusas—. ¿No se dan cuenta? Dios me está castigando.

—¿De verdad es tan arrogante como para pensar que Dios permitiría que bombardearan la ciudad de Londres solo para castigarla por su gesto egoísta? —preguntó la señora Weatherford y dejó escapar un suspiro—. Señora Nesbitt, le sugiero que piense con un poco de sentido común y aproveche una buena oferta cuando se le pone delante.

Grace estuvo a punto de atragantarse con el té.

Por su parte, la señora Nesbitt empezó a balbucear indignada.

—¿Cómo se atreve a venir a mi casa y decir esas cosas?

—Porque alguien tenía que hacerlo —repuso la señora Weatherford antes de proceder a echarse una cucharada de azúcar en el té—. Tiene que disculparse con Grace y decirle que aceptará esta generosa oportunidad. Después se preparará para venir conmigo al orfanato a leer.

—¿Al orfanato? —La señora Nesbitt parpadeó perpleja—. ¿A leer?

—En su tienda realizaba lecturas todos los días, ¿no es así?

La señora Nesbitt desvió la mirada hacia Grace, después levantó la cabeza y resopló.

—Sí.

—Parece que tiene usted la agenda despejada y hay niños que necesitan libros —comentó la señora Weatherford mientras removía el té.

—Bueno... —dijo la señora Nesbitt con un golpe de cabeza.

Grace y la señora Weatherford la miraron expectantes.

La señora Nesbitt se entretuvo añadiendo lentamente un poquito de azúcar a su taza de té antes de dar un sorbo, con el dedo meñique estirado con elegancia. Dejó la taza en su platito a juego con un suave clic y tomó aliento.

—Aceptaré su oferta, señorita Bennett —dijo sin levantar la mirada de la lujosa alfombra que había bajo sus pies—. Gracias.

—¿Y lo del orfanato? —intervino la señora Weatherford.

La señora Nesbitt levantó la mirada y dijo:

—Me prepararé para que nos marchemos en cuanto nos hayamos terminado el té.

—Estupendo —concluyó la señora Weatherford con una sonrisa triunfal.

El año 1940 dio paso a 1941 sin gran algarabía por parte de Grace y de la señora Weatherford. Por lo demás, había demasiadas cosas que hacer. A lo largo del mes siguiente, la señora Weatherford cada vez tuvo que esforzarse menos por convencer a la señora Nesbitt para que acudiera al orfanato, pues la mujer comenzó a ir por su propia voluntad. La estantería dedicada a Nesbitt's Fine Reads recibió mucha atención, lo que alegró enormemente a su propietaria.

No era la única librera que había aprovechado la generosidad de Primrose Hill Books. Al haber tan pocos edificios abiertos disponibles en la ciudad bombardeada, enseguida se corrió la voz entre los libreros de Paternoster Row, y otros cinco vendedores habían ocupado diversas estanterías de la tienda, incluido Smith's. Grace confeccionó pajaritos de papel de periódico para adornar el espacio dedicado a las otras tiendas y, para sus lecturas vespertinas, alternaba libros de cada una de las otras tiendas, además de las propias existencias de Primrose Hill Books. Poco tiempo después, los clientes de la librería no eran solo los que ya conocían, sino también los asiduos a otras librerías.

Jimmy seguía acudiendo a sus lecturas, ya bien alimentado y bien vestido con ropa limpia, acompañado ahora de Sarah, lo que alegró enormemente a la señora Weatherford. Las personas que escuchaban a Grace leer en la estación de metro también siguieron yendo, junto con varios de sus amigos y los propietarios de otras librerías, acompañados a su vez por sus propios clientes.

El ofrecimiento de un espacio para las demás tiendas no solo había ayudado a los libreros, sino que de manera indirecta beneficiaba también a Primrose Hill Books, pues la iniciativa evitaba que se les agotasen las existencias demasiado deprisa. Simpkin Marshalls ya no podía suministrarles libros, y encontrar un nuevo proveedor había sido una tarea complicada, habida cuenta del racionamiento del papel. Por otra parte, los clientes que acudían a ayudar a los demás comercios a menudo adquirían también algún artículo de la tienda del señor Evans.

Grace escribió a George para contarle lo del incendio de Paternoster Row y cómo Primrose Hill Books se había convertido en un lugar popular donde los lectores podían participar en tertulias sobre literatura. Cuando Grace oía sus conversaciones se acordaba muchísimo de George, anhelaba esa elocuencia suya con la que describía los libros y le recomendaba nuevas historias. En su respuesta él expresó su deseo de acudir a la tienda en su próxima visita a Londres, que esperaba pudiera producirse en los próximos meses.

«Ansío volver a respirar la familiaridad de Primrose Hill Books —le había confesado—, donde las tertulias literarias son omnipresentes y una dependienta particularmente guapa da vida a las historias con su preciosa voz».

Se le había alegrado el corazón al leer esas palabras. Y, aun así, la idea de leer delante de él la ponía nerviosa, como le sucedió la primera vez que leyó en voz alta en la estación de metro.

Las cartas de Viv también llegaban cargadas de expectación, sobre todo porque iban a destinarla a Londres en varios meses, pues la estaban considerando para un nuevo encargo del que no podía contar nada. Su exuberancia iluminaba la carta, y a Grace le entraron muchas ganas de volver a ver a su amiga.

Una mañana extrañamente tranquila en la librería, el señor Evans se encontraba en el mostrador apuntando números en su libro de cuentas.

—En una ocasión me dijo que yo era un buen maestro —comentó tras dejar el lápiz entre las páginas del libro y levantar la mirada hacia ella—. Pues quiero que sepa que yo también he aprendido mucho de usted.

Grace le lanzó una mirada escéptica y colocó un libro de Stephens Booksellers en un hueco de la estantería.

—Mire lo que ha conseguido con su compasión —comentó el librero señalando las estanterías designadas a las demás tiendas—. Se desvive por ayudar a los demás. No solo con su labor en el Servicio de Precauciones Antiaéreas, sino también aquí, con el resto de los libreros, con la gente para la que lee. Ahí fuera, salva vidas. Aquí dentro, salva almas.

Grace notó el rubor en las mejillas al oír semejante elogio.

—Creo que exagera un poco —murmuró en respuesta, aunque el placer que le produjeron aquellas palabras le invadió el cuerpo con una agradable sensación de calor.

A juzgar por la sonrisa cariñosa de su rostro, el señor Evans era muy consciente de ello.

La señora Nesbitt entró por la puerta con su arrogancia habitual. Sin embargo, esta vez, no parecía ella misma. Se había deshecho del impermeable oscuro ceñido a su esbelta cintura y del sombrero sin ala que llevaba siempre sujeto al cabello con un alfiler. En su lugar, lucía un sobrio uniforme verde del Servicio de Mujeres Voluntarias y el gorro correspondiente.

—Venga, señorita Bennett, no me mire como si nunca hubiera visto a una mujer con el uniforme de las voluntarias. —Se dirigió con decisión hacia su estantería de libros, taconeando con sus cómodos zapatos de tacón bajo.

Grace no dijo nada y se limitó a admirar el cambio que la señora Weatherford había obrado en la señora Nesbitt.

—Acabo de terminar con las cuentas, por si quiere verlas —le dijo el señor Evans, y levantó el libro de contabilidad para mostrarle la ordenada hilera de números que la mujer solía pedir revisar durante sus visitas.

—No, gracias —respondió alegremente mientras sacaba de su estantería un libro infantil con la tapa amarilla—. Solo he venido a por unas cosas para llevar al orfanato. La verdad es que tienen una colección de libros que da pena —comentó mientras seleccionaba cinco más y le recitaba los títulos al señor Evans—. Quiten estos libros de mis existencias. Se quedarán donde los niños.

El señor Evans miró a Grace con las cejas levantadas en un gesto de incredulidad.

—Por supuesto —respondió. Levantó el lápiz de donde lo había dejado y anotó los títulos en la página.

—Gracias, señor Evans —respondió la mujer con firmeza.

—No es a mí a quien debería dar las gracias —dijo el librero y señaló a Grace con la cabeza.

La señora Nesbitt se detuvo frente a Grace y la observó con atención. Suavizó entonces el gesto de la cara, aunque fuera un instante.

—Gracias, señorita Bennett. Por todo.

Sin más, levantó la cabeza, altiva otra vez, y abandonó el establecimiento.

* * *

243

El mes siguiente transcurrió entre una actividad frenética, pues las lecturas diarias de Grace iban ganando popularidad junto con la librería. Si bien Foyles seguía atrayendo a celebridades para sus famosas meriendas, Primrose Hill Books se distinguía por las lecturas de Grace y por las frecuentes tertulias sobre los libros, en las que la gente formaba grupos para hablar de aquello que acababan de escuchar.

La señora Weatherford acudía todos los días con su uniforme del Servicio de Mujeres Voluntarias, siempre atenta a cualquier huérfano necesitado de ayuda al que pudiera acoger bajo su ala. Había vuelto a parecerse a la mujer que fuera en otro tiempo, si bien con alguna cana más en el cabello. El único momento en el que la vio disgustada de verdad fue cuando llegó el mes de marzo y a la lista de racionamiento se sumó un nuevo producto: la mermelada. Su comentario ante ello fue: «¿Qué será lo próximo? ¿El queso?».

Los bombardeos siguieron sucediéndose con tal regularidad que Londres ya no lucía su antiguo esplendor. Pese a ello, aun agotada y desgastada por la guerra, la ciudad seguía dando cobijo a su población noche tras noche, día tras día. Los camiones tenían que circunvalar los cráteres que salpicaban la carretera, las amas de casa hacían cola para adquirir los alimentos racionados, que lograban estirar para preparar con ellos varias comidas, y los ciudadanos retiraban los escombros de sus puertas por las mañanas cuando salían a recoger sus botellas de leche. La vida continuaba.

Había estado haciendo un tiempo horrendo, con una niebla densa, rachas de nieve y heladas, y muy poco sol. El pueblo británico había llegado a adorar aquel clima desapacible, pues suponía un descanso de los bombardeos.

Los alemanes, desanimados por los cielos encapotados, habían adquirido una costumbre que denominaban «golpe y huida», que consistía en sobrevolar la ciudad, dejar caer algunas bombas sin ningún objetivo particular y marcharse enseguida. El daño causado por dichos ataques aleatorios era, a menudo, mínimo, y las pérdidas humanas mucho menos cuantiosas que las de ataques anteriores.

Grace siguió escribiendo a Viv y a George, aunque a veces le costaba trabajo encontrar oficinas de correos que siguieran funcionando desde las que enviar las cartas. A menudo, no había más que un cartero de pie con un cartel en el que se leía OFICINA DE CORREOS AQUÍ, con una ventanilla iluminada con una vela metida en una botella. Los chicos de los telegramas lo tenían aún más complicado, iban corriendo de un lado para otro con sus uniformes y un letrero de cartón colgado del cuello con una cuerda donde anunciaban que aceptaban telegramas. Quienes querían enviar uno utilizaban entonces la espalda del muchacho como mesa improvisada para escribir los mensajes.

El trabajo en el Servicio de Precauciones Antiaéreas no resultaba menos agotador, aunque sí daba mucho menos miedo. Después de haber estado cerca de tantos aviones y de tantas bombas, el miedo ya no se activaba con la misma facilidad. Ahora, cuando sonaban las sirenas antiaéreas, Grace y el señor Stokes se tomaban su tiempo; no se molestaban en correr hasta que no distinguían el zumbido de los aviones, o hasta que el fuego de las ametralladoras no los informaba de que los alemanes andaban cerca.

Abril trajo consigo un nuevo mes en el que comenzar la siembra. Esta vez, la señora Weatherford etiquetó el huerto antes de empezar a plantar. Tigre había encontrado una agradable compañía en ella, pues los dos se habían hecho casi inseparables. De modo que no era de extrañar que, cuando la mujer salía al jardín para plantar, Tigre fuera tras ella y se entretuviese jugando con pedazos de tierra.

—No te preocupes, Grace —le dijo la señora Weatherford tras haber plantado todas las semillas en el sustrato—. No me he molestado en plantar lechugas.

En los días posteriores, cuando las plantas comenzaron a brotar y el clima se volvió más suave a pesar de la lluvia, la librería siguió llenándose de nuevos clientes. Sin embargo, más o menos en esa época Grace comenzó a notar que el señor Evans no parecía encontrarse muy bien. Todo empezó con una pequeña caja que había sacado de la trastienda. Caminaba tambaleándose al trasladar una caja pese a lo poco pesada que era, y llegó al mostrador resoplando y casi sin aliento. Grace le preguntó cómo se encontraba, pero él quitó importancia a la preocupación de ella con un gesto de la mano.

Varios días más tarde, se lo encontró en la pequeña trastienda con la mano en el pecho y la cara amoratada. Ella había insistido en que fuera al médico, cosa que, por supuesto, no hizo, el muy testarudo.

Pasada la primera semana de abril, una mañana gélida que dejó escarcha sobre los tejados de pizarra como si fuera harina tamizada, Grace se encontró al señor Evans inclinado sobre el mostrador cuando llegó.

—¿Señor Evans?

El hombre no levantó la mirada. En su lugar, emitió un gemido y flexionó la mano izquierda.

Grace abrió la puerta para pedir ayuda a cualquiera que pasara por la calle, dejó caer el bolso y corrió hacia el mostrador mientras se quitaba la chaqueta. Su cuerpo adoptó el piloto automático para poner en práctica todas las maniobras que le habían enseñado en su formación como inspectora, aunque ahora era muy consciente de que era al señor Evans a quien estaba ayudando.

Lo recostó con cuidado en el suelo, apoyándose contra su peso.

—Trate de mantener la calma y respire con normalidad —dijo con la voz tranquila que utilizaba cuando trataba a las víctimas de los bombardeos.

Solo que en esa ocasión percibió cierto temblor en sus palabras y un nerviosismo que amenazaba con quebrar su compostura.

El señor Evans se agitaba y boqueaba como si no pudiese respirar, con un rictus de dolor en el rostro. Aquel hombre que siempre había sido tan fuerte, tan imperturbable. Verlo en ese estado, débil e incapaz de respirar, fue demasiado para ella. Fue como un potente oleaje de emociones que amenazaba con ahogarla si metía la cabeza bajo la superficie.

Una pátina de sudor perlaba la frente del señor Evans, que tenía la cara inusualmente blanca y los labios azulados. Lo que fuera que estuviera pasándole venía de dentro de su cuerpo, algo que necesitaba atención médica. La ayuda que ella estaba acostumbrada a ofrecer era útil para traumatismos visibles que pudiera atender.

Se sintió atenazada por un sentimiento de impotencia y desesperación. Ni todas las palabras de consuelo del mundo servirían para ayudarlo en aquella situación.

Él le agarró la mano con la suya, fría como el hielo y húmeda por el sudor.

—Alice —murmuró.

—Se pondrá bien —respondió Grace con firmeza.

Pero no se pondría bien. Lo sabía y no tenía ni idea de qué hacer para mejorar la situación.

De pronto se puso rígido y abrió mucho los ojos, como si se le fueran a salir de las cuencas, como si alguien le hubiera dado una gran sorpresa.

—Enseguida vendrá alguien para ayudar —dijo Grace con la voz quebrada—. Alguien vendrá enseguida.

Todo el mundo tenía una luz en su interior, una luz que se apagaba cuando los alcanzaba la muerte, como una linterna cuya pila se acaba. Grace ya lo había visto en una ocasión con una anciana aplastada bajo los escombros de un edificio, aferrándose a la vida.

Esa luz de los ojos del señor Evans, la que brillaba con inteligencia, amabilidad e ironía, esa luz que antes era tan brillante y estaba tan viva, se apagó del todo.

—No. —Movió la cabeza mientras se le iba formando un nudo en el pecho y en la garganta. Le acercó los dedos a la muñeca, pero no le encontró el pulso—. No.

Con cuidado, le dio la vuelta hasta tumbarlo bocabajo y le dobló los brazos de forma que el dorso de sus manos quedara bajo su frente, sobre la moqueta. No podía arreglar aquello que se hubiese roto dentro de él, pero había recibido formación para llevar a cabo el proceso de reanimación en alguien cuando ya no respiraba. Colocó las palmas de las manos entre los omóplatos del señor Evans y presionó lentamente para apoyar su peso sobre él, solo el tiempo que duraba una exhalación. Después, agarrándolo por los codos, tiró de los brazos de él hacia atrás mientras tomaba aire, e intentaba que él hiciera lo mismo. Hizo aquello una y otra vez en un intento por obligarlo a respirar una vez más.

Se oyó la campanilla de la puerta, un sonido agudo y desagradable a raíz de tanto dolor.

—¿Alguien necesita ayuda? —preguntó la voz de un hombre.

—¡Aquí! —gritó Grace.

El hombre vestía un traje y llevaba en un costado un maletín de cuero negro. Tenía el cabello salpicado de canas y despeinado, y el agotamiento se apreciaba en las bolsas que tenía bajo los oscuros ojos.

Grace le explicó lo sucedido con la eficiencia de una inspectora del Servicio de Precauciones Antiaéreas que relata sus esfuerzos al personal médico. Solo que esta vez conocía a la persona. Lo quería como al padre que nunca había tenido. Y, esta vez, esa persona había muerto.

247

El médico le puso una mano en el hombro y dijo:

—Ha hecho todo lo que ha podido. No puede hacer nada más. —Frunció el ceño en un gesto sincero, pese a las muchas ocasiones en las que, sin duda, habría pronunciado aquellas palabras—. Lo siento.

«Lo siento».

Eran dos palabras que sonaban huecas ante la enormidad de semejante acontecimiento. Una vida se había apagado, alguien que había sido fundamental para ella. Había sido un mentor, un amigo, una figura paterna.

Y ahora se había ido. Para siempre.

«Lo siento».

Se llevaron al señor Evans y la tienda quedó sumida en un silencio antinatural. Por primera vez desde el comienzo de la guerra, Grace cerró temprano Primrose Hill Books y regresó caminando a casa, dejándose llevar por sus pies sin pensar.

Abrió la puerta de casa y lo primero que oyó fue el sobresalto de la señora Weatherford.

—Dios bendito, ¿dónde te has dejado el abrigo? —preguntó, pero se detuvo en seco nada más verla—. ¿Qué sucede, Grace? ¿Se trata de Viv? Por Dios, dime que no se trata de Viv.

Grace negó con la cabeza, aunque apenas percibió el movimiento del cuello.

—El señor Evans.

La señora Weatherford compungió el rostro y ambas mujeres se aferraron la una a la otra para asimilar otra pérdida más.

A pesar de todo, Grace abrió la tienda al día siguiente, y al otro, y también al siguiente. Los clientes preguntaban por el señor Evans y, aunque su preocupación demostraba el cariño que le habían profesado al hombre que tanto había significado para ella, cada pregunta que le hacían reabría en su interior la herida producida por el dolor.

Tenía la cabeza embotada, abotargada por el dolor. Cada vez que abría la puerta de la librería, se esperaba encontrar allí al señor Evans, realizando anotaciones meticulosas en el libro de contabilidad mientras la saludaba distraídamente. Y, cada vez, ver aquel espacio vacío detrás del mostrador le provocaba un golpe directo al corazón.

Daba igual que se sintiese incapaz de asimilar la realidad, daba igual que no quisiera creérselo. El señor Evans había muerto.

Le hizo falta asistir a su funeral para aceptar por fin su pérdida. Aquel momento en el que el ataúd descendió hacia la tierra. Había estado todo el día lloviendo y era como si el mundo llorase también la enorme pérdida de un hombre como Percival Evans.

Aun así, siguió con las lecturas todas las tardes. Tal vez aquello no habría sido posible si no hubiera tenido al señor Evans en la cabeza, alentándola con aquella sonrisa de orgullo. Cada tarde cerraba la tienda, guardaba el dinero en una caja de caudales de la trastienda, como hacía siempre, sin saber dónde iría a parar. Ni siquiera estaba segura de lo que le ocurriría a la tienda. ¿Quizá se la quedaría algún primo del campo al que el señor Evans nunca había mencionado?

No obtuvo la respuesta a esa pregunta hasta casi una semana después. Tras su lectura en una tarde sombría, se le aproximó un anciano caballero.

No era infrecuente. A muchos oyentes nuevos les gustaba hablar con ella sobre el libro que estuviera leyendo, o ver qué otros títulos les sugería. Por lo general, Grace agradecía dichas conversaciones. Pero aquel día no, pues notaba una presión en el pecho que amenazaba con derrumbarla.

—¿Señorita Grace Bennett? —preguntó el hombre.

—¿En qué puedo ayudarle?

—Soy Henry Spencer, abogado de Spencer & Clark —le dijo con una sonrisa—. Me gustaría hablar un momento con usted, si es posible.

Grace miró a la señora Weatherford, que se hallaba lo suficientemente cerca como para haber oído la conversación. La mujer le hizo un gesto con las manos para indicarle que debería ir con él.

Grace indicó al abogado que la siguiera a la trastienda y se disculpó por las apreturas. Al no poder hacer pedidos ya a Simpkin Marshalls, por fin estaban utilizando sus existencias de libros. Habían vaciado muchas de las cajas, pero aun así el espacio seguía siendo bastante reducido.

—Por lo general no acudo al establecimiento de mis clientes —explicó el señor Spencer—. Sin embargo, el señor Evans era amigo personal. Quería asegurarme de tener la oportunidad de hablar con usted en privado.

Grace notó un nudo de dolor en la garganta.

—El señor Evans no tenía familia, como bien sabrá. —El señor Spencer se metió la mano en el bolsillo y extrajo varias llaves—. Se lo ha dejado todo a usted. La tienda, la vivienda del piso de arriba…, todo lo que poseía le pertenece ahora a usted.

—¿A mí? —preguntó Grace, parpadeando sorprendida.

—Sí, señorita Bennett. Por lo que sé, usted ha convertido Primrose Hill Books en lo que es ahora. Estoy segura de que él sabía que nadie cuidaría de la tienda mejor que usted. —Le entregó las llaves y le hizo firmar un documento, cosa que hizo con un garabato ilegible provocado por el temblor de las manos.

Reconoció la llave de la tienda, que era idéntica a la suya.

—¿Para qué son las otras dos? —preguntó.

—Esta es la del piso de arriba —explicó el abogado al tiempo que señalaba la más grande de las dos—. La otra no lo sé.

Nada más decirlo, Grace se dio cuenta de que sabía exactamente qué abría esa llave: la caja fuerte del señor Evans.

Recordaba el día en que le había mostrado aquellos libros tan valiosos que se habían salvado de las llamas de los nazis. Había ocurrido meses atrás. Le parecía que había pasado una vida entera desde entonces. Y, al mismo tiempo, era como si hubiese sido ayer. El librero con sus sabias palabras, compartiendo una gran parte de sí mismo, no solo con ella, sino con el mundo.

Ahora la librería era suya, y se dio cuenta de que estaba más decidida que nunca a hacer que Primrose Hill Books brillara con luz propia; ya no por ella, sino por el señor Evans.

VEINTE

Grace cerró la cubierta de la *Odisea*, uno de los libros que, con frecuencia, había visto hojear al señor Evans cuando vivía. Y uno de los que ahora leía en voz alta por las tardes.

De no haber sido por la librería, el último mes habría sido mucho más difícil de soportar.

Se había sumergido en los libros. En su venta y también en su lectura.

—¿Cómo lo lleva, querida? —Una anciana ama de casa, que siempre llevaba un collar de perlas y respondía al nombre de señora Smithwick, le puso una mano en el brazo.

Grace respondió que estaba bien. Como hacía siempre que le preguntaban cómo lo llevaba.

—Me ayuda mucho leer los libros que sé que le gustaban —respondió con sinceridad—. Gracias.

—Nunca pensé que unos libros tan antiguos pudieran ser tan interesantes —le dijo la señora Smithwick guiñándole un ojo en un gesto de confabulación.

—Yo tampoco —reconoció Grace con una leve sonrisa—. Al señor Evans, en cambio, le encantaban todos. Me alegra que le hayamos dado una oportunidad a este.

—Siga leyéndolos todos —la instó la señora Smithwick con tono alentador—. Y nosotros vendremos aquí a escucharla.

Grace asintió a modo de agradecimiento y dejó el libro detrás del mostrador para asegurarse de que no se mezclaba con los demás. Era uno de los que había sacado de la imponente estantería llena de libros que tenía el señor Evans en su casa.

Las páginas estaban desgastadas por los bordes, de todas las veces que las había leído. Una esquina de la cubierta aparecía levantada y la tinta de dentro tenía varias manchas, como si hubiera apoyado allí los dedos para detenerse sobre un pasaje en particular. Era un libro ajado y valioso.

Apenas había tenido tiempo de limpiar el piso, entre las horas que pasaba en la tienda y sus turnos de noche como inspectora de Precauciones Antiaéreas. Ahora las bombas caían con menor frecuencia, pero la presencia de Grace era todavía necesaria. Había estado demasiado cansada para gestionar los efectos personales del señor Evans, y mucho más para preparar la pequeña vivienda para mudarse allí. A decir verdad, había agradecido la opción de quedarse con la señora Weatherford un poquito más. Todavía no se sentía lo suficientemente fuerte para estar sola.

Había visto muchas muertes a su alrededor.

Demasiadas.

Su madre. Colin. El señor Evans. El señor Pritchard. Todas las víctimas de los bombardeos que había visto a lo largo de los meses.

Tantas pérdidas en tan poco tiempo. Crecía en su interior como el nivel de agua de una presa enclenque que amenazaba con desbordarse. Cuanto más crecía el nivel, más se volcaba ella en el trabajo.

A la señora Weatherford no le gustaba verla así y a menudo hacía algún comentario sobre su aspecto descuidado y le acercaba los platos de comida para intentar que comiese un poco más. Pero Grace no tenía apetito para nada. Ni para el pastel Woolton, que habían dado en llamar Le Woolton Pie desde su cita en el Ritz, ni para la carne de ave, cuando disponían de ella.

¿Cómo iba a tener hambre con tanta destrucción y muerte a su alrededor? Todos los días destrozaban casas y mataban a gente. Las noches transcurrían envueltas en un manto de oscuridad, la comida estaba insípida y llena de cartílagos. Además de todo aquello, estaba el llanto incesante de la sirena antiaérea, que les recordaba que aquella situación se prolongaría un día tras otro.

La guerra estaba siendo interminable y parecía que iba a durar para siempre.

Tras anunciar la muerte del señor Evans, Grace se había retrasado en sus respuestas a Viv y a George. Las únicas palabras que se sentía capaz de escribir eran demasiado oscuras para una carta de guerra. No serviría de nada atosigarlos con sus propios problemas.

Reorganizó de manera automática la exposición de libros del escaparate, concentrándose así en la parte estética para no tener que pensar en el vacío que sentía en su interior.

Un rostro familiar apareció junto a ella.

La señora Nesbitt inspeccionó con la mirada los libros dispuestos entre flores de papel que había confeccionado con hojas de periódico pintadas. Con ellas pretendía representar la inminente primavera, pese al clima desapacible y sombrío.

—¿Está preparando otra exposición? —preguntó—. ¿No es la segunda de esta semana?

Grace se encogió de hombros y dijo:

—Así podría atraer a más clientes, lo que nos beneficiaría a todos.

La señora Nesbitt murmuró algo que no se molestó en compartir con ella y se limitó a quitarse un hilo suelto de la chaqueta del uniforme de las Mujeres Voluntarias.

—Si se muere de agotamiento no nos beneficiará a ninguno —comentó.

Grace respondió con una carcajada irónica.

—No hablo en broma —zanjó la señora Nesbitt con aspereza—. Lo digo en serio. Señorita Bennett, por mucho que trabaje, él no volverá.

De todas las cosas hirientes que le había dicho la señora Nesbitt, aquella fue sin duda la que más le dolió.

—Por favor, váyase —le dijo con lágrimas en los ojos.

—En el pasado, usted me dijo cosas que necesitaba oír, y ahora yo le devuelvo el favor —insistió la mujer con actitud más amable—. Aunque me duele tener que hacerlo, lo crea o no.

Por mucho que le hubiera dolido aquel comentario, la inesperada compasión de aquella mujer enervante no hizo más que intensificar el nudo que sentía en el pecho.

—Puedo ayudarla si es necesario, trabajando un día o dos hasta que contrate a un ayudante —se ofreció la señora Nesbitt, y suspiró como si su sugerencia fuese un gran sacrificio—. Pero no puede seguir así.

Era lo mismo que le había dicho la señora Weatherford. De pronto supo de dónde había salido en realidad la motivación de la señora Nesbitt: de la propia señora Weatherford.

—¿La señora Weatherford la ha convencido para que hable conmigo? —le preguntó.

—Tengo ojos en la cara, querida —respondió la otra con un resoplido—. Y le aseguro que está usted a punto de caer rendida.

Grace desvió la atención de la mujer, pues no quería pararse a pensar en lo que acababa de decir. La señora Nesbitt no dijo nada más y se limitó a darse la vuelta y marcharse.

Aquella noche, Grace estaba que echaba humo ante la idea de que la señora Weatherford hubiera enviado nada menos que a la señora Nesbitt a reprenderla por trabajar en exceso. Abrió la puerta de golpe, dispuesta a enfrentarse a la mujer a quien, hasta entonces, había considerado una amiga.

—Grace —dijo la señora Weatherford con tono taciturno—. Grace, ¿eres tú? —Oyó sus pasos en la cocina, seguidos de un cambio meloso en su tono de voz que indicaba que Tigre andaba cerca.

La señora Weatherford apareció en la puerta de la cocina.

—Ay, Grace —se lamentó—. Han añadido el queso a la lista del racionamiento. ¡El queso! —exclamó mirando al cielo.

—¿Le dijo a la señora Nesbitt que viniera a hablar conmigo? —preguntó Grace, haciendo un esfuerzo por no sonar cortante.

—Jamás enviaría a esa mujer a hacerse cargo de un asunto personal mío —repuso ella con un resoplido.

—¿No le dijo que me sacara el tema del exceso de trabajo? —insistió Grace, incrédula, a la vez que se llevaba una mano a la cadera.

Al menos hasta que la señora Weatherford se echó a reír.

—Como si fueras a hacerle caso. Pero yo te lo seguiré diciendo, y tú seguirás ignorándome hasta el día que entiendas por qué te lo estaba advirtiendo —explicó mientras tomaba en brazos a Tigre. El gato restregó la cabeza contra su barbilla y ella siguió hablando pese a los cariños del animal—. Te aseguro que nunca enviaría a nadie en mi nombre cuando soy más que capaz de sermonearte yo misma. —Vaciló entonces unos instantes—. Aunque sí que me gustaría hablar contigo sobre otro asunto.

Grace se preparó para algo horrible. Como parecían serlo casi todas las noticias últimamente.

—He estado planteándome iniciar los trámites necesarios para adoptar a Jimmy y a Sarah. —Dejó a Tigre en el suelo entre una nube de pelo de gato—. Quería saber qué opinión te merecería la idea de que vivieran con nosotras.

Los niños iban evolucionando bien, su mejoría era evidente a cada semana que pasaba. Ahora no solo asistían a las lecturas, sino que a menudo pasaban tiempo en casa de la señora Weatherford, ya fuera para cenar o para ayudar en el huerto. Devolvían las risas a una casa que se había quedado sumida en el silencio, y la idea de tenerlos allí de forma permanente le dibujó una sonrisa en los labios.

—Eso me parecía —dijo la señora Weatherford, sonriente—. Mañana hablaré con ellos para ver si a ellos también les parece bien la idea.

Grace asintió a modo de respuesta y subió las escaleras para irse a su habitación. Se sentía invadida por el cansancio, y eso era justo lo que quería. De ese modo no habría recuerdos dolorosos revoloteando por su mente cuando intentara quedarse dormida, recuerdos que le hacían pasarse la noche inquieta, dando vueltas de un lado a otro. Así, cuando se fuese a dormir, caería rendida.

Abrió el armario para colgar el abrigo y se fijó en el uniforme del Servicio de Precauciones Antiaéreas. Recientemente les habían dado el nuevo atuendo de sarga azul: los hombres, con uniforme de combate, y las mujeres, con túnica y falda. Aquella noche no lo necesitaba porque la tenía libre.

Se obligó a mantenerse despierta y cenar con la señora Weatherford, que empleó el racionamiento y la culpa para animarla a comer. Cualquier comida hecha de beicon, mantequilla, una pizca de queso o un corte de carne decente era demasiado valiosa como para echarla a perder.

Cuando terminaron de cenar y hubieron fregado los platos, se prepararon para pasar la noche en Farringdon Station. Aunque los ataques aéreos eran menos frecuentes, seguía siendo preferible pasar la noche en la estación de metro a modo de precaución.

Esperar a que sonara la sirena para ir al metro supondría que no encontrarían espacio disponible en el abarrotado suelo de la estación, de modo que salieron al anochecer con sus fardos de mantas, dispuestas a hacer cola frente a la estación, cuando Grace se fijó en que el cielo encapotado empezaba a despejarse. Sintió un escalofrío que le subía por la espalda y le erizaba el vello de los brazos.

Esa noche tendrían una luna llena y brillante y les vendría muy bien contar con la protección de las nubes.

Sobre todo, porque el Támesis tenía el nivel muy bajo.

Sintió el miedo rondándole por la cabeza. Agravado, sin duda, por el cansancio.

Entraron en la estación subterránea, pasaron por encima de algunas personas que ya se habían instalado para pasar la noche y localizaron un sitio donde podrían dormir juntas. Pero, por muy cansada que estuviera, no lograría encontrar la paz suficiente.

Por lo general, conseguía dormir pese a los murmullos y ronquidos que la rodeaban, tan cansada estaba que se quedaba dormida en cuestión de minutos. Aquella noche, sin embargo, su sueño se vio interrumpido repetidas veces por los recuerdos tormentosos que rebotaban en su mente como un puñado de piedrecitas.

La sirena antiaérea emitió su melodía lastimera pasadas las once de la noche, amortiguada por las capas de tierra y el pavimento sobre sus cabezas. El bombardeo posterior, no obstante, no fue tan fácil de silenciar.

El silbido de las bombas. Las ráfagas de disparos de las ametralladoras. El estallido ensordecedor de los explosivos, que acababan con todo allí donde caían. El yeso se desprendía del techo en forma de polvo y trozos sueltos. Las luces titilaban e incluso se apagaban del todo durante intervalos de tiempo.

Estaban acostumbrados a esos sonidos, sí, pero lo que fuera que sucedía por encima de sus cabezas era mucho peor que en otras noches habituales de bombardeos.

Grace notó que se amplificaba el miedo que tenía alojado en el pecho.

La señora Weatherford se aferró a su enorme bolsa verde, con una mano medio introducida en su interior, donde Grace sabía que acariciaba a Tigre. Se suponía que no les estaba permitido llevar mascotas a la estación, pero la mujer se negaba a abandonar al gato, y el animal tenía la prudencia de permanecer tranquilo en su bolsa hasta que regresaban a casa por la mañana.

A medida que avanzaba la noche, los sonidos se sucedieron, encadenando a golpes las horas hasta el amanecer, cuando el asalto, por suerte, tocó a su fin. El mal presentimiento que había invadido a Grace cristalizó en algo frío y áspero. Insistente.

Algo no iba bien.

Lo notaba.

Como el cosquilleo de una hormiga caminando sobre la piel, o la humedad que impregna el aire antes de una inundación. Algo iba mal.

Por fin sonó la sirena que anunciaba el fin de la alerta y quienes habían buscado cobijo en Farringdon Station hicieron cola para poder salir. Fue una espera agónica que iba acabando con la escasa paciencia de Grace. Apenas podía estarse quieta y alternaba el peso de un pie al otro.

La gente aminoraba el paso al salir, y ella entendió por qué cuando por fin abandonó la estación. El cielo estaba en llamas, envuelto en inmensas nubes de humo negro. Las casas estaban medio derruidas, algunas de ellas colapsadas por completo, eliminadas de las hileras de viviendas adosadas como si fuera el hueco que deja un diente en una sonrisa mellada.

Se le aceleró el pulso. Empezaron a sudarle las palmas de las manos.

—Ay, Grace —murmuró la señora Weatherford con un grito ahogado—. Es horrible.

Grace aceleró el paso en dirección a casa. Estaba casi sin aliento cuando dobló la esquina, temerosa de lo que pudiera encontrar.

—No puedo correr con Tigre —resoplaba la señora Weatherford a su espalda.

Pero ella no le prestó atención mientras contemplaba la ordenada hilera de casas adosadas de su calle. Su hogar estaba intacto, igual que siempre, salvo por los tomates que brotaban de las jardineras que antes contenían petunias blancas y moradas.

La sensación de pánico que la atenazaba se volvió más intensa.

Se le heló la sangre en las venas.

La librería.

—Siga sin mí —le dijo a la señora Weatherford.

Antes de que la mujer pudiera preguntarle a qué se refería, Grace echó a correr hacia Hosier Lane con el hatillo de sus mantas aferrado contra el pecho. El aire acre cargado de humo le picaba en la garganta y en los ojos; a pesar de ello, no aminoró la marcha mientras se abría paso entre las personas que regresaban a casa tras pasar la noche cobijadas en la estación de metro.

Tenía que asegurarse de que estaba a salvo, de que había sobrevivido a aquel asalto brutal. A fin de cuentas, el señor Evans le había confiado la tienda.

Pero, a cada zancada que daba, la sensación de inquietud se iba volviendo más profunda.

Al doblar la esquina de Hosier Lane, se detuvo en seco y descubrió por qué.

La calle humeaba, cuajada de incendios sofocados. El edificio situado a la derecha de la librería había sido alcanzado de lleno, y había quedado reducido a escombros y ladrillos rotos. Primrose Hill Books seguía en pie, aunque no estaba intacta.

Los cristales de las ventanas habían reventado y se apreciaban páginas despedazadas agitadas por una brisa invisible entre los escombros que salpicaban la acera. Faltaba la puerta, y el interior de la tienda era un auténtico desastre. Parte del tejado se había desprendido y el estuco adyacente era pasto de las llamas, que por suerte no habían consumido la estructura.

A Grace se le encogió el corazón dentro del pecho, consumida por un sentimiento de puro pánico. Se quedó allí parada, paralizada, incapaz de apartar la mirada de aquel espectáculo dantesco. Una ráfaga de viento le revolvió la falda; llevaba consigo remolinos de ceniza y calor de un incendio cercano.

La tienda había quedado inutilizable.

Le habían arrancado de cuajo la fuente de su energía.

Se puso en marcha con esfuerzo, caminó en dirección al edificio dañado y dejó caer al suelo el hatillo con sus mantas. El mundo a su alrededor crepitaba consumido por los incendios, y el crujido de los cristales bajo sus pies se mezclaba con el sonido entrecortado de su respiración.

Cualquier esperanza de que Primrose Hill Books tuviese mejor aspecto de cerca se desvaneció cuando se detuvo ante el lugar al que había dedicado su alma, la culminación de toda una vida de trabajo duro del señor Evans y la comunidad que ella misma había construido en torno al mundo de la lectura.

Trató de recuperar el aliento, respirando con dificultad a pesar del dolor desgarrado que se le había abierto en el pecho, ardiente y visceral. Una florecita pintada de papel de periódico que ella había diseñado para el escaparate salió rodando sobre los cristales rotos y fue a detenerse junto a la punta de su zapato. Se agachó a cogerla. El tallo de papel retorcido estaba frío y duro cuando lo sostuvo entre los dedos, y los pétalos de color rosa seguían tan inmaculados y limpios como el día en que los hizo.

Tenía que entrar en la librería. Verlo con sus propios ojos.

Aunque fuera para asegurarse de que los valiosísimos libros de la caja fuerte se hubieran conservado.

Cruzó el vano de la puerta y recorrió lentamente el desastre, con cuidado de no tropezar con los libros tirados por el suelo. Habría que rescatarlos, en caso de que fuera posible.

En su estado de desconcierto, se preguntó cómo podría distinguir entre sus libros y los que pertenecían a otras librerías, y entonces recordó que había sellado sus nombres en el interior con tinta azul. Agradeció entonces la meticulosidad con la que lo había organizado todo.

Aunque tampoco eso iba a ayudar a los demás libreros, pues la librería había quedado ahora casi tan inservible como las de ellos. Ninguno tendría dónde ir.

Notó las lágrimas en los ojos al darse cuenta de aquello, ante su incapacidad para ayudar a quienes habían confiado en ella.

Faltaba también la puerta de la trastienda, y la pequeña mesa había quedado reducida a un amasijo metálico en un rincón. La caja fuerte, gracias a Dios, seguía empotrada en la pared. Abrió un cajón del armario y sacó una linterna. Con manos temblorosas, quitó el cierre de la caja fuerte y contuvo la respiración.

El legado del señor Evans estaba en esos valiosos libros que había rescatado y coleccionado.

La puerta chirrió al abrirse y Grace dejó escapar el aire de sus pulmones. Los libros que ya en una ocasión habían sido rescatados de las llamas provocadas por el odio de Hitler habían sobrevivido una vez más a una muerte casi segura. Se hallaban a salvo dentro de la caja fuerte de la pared, protegidos por un grueso armazón metálico.

Se le pasó por la cabeza la idea de sacarlos y llevárselos a Britton Street, pero se lo pensó mejor, porque sabía que estarían más seguros en su caja de hierro. Se disponía ya a cerrar la caja fuerte cuando un trozo de papel llamó su atención.

Un sobre.

Sobresalía una esquina entre dos libros cuyos títulos no entendía, pues estaban en alemán. Lo sacó de allí y leyó el nombre que figuraba al dorso, escrito con la letra inclinada del señor Evans.

Le dio un vuelco el corazón.

Deslizó el dedo por debajo de la solapa y extrajo una carta mecanografiada.

Estimado señor o señora:

Le escribo para recomendarle los servicios de la señorita Grace Bennett. Ha estado empleada en mi tienda, Primrose Hill Books, los últimos seis meses. En ese tiempo, ha convertido mi destartalada tienda en algo bastante elegante y, por lo tanto, ha incrementado en gran medida la popularidad y las ventas de la misma.

La señorita Bennett es una joven educada que demuestra una compasión inconmensurable y una gran inteligencia. De hecho, es una persona brillante.

Si no la contrata usted, es que es tonto. Y más tonto soy yo por dejarla marchar.

Mi librería nunca había estado en mejores manos, incluidas las mías.

Atentamente,

PERCIVAL EVANS

Grace oía la voz del viejo librero en su cabeza, aquel tono cada vez más vehemente conforme se acercaba al final.

«Mi librería nunca había estado en mejores manos».

El caos que reinaba a su alrededor indicaba lo contrario. Dobló la carta con cuidado, la metió de nuevo en el sobre y dejó este a buen recaudo en la caja fuerte.

Sin la tienda, iba a dejar colgado a todo el mundo: a la gente que confiaba en ella para vender sus existencias; a sus clientes, que acudían en busca de la distracción que les ofrecían los libros; por no mencionar a sí misma. Y al señor Evans.

Lo había perdido todo.

VEINTIUNO

No le quedaba otro remedio que ponerse a rebuscar entre los escombros para ver qué podía salvarse. Apagó la linterna para no gastar la pila y salió de la pequeña trastienda, con cuidado de no tropezar con los objetos tirados, que abundaban.

Libros, cristales, trozos de estanterías que se habían desvencijado. Todo ello cubierto de un manto de polvo y cenizas.

En el vano de la puerta de acceso a la librería apareció entonces la delgada figura de un hombre. Grace volvió a esconderse entre las sombras y lamentó no llevar encima al menos su silbato del Servicio de Precauciones Antiaéreas.

Era bastante habitual que los ladrones aprovecharan para colarse en las tiendas y casas derruidas, sobre todo después de algún ataque particularmente virulento como el que acababan de sufrir. Era muy triste que una familia regresase a su hogar en ruinas y se encontrara con que les habían robado las escasas pertenencias que les quedaban. La mayoría de los rateros se asustaba con facilidad cuando se les llamaba la atención, pero algunos se mostraban descarados y permanecían en el sitio.

—¿Qué está haciendo aquí? —preguntó Grace con brusquedad, albergando la esperanza de que el hombre se marchase.

La figura, sin embargo, no se movió.

Grace agarró con más fuerza la linterna. Por lo menos podría golpearle en la cabeza con ella si se acercaba demasiado.

—¿Señorita Bennett? —dijo el señor Stokes—. ¿Es usted?

Grace suspiró aliviada y se acercó a la luz, donde pudiera verla.

La noche anterior, antes de marcharse, había desconectado la luz, como hacía siempre. Y menos mal, pues de lo contrario la tienda podría haber sido pasto de las llamas al prenderse fuego. Tendría que evaluar el daño sufrido en los circuitos antes de volver a conectar la electricidad.

El señor Stokes entró en la tienda, vestido con una chaqueta y unos pantalones, y caminó de puntillas para evitar pisar los libros mientras se acercaba a ella.

—Me dijeron que habían alcanzado la librería. —Miró a su alrededor y frunció el ceño—. Lo siento mucho.

—¿Su casa está a salvo? —le preguntó Grace.

Él asintió y dijo:

—Hay muchos que no han corrido la misma suerte. Ha sido una de las peores noches que hemos tenido. Calculan que este último ataque sobre Londres habrá dejado más de mil muertos, que Dios los tenga en su gloria. Y más del doble de heridos, y todavía hay fuegos sin sofocar. —Miró hacia arriba y evaluó los desperfectos cuando se le acostumbró la vista a la oscuridad—. Menos mal que este lugar sigue en pie. Aún podría salvarse en parte.

Grace captó en su voz un tono de esperanza que ella no compartía.

—Gracias por venir a ver cómo estaba la tienda, señor Stokes. —Lo miró agradecida y se dio cuenta de que, de un modo inesperado, a lo largo de los últimos meses se había convertido en una especie de amigo.

Habían vivido juntos los bombardeos, habían visto la muerte y salvado vidas juntos.

Se agachó para recoger un libro que había a sus pies, con la tapa abierta y las páginas dobladas. Antes de incorporarse, recogió tres más y se detuvo para sacudir los cristales rotos de encima.

Cuando se incorporó, el señor Stokes la miró con una ceja levantada.

—No pensará hacerse cargo de esto usted sola, ¿verdad?

Grace contempló el desastre que tenía ante sí. Los libros estaban rotos y maltrechos, las estanterías hechas pedazos, el cartel de la sección de Historia colgaba de una esquina y estaba cubierto por una capa de suciedad.

Cuando se volvió hacia el señor Stokes, lo vio en posición de firmes haciendo el saludo militar.

—Señor Stokes, Brigada de Recuperación, a su servicio —dijo y se apartó la mano de la frente—. Al fin y al cabo, estas cosas es mejor no hacerlas sola.

—¿Cómo podría decirle que no?

—No puede —respondió él con una sonrisa.

Ambos se pasaron la mañana y también parte de la tarde trabajando. El daño que había sufrido la mayoría de los libros no era tan grave como se temía y, aunque el tejado no estaba del todo intacto, el piso sí lo estaba, lo que proporcionaba cobijo suficiente a la librería. Al menos por el momento.

Fue una suerte que se hubiera demorado tanto en vaciar el piso del señor Evans y siguiera viviendo con la señora Weatherford.

Barrieron los cristales y dejaron en la calle todas las estanterías insalvables para la colecta. Hicieron solo una breve pausa para tomar el té y unos *fish and chips* que había traído el señor Stokes.

Las pocas horas de sueño que había logrado conciliar la noche anterior, por breves que hubieran sido, le proporcionaron la energía suficiente para llevar a buen término la tarea. Acabó con el vestido cubierto de polvo y hollín y las manos mugrientas.

Mientras terminaban de despejar el destrozo sufrido en la planta de abajo, Grace contempló la pila de libros. Era un montón caótico; algunos lomos miraban hacia fuera, otros hacia dentro y otros de costado. No estaban ordenados por librero, mucho menos por categoría, y sería una tarea ardua volver a organizarlos. Como sucedería también con la propia tienda.

Sería como empezar de nuevo el primer día en la librería del señor Evans. Salvo que esta vez él no estaría allí y el mundo entero había cambiado de forma dramática.

Notaba las emociones burbujear en su interior, confusas y abrumadoras, y no sabía si reír o llorar. A decir verdad, casi le apetecía hacer las dos cosas a la vez.

—Hemos logrado salvar mucho —dijo el señor Stokes con entusiasmo.

—¿Qué ha sucedido?

Grace se volvió al oír la voz familiar de la señora Kittering. Miró entonces el reloj y comprobó que ya casi era la hora de la lectura vespertina. Lo que significaba que la señora Kittering no sería la única clienta en aparecer. En los próximos minutos, sin duda habría docenas de clientes.

La mujer corrió hacia ella con los ojos grandes y marrones muy abiertos mientras contemplaba la escena.

—Siento mucho ver esto. Después de todo lo que ha hecho, después de todo el esfuerzo invertido en esta tienda.

La compasión de la señora Kittering se le alojó en el pecho, como el eco de un dolor que ya brotaba allí dentro.

—Lo arreglaré —respondió Grace con todo el valor que pudo reunir. Hubo de admitir que no era mucho.

Pero era británica. Más aún, era londinense, bautizada como tal por la tormenta de la guerra, por los bombardeos y por los artefactos incendiarios.

Detrás de la señora Kittering habían empezado a entrar en la tienda varias personas más, que contemplaban los desperfectos con gran asombro y desconcierto.

El señor Stokes le apretó el hombro a Grace con cariño.

—Gracias por su ayuda, señor Stokes —le dijo esta con una sonrisa de agradecimiento.

—Puedo quedarme más tiempo si lo desea. —A pesar de la generosidad de su ofrecimiento, se le notaba el cansancio en las bolsas de los ojos. Aun así, vaciló a la hora de marcharse.

—Váyase a casa, señor Stokes, yo me encargaré a partir de ahora —dijo la voz suave de la señora Weatherford al sumarse a la conversación.

El hombre le dedicó una sonrisa resignada. Sabía de sobra que no debía llevarle la contraria. Con un último saludo militar, abandonó la tienda, sin duda para caer rendido en un sueño profundo.

—Grace, querida —dijo la señora Weatherford, y la agarró del brazo.

El apoyo que le ofrecía era bienintencionado, pero a Grace le pareció demasiado, dado el estado de fragilidad en el que se encontraba. Sería extremadamente fácil dejarse llevar por el consuelo del abrazo maternal de la señora Weatherford y derrumbarse.

En su lugar, le dedicó una sonrisa de agradecimiento y negó con la cabeza.

De vez en cuando, la señora Weatherford retrocedía cuando sabía que era mejor hacerlo. Por suerte, aquel fue uno de esos momentos. Agachó la cabeza para aceptar sus palabras y regresó al escalón donde Jimmy y Sarah la esperaban con ojos muy abiertos y miradas inquisitivas.

Grace rebuscó en el enorme bolso en el que llevaba además la máscara antigás y sacó de dentro el libro que había estado leyendo en voz alta, *Jane Eyre*.

—Señorita Bennett, no es necesario que haga eso —le dijo la señora Kittering—. Hoy no.

Pero aquella protesta solo sirvió para reforzar la determinación de Grace y hacerle estirar más la espalda, como siempre le decía su madre.

—Precisamente hoy —respondió—, creo que es más necesario que nunca que hagamos esto.

Al menos era necesario para ella. Como recordatorio de lo que tal vez, con suerte, lograra reconstruir algún día.

Sin saber aún cómo.

Se acercó al segundo escalón de las escaleras de caracol, que todavía no habían limpiado, y lo sacudió para retirar la porquería. La señora Smithwick le puso un pañuelo delante de los ojos y ella le sonrió agradecida.

La escalera estaba cerca de la ventana, lo que le permitía distinguir la letra impresa sobre la página lo suficiente para poder leer sin necesidad de usar la linterna. Se sentó y contempló las caras de las personas reunidas a su alrededor, caras con expresión de incertidumbre. Fue entonces cuando se dio cuenta de que tenía que decir algo.

Pero ¿qué? ¿Que no sabía cuánto tiempo le llevaría reparar los desperfectos? Sobre todo, porque algún otro bombardeo podría reducir a escombros lo poco que quedaba. O el primer aguacero que cayera podría filtrarse por el piso de arriba y destruir la tienda entera.

Como si el más cruel de los destinos hubiera oído sus pensamientos, a través de las ventanas rotas se oyó un trueno lejano que indicaba la posibilidad de una tormenta.

La desesperación tiró de ella, amenazando con arrastrarla hasta los abismos más oscuros.

—Gracias por venir —dijo con voz débil.

Tenía *Jane Eyre* sobre las rodillas, un emblema de aquello que los había unido a todos, de aquello que los había acercado ante el peligro y la guerra. Jane tenía valor, un valor considerable a la vista de todo aquello a lo que se había enfrentado, y Grace trató en aquel momento de parecerse un poco a la protagonista.

—Como pueden ver, Primrose Hill Books ha resultado afectada por los bombardeos de anoche, igual que muchos otros londinenses —dijo y colocó la mano sobre la cubierta del libro—. No sabría decirles cuándo volveremos a estar recuperados del todo. No lo sé... —Se le quebró la voz y tuvo que aclararse la garganta—. Ni siquiera sé si será posible continuar.

Contempló el mar de rostros que había llegado a conocer tan bien: los profesores a los que les gustaba enzarzarse en debates filosóficos; las amas de casa que, como la señora Kittering, encontraban entre las páginas de los libros un refugio para escapar de sus hogares vacíos; hombres del equipo de rescate que a veces necesitaban algo más que el contenido de una petaca para lograr olvidar lo que habían visto. E incluso Jimmy, que estaba sentado junto a Sarah con actitud protectora, ambos bajo la atenta mirada de la señora Weatherford. El semblante preocupado de su amiga le indicaba el mal aspecto que tenía en realidad la tienda.

Le hizo un gesto a Grace con la cabeza para darle ánimos sin necesidad de decir nada, como había hecho en otro tiempo el señor Evans.

—Agradezco que hayan ayudado tanto a convertir Primrose Hill Books en lo que es hoy —continuó—. Los libros son lo que nos ha unido. El amor por las historias que albergan, las aventuras que nos ofrecen, la bendita distracción en tiempos difíciles. Y el recordatorio de que siempre nos queda la esperanza.

Se oyeron de nuevo los truenos en la distancia. Con más fuerza esta vez.

Varias personas miraron hacia arriba con visible preocupación. Al faltar parte del tejado, la planta superior solo contendría el agua durante un espacio de tiempo limitado.

Jack, el hombre corpulento de aspecto rudo que llevaba acudiendo a sus lecturas desde el principio, volvió la cabeza y habló con otros dos que tenía al lado. Miraron hacia el techo con el ceño fruncido, obviamente pensando lo mismo.

—Incluso aunque no tengamos Primrose Hill Books... —prosiguió Grace mientras aferraba *Jane Eyre* contra su pecho—, recordemos que siempre nos quedarán los libros, y por tanto siempre nos quedará el valor y el optimismo.

Los rostros que le devolvieron la mirada mostraban rictus solemnes, como los dolientes de un funeral. Una mujer que estaba sentada allí cerca sacó un pañuelo del bolso y se enjugó con él las lágrimas.

Debían de sospechar que la tienda no podría continuar abierta.

Y lo más probable era que tuviesen razón.

Jack y los otros dos hombres que lo acompañaban abandonaron la librería sin hacer ruido cuando otro trueno resonó en el cielo.

—Continuaré con nuestras lecturas hasta que terminemos *Jane Eyre*. —Señaló el libro, que tenía un pedazo de papel entre sus hojas a modo de marcapáginas, más cerca de la contracubierta que de la cubierta—. Y, después de eso…

—Por favor, no deje sus lecturas —dijo alguien desde la parte de atrás.

—Esta es la última librería de Londres —agregó otra voz juvenil. Jimmy.

La señora Weatherford le puso una mano en el hombro y apretó los labios; parecía a punto de echarse a llorar.

—¿Cómo voy a ser la última…? —dijo Grace negando con la cabeza.

Al fin y al cabo, se imaginaba que Foyles seguiría en pie para siempre. Se rumoreaba que su dueño había forrado el tejado con ejemplares de *Mi lucha* a fin de intentar mantener sus seis plantas de libros rebajados a salvo de los alemanes. Parecía funcionar, aunque en una ocasión Foyles estuvo a punto de ser alcanzada, con un cráter delante de la librería, pese a lo cual seguían abiertos al público.

Todos se las apañaban en tiempos difíciles.

—Pero desde luego nunca habrá otra librería como la nuestra. —Las palabras se le atascaron en la garganta y abrió el libro para retirar el pedazo de papel. Si no empezaba a leer enseguida, perdería el valor para hacerlo—. Y todavía nos quedan unos cuantos capítulos.

Casi sin darse cuenta, se sumergió en la historia de Jane. Alcanzaba a sentir el sufrimiento del personaje, pero disfrutaba con su fortaleza y valentía. De pronto los dos capítulos que tenía intención de leer se convirtieron en tres, y supo que debía parar.

Sin embargo, no quería. Deseaba continuar leyendo. Le resultaba más fácil sumergirse en la historia de *Jane Eyre*, en la entereza de Jane cuando se queda sin hogar y pasa hambre tras abandonar Thornfield, que enfrentarse a sus propias penurias.

Pero la gente debía regresar a sus obligaciones y lo mismo le sucedía a ella.

Con reticencia, bajó el libro y descubrió que fuera había empezado a llover. Sin duda el agua no tardaría en filtrarse por las paredes, y el daño se volvería irreparable.

Entonces Primrose Hill Books dejaría de existir, y todo aquello por lo que había trabajado desaparecería para siempre.

Frente a las ventanas rotas habían aparecido varios hombres, con Jack a la cabeza. Este último entró en la tienda con la gorra retorcida entre las manos.

—Siento haberme perdido su lectura.

Los demás entraron tras él, apuntando a las paredes y al techo con linternas mientras hablaban en murmullos entre ellos.

No era posible que hubieran acudido a…

—Tenía que ir a buscar a mi equipo —explicó Jack—. Para que podamos arreglarle la tienda.

—¿Cómo dice? —susurró Grace, incapaz de creer lo que acababa de oír. Debía de haberlo entendido mal. No pretendería…

—Hemos venido a reparar su tienda —confirmó Jack y les gritó varias órdenes a sus hombres.

Uno de los obreros colocó una sábana de tela encerada por la parte interior de un escaparate reventado y la clavó al marco. La estancia se oscureció un poco al taparse la luz de fuera.

—Arreglaremos la tienda y así podrá seguir leyendo —agregó Jack guiñándole un ojo—. Estos tipos no han oído aún sus lecturas. Ahora les interesan.

Grace soltó una leve carcajada que se pareció más a un sollozo de lo que le habría gustado.

—Les leeré cualquier libro que les guste.

—Esperaban que dijera eso. —Se volvió hacia sus hombres y les dio una serie de indicaciones antes de volverse de nuevo hacia ella—. Por favor, descanse un poco, señorita Bennett. Su tienda estará en buenas manos. Hemos ideado un sistema de vigilancia para que no entren ladrones, ni siquiera de noche.

—Jack —dijo ella, pero se le hizo un nudo en la garganta que le impedía expresar su gratitud ante semejante generosidad—. Gracias. —Fue lo único que pudo decir de todos los elogios que le habría gustado transmitir en su lugar.

La señora Weatherford se acercó y le pasó un brazo por los hombros para conducirla hasta casa, donde le ofreció una comida caliente y se encargó de meterla en la cama.

Mientras daba vueltas a todos los acontecimientos inesperados de aquel día, Grace se rindió al agotamiento, que parecía calarla hasta los huesos.

Se despertó con la luz neblinosa de un día lluvioso que se filtraba a través de las cortinas del apagón. Tenía la boca seca como un pastel en tiempos de guerra y el cerebro aturullado con recuerdos difusos. La intensidad de su fatiga la había dejado más aturdida que aquellos French 75 que había tomado con Viv en el Grosvenor House Hotel meses atrás.

De pronto se acordó de todo. La librería bombardeada, el señor Stokes ayudándola a limpiar y a rescatar libros, la lectura entre las ruinas. Y la ayuda de Jack y su equipo de obreros.

Entonces se levantó de un salto y se apresuró a vestirse para ir a ver qué habían logrado reparar a lo largo de la tarde. Por lo menos esperaba que hubieran colocado la lona sobre el tejado para evitar que siguiese cayendo agua en el piso del señor Evans.

Se refrescó un poco, bajó las escaleras y encontró a la señora Weatherford sentada en la sala, con Tigre acurrucado cómodamente en su regazo.

—Me preguntaba cuándo te despertarías por fin. —Soltó una carcajada y rascó al gato detrás de las orejas. Este se restregó ante sus caricias y cerró los ojos—. Me alegra que hayamos podido pasar la noche sin una sola sirena antiaérea.

—¿La noche? —preguntó Grace, desconcertada.

—Sí, querida. Llevas durmiendo desde que llegamos a casa ayer por la tarde —la informó la señora Weatherford—. Y menos mal, porque necesitabas descansar. Jack dijo que sería lo mejor. Es un hombre encantador, ¿a que sí? Me pidió que te asegurase que la tienda…

—La librería —dijo Grace, y corrió hacia la puerta de entrada.

—Come algo antes de irte —le sugirió la señora Weatherford.

Sin embargo, Grace ya había salido por la puerta y prácticamente fue corriendo a Primrose Hill Books. Una vez más, se detuvo en seco al llegar a la tienda. Esperaba encontrarse una lona en el tejado, pero no vio tal cosa.

En su lugar vio tejas de pizarra.

Trozos de diferentes formas y tamaños unidos hasta formar un tejado sólido. Los escaparates estaban cubiertos con tela encerada, tan tirante como la piel de un tambor.

Incluso habían pintado para tapar las manchas de hollín provocadas por el fuego en el estuco.

Era como si nunca hubiera ocurrido. Grace caminó hacia la puerta…, ¡la puerta!

El reborde indicaba que tal vez la hubieran cortado de una pieza de madera mayor, pero la capa reciente de pintura negra le daba un aspecto estupendo. Colocó la mano sobre el picaporte de latón y entró en la tienda.

Al entrar fue recibida por un tintineo muy familiar.

Así como por una estampa extraordinaria.

Las paredes estaban forradas de estanterías de diferentes alturas y colores, fabricadas con trozos sueltos de madera procedentes de otros muebles, y ofrecían de nuevo un amplio surtido de libros. Asimismo, las estanterías situadas en el centro de la tienda lucían también limpias de polvo y llenas de libros. De nuevo había carteles de cartón con una caligrafía clara colgados donde deberían estar, e incluso habían reemplazado varios expositores.

Era algo excesivo, en el mejor de los sentidos. Un absoluto milagro.

Y muchas de las caras que reconocía de sus lecturas de libros estaban allí también, mirándola con sonrisas cansadas y radiantes.

—Pero… —empezó a decir, sin saber cómo continuar—. ¿Han hecho ustedes todo esto?

—Hemos trabajado durante la noche y casi todo el día —respondió la señora Kittering—. Por suerte para nosotros, no hubo sirenas antiaéreas.

—Todavía no está todo organizado —agregó la señora Smithwick en tono de disculpa, retorciéndose las perlas del cuello—. Pero estamos trabajando en ello.

—Ha hecho un gran trabajo, señora Smithwick —le dijo Jack con un gesto de aprobación.

La mujer sonrió con orgullo y se le marcaron las arrugas de alrededor de los ojos.

—Esto es increíble —comentó Grace sin apenas aliento. Incluso aunque se quedara mirándolo durante horas, seguiría sin creerse que su tienda estuviera otra vez operativa.

—Hemos tenido que usar restos de madera para levantarlo todo de nuevo —explicó Jack, y miró a su alrededor para evaluar el resultado con los ojos entornados—. Pero ahora es una tienda robusta, siempre y cuando los alemanes no intenten bombardearla de nuevo.

—No sé cómo podré pagarles por esto —dijo Grace llevándose una mano al pecho. Sentía que el corazón le iba a explotar de alegría y gratitud.

—Todos han querido contribuir en la medida de lo posible —le respondió Jack mientras señalaba al grupo con un gesto de cabeza.

Se echó a un lado y la pequeña Sarah dio un paso al frente. Grace reconoció el vestido azul y blanco de lunares que llevaba puesto: era uno de los que le había confeccionado la señora Weatherford con algo de tela de Viv.

Sarah tomó aliento y, en voz muy alta, como si fuera una actriz, declaró:

—Cada día usted lee delante de la gente. Pero, para muchos de nosotros, no son solo historias, son un santuario. —Pronunció la última palabra muy despacio y Jimmy levantó los pulgares en señal de aprobación. La niña describió una media vuelta con evidente orgullo, como suelen hacer los niños, y volvió a tomar aire mientras miraba a Grace a los ojos—. Y no es usted solamente alguien que nos lee. Es usted una heroína.

Tales palabras dejaron a Grace sin habla. Notó que le temblaban las piernas, mareada por tanta gratitud.

—Usted me salvó la vida, señorita Bennett —le dijo Jack al acercarse—. De no ser por sus lecturas, habría volado en pedazos en Marble Arch. Gracias.

Sin esperar una respuesta, dio un paso atrás y agachó la cabeza en señal de agradecimiento. La señora Kittering ocupó el lugar de Jack junto a Grace.

—Me hallaba en un mal momento cuando me encontró llorando en su tienda. Me proporcionó la energía necesaria para seguir adelante. Gracias.

Se alejó y fue Jimmy quien se acercó entonces.

—Yo no habría podido cuidar de Sarah como han hecho usted y la señora Weatherford. Nos dieron comida y ropa cuando no teníamos nada.

—Y ahora un hogar —agregó Sarah, asomando la cabeza por detrás de su hermano—. Gracias.

—Qué feliz me hace eso —respondió Grace al enterarse de que los niños habían accedido a irse a vivir con la señora Weatherford y con ella.

Se apartaron juntos, de la mano, y la señora Smithwick se aproximó a ella.

—Mi Tommy murió en la guerra, igual que mi Donald. —Agachó la cabeza y miró con discreción por encima del hombro—. Usted no lo sabe, pero también me salvó la vida a mí —agregó en voz tan baja que Grace apenas pudo oírla—. Estuve a punto de morir por mi propia mano. Me demostró que, cuando todo parece perdido ante el enemigo, siempre se puede encontrar un amigo.

Siguieron acercándose uno detrás de otro. Un hombre al que Grace le había vendado la pierna tras una explosión y al que le había contado de memoria los detalles de *El conde de Montecristo*, lo que lo distrajo del dolor. Un profesor que buscaba un lugar donde conocer a otros que compartieran su afición por la lectura y los había encontrado en Primrose Hill Books. Un librero que lo había perdido todo en el bombardeo de Paternoster Row. E incluso la señora Nesbitt, quien se disculpó por sus impertinencias anteriores y le agradeció todo lo que había hecho.

La última en acercarse fue la señora Weatherford, que se le aproximó con una sonrisa temblorosa.

—Tú me salvaste, Grace Bennett. Cuando perdí a Colin y pensaba que no me quedaba nada, me recordaste que mi vida tenía un sentido. Es más, me orientaste en la dirección que debía seguir. —Miró a Jimmy y a Sarah, que la saludó agitando la mano con cariño—. Tu madre era la persona sobre la faz de la tierra que mejor he conocido, y puedo decirte, sin temor a equivocarme, que ella estaría muy orgullosa de ti. De tu sacrificio, de tu valentía y de tu fortaleza. —Envolvió a Grace en un cariñoso abrazo y susurró—: Y yo también estoy orgullosa de ti, querida.

Cuando se separaron, Jack estaba de pie junto a Grace con las manos metidas en los bolsillos de su mono.

—Mis disculpas, pero necesitamos que dé su aprobación a una cosa.

Grace negó con la cabeza: la abrumaba el cariño y la gratitud por el esfuerzo que habían realizado todos, no solo con su tienda, sino a la hora de hacer que se sintiese valorada. Siguió a Jack hasta la calle, donde aguardaban dos hombres vestidos con mono, cansados y con manchas de pintura. Sostenían una gran viga de madera entre ellos.

—Sabemos que la librería se llama Primrose Hill Books —dijo Jack—. Pero todos pensamos que, por el momento, y dadas las circunstancias, esto resultaba más apropiado.

Les hizo un gesto a sus hombres, que dieron la vuelta al tablón, que decía: La Última Librería de Londres.

Grace soltó una carcajada, abrumada por el amor, la amistad y la felicidad. Era, sin lugar a dudas, un nombre perfecto para la tienda, y sabía que, de seguir con vida, el señor Evans habría estado de acuerdo.

—Es maravilloso —declaró—. Aunque yo haría una pequeña modificación, si se me permite.

Jack enarcó las cejas, sorprendido, y la señora Kittering les acercó un bote de pintura y un pincel. Justo debajo del nombre de la tienda, en letra pequeña y cursiva, Grace escribió: Cualquiera es bienvenido.

—Bien hecho, Grace —dijo la señora Weatherford y comenzó a aplaudir.

—Esperen, una cosa más. —Antes de que nadie pudiera detenerlo, Jimmy echó a correr y agarró el pincel del bote de pintura.

Se dio la vuelta para que nadie viese lo que estaba escribiendo y después se echó a un lado con una sonrisa descarada.

Debajo de las palabras que había escrito Grace para dar la bienvenida a todo el mundo, escrita en letra irregular, figuraba ahora una advertencia desafiante: Menos Hitler.

Todos celebraron la ocurrencia entre risas mientras los hombres instalaban el nuevo cartel sobre la puerta de la librería.

Sarah se acercó a tirarle a Grace de la falda.

—¿Qué sucede, cariño? —le preguntó a la niña.

Sarah le lanzó una mirada de súplica con sus grandes ojos azules.

—¿Querrá leernos ahora un libro?

No era solo Sarah quien la miraba expectante, sino todos los demás, cansados, pero dispuestos.

—Nada me haría más feliz —declaró y los condujo a todos hasta la reluciente puerta negra—. Damas y caballeros, es un gran placer para mí darles la bienvenida a La Última Librería de Londres.

Entre vítores y aplausos, los dejó pasar a la tienda y, una vez allí, ocupó su lugar en el segundo peldaño de la escalera de caracol. Vaciló entonces un instante mientras estudiaba los rostros de las personas que no solo habían logrado reavivar la librería, sino también su corazón. Desvió la mirada hacia la sección de Historia, donde el señor Evans solía refugiarse, y por un segundo sintió su presencia, casi como si de verdad estuviera allí.

Sonrió a pesar de las lágrimas, abrió el libro y comenzó a leer, transportándolos consigo a un mundo donde no había bombas. Quizá hubiese pérdidas, y a veces miedo, pero también había valor para afrontar tales desafíos.

Pues en un mundo como el suyo, lleno de personas valientes y cariñosas, con tantas historias inspiradoras de fuerza y de victoria, siempre habría cabida para la esperanza.

EPÍLOGO

JUNIO DE 1945

Farringdon Station estaba llena de soldados y civiles, estos últimos con sus mejores ropas, lo cual no era decir gran cosa, habida cuenta del racionamiento de ropa que llevaba ya varios años vigente. Grace no era ninguna excepción: esperaba ataviada con un vestido azul con un estampado de florecitas blancas a lo largo del dobladillo que ya habían empezado a borrarse.

No salía de la librería a menudo, máxime dado que el negocio había prosperado tanto. Si bien «La Última Librería de Londres» era una denominación que albergaba un gran valor sentimental, oficialmente había rebautizado la tienda como Evans & Bennett, nombre que aparecía ahora pintado en un letrero azul turquesa que colgaba sobre el umbral de la puerta. La tienda había mantenido una legión fiel de seguidores a lo largo de la guerra, a la mayoría de los cuales consideraba ya más amigos que clientes. Aquel día, no obstante, valía la pena haber dejado a Jimmy a cargo de la tienda en su ausencia.

El muchacho se había convertido en un ayudante de gran talento, ansioso por ayudar y, además, en un ávido lector, casi tanto como ella. No era infrecuente que se escabullese entre las estanterías para perderse en algún libro. Aquel gesto le recordaba tanto al señor Evans que ella no tenía valor para reprenderlo.

Grace miró el reloj y se fijó en las pequeñas manecillas pintadas con pintura luminiscente, que anteriormente habían desempeñado un papel fundamental en su trabajo de inspectora de Precauciones Antiaéreas, pero que a plena luz del día tenían un tono blanco verdoso. De noche, sin embargo, le habían sido de gran ayuda en muchos ataques aéreos.

Eran las tres menos cinco.

Aquella noche fatídica en la que Primrose Hill Books cayó víctima de las bombas y Evans & Bennett resurgió de sus cenizas tuvo lugar el último bombardeo masivo sobre Londres. A lo largo de los siguientes cuatro años, siguieron sucediéndose bombardeos esporádicos, hasta el mes anterior, el 8 de mayo de 1945, cuando la guerra llegó a su fin.

La celebración fue tremenda. Las parejas bailaban en las calles; la gente se remangaba los pantalones y se levantaba la falda y se metía en las fuentes a saltar; los tenderos abrieron sus reservas de azúcar y beicon, y los vecinos se unieron al festín —no habían disfrutado de un festín como aquel en años—; y los focos antiaéreos, que otrora escudriñaban los cielos en busca de aviones enemigos, dibujaban ahora círculos en las nubes en señal de victoria.

Grace y la señora Weatherford se llevaron a Jimmy y a Sarah a Whitehall para, rodeados de una multitud ansiosa, presenciar el discurso de Churchill, que alardeó del éxito de haber derrotado a Alemania. El rey y la reina aparecieron en el balcón, regios y resplandecientes para mostrar su cariño ante el pueblo y su orgullo por tamaño triunfo. La princesa llevaba su uniforme del Servicio Territorial Auxiliar, lo que hizo que Grace vitorease con más fuerza, si acaso eso era posible.

Gran Bretaña había aguantado el golpe y había salido victoriosa.

En la estación de metro, Grace volvió a mirar el reloj. Conforme se acercaban las tres, el grupo que aguardaba en el andén fue creciendo en número, hasta que en el aire prácticamente se respiraba la expectación.

Los soldados regresaban a casa ahora con frecuencia, y entre los primeros en llegar estaban quienes habían sido reclutados, la mayoría de los cuales eran mujeres. Una vez acabada la guerra, sus esfuerzos, imprescindibles para la victoria, ya no eran necesarios. Aquello no contaba con el entusiasmo de todos, en especial aquellos como Viv, que lo habían dado todo por sus trabajos.

Esta había formado parte de la primera tropa mixta de hombres y mujeres que manejaba las ametralladoras antiaéreas, y había estado destinada en Londres esos últimos cuatro años, en el East End, donde se alojaba en un barracón con varias mujeres más de su unidad.

Hasta que le notificaron que sus servicios ya no eran necesarios. El telegrama de Viv había sido breve, y en él solo anunciaba su hora de llegada a Farringdon Station y le pedía a Grace que fuese a recibirla.

Viv volvía a casa.

A Grace le bastó leer el telegrama para saber que Viv no estaba satisfecha con su abrupta salida del Servicio Territorial Auxiliar. Se habían visto en varias ocasiones gracias a los permisos de día de Viv, pero nunca le había pedido a Grace que fuese a recibirla.

Por fin el tren entró en el andén, se abrieron las puertas y lanzaron a montones de soldados a los brazos de sus seres queridos. Viv resultaba fácil de distinguir entre la masa de uniformes. Aunque, claro, ella siempre destacaba, con su cabello pelirrojo y su radiante sonrisa. Había cosas que no cambiaban nunca, ni siquiera después de seis años de guerra.

Grace le lanzó un grito, su amiga corrió hacia ella y se abrazaron con fuerza, como si llevaran años sin verse.

—¿Estás bien? —le preguntó Grace.

Viv tomó aliento, dijo que sí con la cabeza y apretó con fuerza sus rojísimos labios. Pese a su intento por ser optimista, se le notaba la decepción en las comisuras de la boca.

A su alrededor, la gente se daba empujones, absorta en la felicidad del reencuentro o corriendo para llegar a casa.

—La verdad es que he hecho un gran trabajo —explicó Viv.

—Claro que sí —le aseguró Grace tras darle un último abrazo.

—Las dos lo hemos hecho. —Viv se colgó el petate al hombro y le estrechó la mano—. ¿Echas de menos trabajar para el Servicio de Precauciones Antiaéreas?

—Echo de menos la emoción —respondió Grace. Y era cierto. Por supuesto, era preferible vivir en tiempos de paz. Con todo, en los últimos años se respiraba la emoción en el aire, y gratitud cada mañana que se levantaba con vida. Ese agradecimiento que surgía de la presión del peligro constante. Entonces no había sido consciente de ello, pero ahora sentía su ausencia—. El señor Stokes viene a la tienda tan a menudo que no he tenido oportunidad de echarlo de menos —agregó con una sonrisa cariñosa—. Sin embargo, agradezco poder dormir por las noches.

—De todos modos, viviremos nuevas aventuras —le prometió Viv, adoptando una vez más su habitual costumbre de buscar nuevos horizontes cuando se sentía decaída. Y en ese momento tenía la atención puesta en un soldado que pasó por delante de ellas, ancho de hombros y con una gran variedad de insignias relucientes en la solapa—. Con guapos maridos, quizá.

—Y tiendas que regentar —añadió Grace apretándole la mano, lo que hizo reír a su amiga.

—¿Cómo va tu maravillosa librería?

Grace desvió los pensamientos hacia la tienda, tan limpia y cuidada, organizada por temas, con las estanterías aún desparejadas tras haber sido reconstruidas con restos de madera, y las lecturas que había seguido celebrando conforme se prolongaba la guerra, así como todas esas personas a las que ahora consideraba amigas cercanas. Los libreros a los que había ayudado cuando los bombardeos destruyeron sus establecimientos habían ido encontrando sus propios locales con el paso del tiempo, y cada uno había dedicado en ellos una estantería a La Última Librería de Londres, como gesto de agradecimiento.

Le encantaba Evans & Bennett, hasta el último rincón.

—¿Así de bien va? —preguntó Viv con una sonrisa—. ¿Tan bien como para que se te llene el rostro de felicidad?

—Así de bien —confirmó Grace, y la guio hacia las escaleras mecánicas.

Mientras ascendían por las escaleras de metal, le fue muy fácil acordarse de otra ocasión en la que Viv y ella habían estado juntas en Farringdon Station: al abandonar su hogar de Drayton, antes de que comenzara la guerra, cuando ni de lejos imaginaban que vivirían rodeadas de bombas o que manejarían ametralladoras antiaéreas. Antes de que Grace descubriera su amor por los libros.

Era surrealista pensar que, hasta entonces, habían llevado una vida tan insulsa.

Grace se había puesto en contacto con su tío Horace en los días posteriores al final de la guerra, para comprobar que estuvieran a salvo y enviarles su cariño. En el pasado, quizá habría considerado aquello una forma de poner la otra mejilla. Ahora, en cambio, lo hacía por compasión.

Y él le había respondido, siempre a su manera, arisca, asegurándole que estaban todos bien e invitándola a visitarlos si le apetecía hacer una excursión al campo. A decir verdad, era más de lo que jamás habría esperado de él.

Le debía al señor Evans la frágil recuperación de aquella relación. Bueno, le debía eso y muchísimas más cosas.

Viv y ella fueron charlando a casa de la señora Weatherford, donde Viv se alojaría en la habitación que otrora compartiera con Grace. Esta ahora vivía en el piso situado encima de Evans & Bennett, demasiado pequeño para que cupiesen dos camas cómodamente. Conforme se aproximaban a Britton Street, Viv le apretó la mano y su sonrisa recuperó su brillo característico.

Doblaron la esquina, echaron ambas a correr como niñas y subieron a grandes zancadas los peldaños que conducían hasta la puerta verde con la aldaba de latón. Nada más entrar, Viv fue recibida entre gritos de alegría por la señora Weatherford y Sarah, que había organizado todo un comité de bienvenida con serpentinas de papel de periódico pintado de colores y una tarta que la señora Weatherford había preparado con el azúcar y la harina que había estado reservando.

A lo largo de las semanas posteriores, Grace y Viv retomaron su amistad en el punto en que la habían dejado. Libres de obligaciones para con el Servicio Territorial Auxiliar y el Servicio de Precauciones Antiaéreas, empleaban su tiempo de ocio en acudir al cine y a merendar en cafeterías, y dedicaban las noches a asistir al teatro y, por supuesto, a bailar en clubes de *jazz*.

Durante ese tiempo, Grace tuvo también la librería. A medida que los niños regresaban del campo y los soldados de la guerra, los rostros familiares, que ya se habían convertido en amigos, comenzaron a acudir a la tienda acompañados de sus seres queridos. Conoció a maridos, esposas e hijos.

A Jimmy también le gustaba leer en voz alta y se ofreció a hacer una lectura infantil todos los sábados por la tarde. Una tarde en particular, la señora Kittering llegó con su hija, una guapa muchacha de pelo castaño, modales impecables y ojos grandes como los de su madre. Grace jamás había visto sonreír a la señora Kittering tanto como cuando estaba con su hija, y la mimaba con cada una de sus palabras y con cada movimiento con el amor incondicional de una madre. Mientras aguardaba el regreso de su marido, al que sin duda licenciarían en cuestión de poco tiempo.

Fue en una de esas tardes, un soleado sábado del mes de agosto, cuando Grace se encontró con un momento de descanso. Viendo que todos sus clientes estaban ocupados, se acercó al ventanal iluminado por el sol con un ejemplar de *Forever Amber*, se apoyó en la pared y abrió el libro.

El aroma familiar del papel y la tinta la hizo sumergirse de inmediato en esa nueva historia. Estaba tan absorta en el mundo literario que iba tomando forma en su mente que no percibió el tintineo de la campanilla de la puerta.

—Nunca pensé que la lectura pudiera ser tan hermosa —dijo una voz dulce y familiar—. Hasta este momento.

Grace levantó la cabeza y el libro se le cayó de las manos.

—George.

Se hallaba a varios pasos de ella, tan guapo como siempre, con su uniforme de la Real Fuerza Aérea planchado de forma impecable, y con una lombarda en la mano.

—Parece que los repollos y lombardas siguen ganando a las flores.

—Solo porque no eres el Ritz —respondió ella.

Corrió hacia él, se lanzó a sus brazos y la lombarda cayó al suelo con un golpe seco.

Habían ido acercándose más durante los años de la guerra, mediante cartas en las que revelaban las partes más profundas de su alma, y habían aprovechado el tiempo al máximo durante los escasos permisos que a él le concedían.

—¿Has venido para quedarte? —le preguntó, mirándolo a los ojos, siempre con ganas de más.

Deslizó la mano sobre la palma cálida de la suya, para intentar convencerse a sí misma de que era real. De que de verdad él estaba en pie delante de ella.

—Así es —le confirmó mientras le acariciaba la mejilla con un dedo—. Para quedarme.

Grace cerró los ojos, apoyó la cabeza sobre su pecho, respiró su delicioso aroma a limpio y disfrutó del roce áspero del uniforme de lana contra su mejilla, algo que ya le resultaba muy familiar.

—¿De verdad no piensas preguntarme si te he traído algo? —le preguntó George, y su voz le retumbó a Grace en la mejilla.

—No se me ocurre ninguna otra cosa más que pudiera desear —respondió mirándolo sorprendida.

—¿No se te ocurre? —Le sonrió y se metió la mano en el bolsillo de la chaqueta—. ¿Ni siquiera un libro? —Detuvo la mano y enarcó las cejas en un gesto de anticipación.

Grace se separó de él y dio palmas de alegría. Regalarse libros el uno al otro se había convertido en una tradición. Los de él solían ser ejemplares maltrechos y gastados que habían pasado por las manos de incontables soldados, pero las historias que contenían eran siempre fascinantes.

—No podía venir a verte con las manos vacías —agregó él mientras sacaba un libro verde rectangular.

Tenía una forma extraña, apenas más grande que la mano de Grace.

—Los fabrican en los Estados Unidos, específicamente para que los soldados puedan llevarlos en los bolsillos del uniforme —le explicó, respondiendo a su pregunta antes incluso de que pudiera formularla—. De hecho, es una idea brillante.

—Desde luego —convino ella. Dio la vuelta al libro sobre su mano para examinarlo antes de leer en voz alta el título escrito en letras amarillas—: *El gran Gatsby?* —En la esquina inferior izquierda del libro figuraba un círculo negro que declaraba que se trataba de una edición para las Fuerzas Armadas.

—En los Estados Unidos todo el mundo habla de esta novela.

—¿No la has leído? —le preguntó, sorprendida.

—Me atrae bastante más la idea de que me la lea la propietaria de la famosa librería Evans & Bennett. —Le colocó la mano, grande y cálida, sobre la suya, de modo que ambos sostuvieran el libro.

—Creo que algo podré hacer —respondió ella con una sonrisa aún mayor—. No sé si alguna vez te he dado las gracias.

George enarcó una ceja con la misma elegancia de Cary Grant.

—¿Por qué ibas a darme las gracias?

—Por enseñarme a amar los libros —respondió ella, y contempló la librería con cariño.

—Esa fuiste tú, Grace —le dijo él con expresión de asombro—. No yo. Esa pasión fue algo que encontraste dentro de ti.

Se le hinchó el pecho con sus palabras. En el fondo sabía que parte de su recién descubierta pasión había empezado con él, con aquel maltrecho ejemplar de *El conde de Montecristo* que le había regalado. En parte había sido también gracias al señor Evans y a todo lo que la librería representaba. Otra parte se debía a las personas para quienes leía, que habían encontrado en sus historias la distracción, el amor y las risas necesarios para sobrellevar los tiempos más oscuros. Había surgido también de la propia guerra, de esa desesperación por tener una vía de escape, del anhelo por sentir algo más aparte de la pérdida y el miedo.

Fueron todos esos elementos y todas las personas que se habían unido como una comunidad atraída por el poder de la literatura lo que había acabado de dar forma al amor de Grace por los libros y la había hecho entregarse en cuerpo y alma a Evans & Bennett; o, como seguían refiriéndose a ella algunos de sus clientes más antiguos, La Última Librería de Londres.

AGRADECIMIENTOS

Escribir una novela de ficción histórica ambientada en la Segunda Guerra Mundial siempre había sido uno de mis sueños. Gracias a mi editor, Peter Joseph; a su asistente editorial, Grace Towery; y a mi agente, Laura Bradford, por ayudarme a hacerlo realidad.

Gracias a Eliza Knight por su apoyo constante. Ha sido maravilloso pasar por esta experiencia en nuestra carrera juntas. Gracias a Tracy Emro y a su madre, por contribuir siempre a mantenerme a raya. Gracias a Mariellena Brown y a mi madre, la maravillosa Janet Kazmirski, por tomarse el tiempo de leer los primeros borradores.

También mi más sincero agradecimiento a mi familia: John Somar, por estar a mi lado durante todo el proceso, siempre dispuesto a echar una mano con las niñas para que yo pudiera cumplir con los plazos de entrega. A mis preciosas hijas, que son mis mayores admiradoras y están muy emocionadas por poder leer al fin uno de mis libros. A mis padres, por estar siempre orgullosos de mí. Tengo muchísimo amor en la vida y os estoy tan agradecida a todos y cada uno de vosotros.

Y toda mi gratitud a los lectores de todo el mundo que, con cada libro que sostienen entre sus manos, hacen que los sueños se hagan realidad.